# Quand on écoutait le soleil

**Les chants de la terre**

Dans la même collection, ont été publiés :

Claude Chatelain : Les cousins (T. 1)
Claude Chatelain : Les savoyards de la Pampa (T. 2)
Régine Boisier : Amélia ou la misère dorée (T. 1)
Régine Boisier : Maria ou la misère noire (T. 2)
Venance Gacon : Musette, la fille de la vipère
Lucienne Zinant : Graine de paysan
Josette Buzaré : Péronne 1800
Damien Tracqui : Contes et légendes du pays du diable
Marc Dannenmuller : Le lac de l'Aube



ISBN : 2.908697.16.5

2, rue du Docteur-Veyrat, 73803 Montmélian cedex.
☎ 79 84 27 24 - 🖷 79 65 26 46

Alexis VIBERT-GUIGUE

# Quand on écoutait le soleil

*Une enfance en Savoie dans l'entre-deux-guerres*

*2^e^ édition - 5^e^ mille*

*Les chants de la terre*
La Fontaine de Siloé

Alexis Vibert-Guigue est né le 11 novembre 1916 à Beaufort-sur-Doron, dans une famille inscrite depuis 1559 dans les registres paroissiaux, et dont les descendants ont toujours habité la commune. On trouve parmi ses ancêtres, des « laboureurs », un homme d'armes de l'épopée napoléonienne « jouissant d'une retraite », deux maîtres d'école – son arrière grand-père paternel et son grand-père maternel – tous deux en fonction en 1860, au moment du vote approuvant la réunion de la Savoie à la France.

Après le baccalauréat passé à Chambéry, Alexis Vibert-Guigue, qui a été élève au Collège Notre-Dame de La Villette (La Ravoire, près Chambéry), poursuit des études littéraires classiques à Lyon, au Lycée du Parc et à la Faculté des Lettres.

À la fin de la guerre, il abandonne rapidement la filière professorale pour entrer dans l'industrie privée. Il devient chef d'entreprise, puis Président Directeur Général d'un grand groupe d'organismes spécialisés dans l'aménagement, l'urbanisme et le logement.

Resté très naturellement attaché à la terre de ses ancêtres, il a voulu, par ce livre, rendre un hommage au pays qui l'a vu naître.

A mon arrière grand-père paternel,
Jean-Louis Vibert-Guigue, maître d'école,
A mon grand-père maternel,
Alexis Viallet, maître d'école,
A ma mère, Marie-Angélique Viallet,
à laquelle je dois beaucoup plus que la vie,
et à mes deux frères et mes quatre sœurs,
et puis,
Aux montagnes, aux rochers,
aux sapins de mon enfance,
Aux agneaux et aux cabris,
Et à mes chiens... But et Mousse...

Alexis Vibert-Guigue

# Avant-dire de l'Éditeur

## Voici un Temps, voici un Monde

Un monde sans fadeur. Avec des couleurs pour le temps et des odeurs précises ; une pour le lait, une autre pour le pré après la fauche, une encore pour la forêt de sapins. Un monde avec des caractères bien trempés chez les gens et des mots bien sentis pour chaque chose : un mot pour dire la peine, un autre pour le plaisir... chacun à sa place, sans confusion.

Mais quel est ce monde ? Et où est-il ? Tous ceux, nés après 1945, auront sans doute beaucoup de mal à se représenter, même d'une façon approximative, ce que fut la vie d'alors, là-haut.

Cela se passe quelque part en Savoie, dans les années qui suivent la Première Guerre mondiale ou peut-être dans celles qui précèdent la Deuxième... c'est-à-dire il y a très longtemps ! Soixante-dix ou quatre-vingt ans à peine diront ceux qui calculent le Temps avec la mécanique des machines de précision.

Oui ! mais infiniment plus si l'on songe qu'entre « nous » et « eux » entre hier et aujourd'hui, c'est, avec cette Deuxième Guerre mondiale, un univers entier qui a basculé, chaviré avant de disparaître à jamais en un point du temps imprécis situé au milieu des années soixante, peut-être...

Un homme, issu de ce monde là, de ce temps là, se souvient et nous raconte : la lessive et le pain, le fromage et le seigle, le cidre et le miel.

Son univers de petit d'homme est peuplé de bêtes : le mouton qui reçoit ici son éloge, la vache qui ne veut pas qu'on l'emprisonne, le cochon dont la mort est aussi une fête...

Sa vie est tout sauf immobile quand surviennent la foire et la fête, la noce et l'enterrement, l'arrivée des premiers touristes ou le passage des chasseurs alpins.

Pendant que son destin se joue, à son insu entre l'Église et l'École...

Plus tard, bien plus tard, l'enfant devenu homme et *citadin*, arrivé au soir d'une vie bien remplie, écrit *la vie d'avant la ville* ; et son récit véridique mais nimbé d'une auréole de nostalgie retrouve à l'instant de la lecture la grâce et la clarté des premiers matins du monde : ceux-là même où *l'on prend soin d'écouter le soleil.*

*L'Éditeur*

# Sommaire

## CHAPITRE IV



## CHAPITRE V



## CHAPITRE VI



## CHAPITRE VII

## CHAPITRE VIII



## CHAPITRE IX



## CHAPITRE X



## CHAPITRE XI



## CHAPITRE XII

*O fortunatos nimium,*
*Sua si bona norint agricolas.*

Trop heureux seraient les agriculteurs
s'ils connaissaient leur bonheur.

VIRGILE

# NAISSANCE, ENFANCE ET ADOLESCENCE EN SAVOIE

## *(Le clocher d'Hauteluce)*

Autrefois, Beaufort s'est appelé Luce[1] – Luciacum en latin approximatif –, puis Saint-Maxime-de-Beaufort et enfin, Beaufort-sur-Doron qui est, en quelque sorte, son nom républicain et laïque. Hauteluce a gardé le patronyme évocateur du passé, doux à prononcer, avec une résonance musicale de bonne venue et une finale en point d'orgue...

Bien des fois, mes pas me portèrent sur le derrière, comme on disait en patois, de la colline des Prés, hameau dominant la vallée de ses 1 100 mètres d'altitude.[2]

Je m'asseyais dans l'herbe (en hiver, sur ma luge ou debout sur mes skis) et je restais là, sans bouger. Je voyais, au loin, le clocher d'Hauteluce et son bulbe coloré qui brillait au soleil. Au delà, se dressaient les montagnes : le Char du Beurre, Bisanne et le col des Saisies, les Aiguilles Croches, le col du Joly. En arrière-plan, le Mont-Blanc resplendissait dans sa masse immaculée, impavide et dominateur, paraissant tout proche, les lendemains de pluie, quand le soleil est plus lumineux, le ciel plus bleu et les distances diminuées... à vue d'œil.

Moi, j'écoutais le soleil, comme disaient les vieux entre eux (*« Alors, on écoute le soleil ? »*). Ecouter le soleil, c'est du langage paysan et du parler grec. Les pâtres grecs mis en scène par Théocrite, écoutaient le soleil eux aussi. Il y avait des sauterelles, des guêpes

---

1. J'ai lu aussi que Luciacum ne signifierait pas « le pays de Luce » mais torrent ; Hauteluce serait, en quelque sorte, le torrent d'en haut, appelé le Doron d'Hauteluce. Torrent, pas torrent, Hauteluce veut dire « Luce le haut », ce que personne ne contestera, l'altitude étant un juge de paix incontestable...

2. Les Prés sont à l'adret, donc du bon côté pour le soleil. En face, c'est le revers, l'envers, le mauvais côté : le soleil arrive plus tard et part plus tôt !

parfois, des mouches en nombre, des papillons, des vers de terre, des bêtes à Bon Dieu, des moineaux, des corbeaux, des oiseaux inconnus et sans nom pour moi.

Du bleu dans le ciel, tous les verts au sol, et toutes les couleurs de la nature, celles du printemps, celles de l'été et celles de l'automne : toutes les odeurs répandues par les fleurs des champs et les sapins du Bois du Crosaz. L'hiver, quand c'était le grand beau, tout était blanc et propre, la neige était partout, par terre et sur les sapins, sur les coteaux et les montagnes et le spectacle était grand. On était saisi par cette grandeur et cette beauté. Le silence et la solitude ajoutaient à la profondeur et au recueillement. On n'avait envie de rien d'autre que de rester là, sans bouger, en « jouissant loyalement de son être » !

*Ecrire comme on se souvient*

(Jean Guitton)

*Tout est joué avant que nous ayons douze ans. Vingt ans, trente ans d'un travail acharné ne défera pas ce qui a été fait une fois pour toutes, avant nous, sans nous, pour nous, contre nous.*

(Charles Péguy - L'Argent)

Péguy l'a écrit une fois pour toutes : il y a, dans l'Histoire des Peuples et des Nations, des périodes et des époques. Les vingt années qui séparent le défilé de la Victoire du 14 juillet 1919 de la mobilisation du 2 septembre 1939, sont une courte période mais, à coup sûr, elles marquent la fin d'une époque. Ceux qui sont partis alors, leur feuille de route en poche, ont probablement vécu la dernière mobilisation classique d'une guerre classique, même si les choses ne se sont pas déroulées comme prévu. Mais enfin, les règles, les formes, le processus ont été respectés. Les armées se sont mises en place, mais d'une façon si particulière, que l'on a parlé de « la drôle de guerre ».

L'appel sous les drapeaux des jeunes Français a clos un chapitre de leur existence et a marqué la fin d'un monde où ils avaient juste eu le temps de commencer à vivre. Mais c'était la « douceur de vivre », même si le « vécu » comportait une forme de dureté propre à chaque époque, et différente selon chaque époque. Les hommes, les femmes, la vie paysanne, ma famille, les mœurs, les mots, l'environnement d'alors, mes études hors de mon village natal, Chambéry, Lyon, autant d'étapes qui précédèrent la tornade de 1940.

C'est ce parcours d'un montagnard, d'un petit garçon ayant gardé les moutons et les vaches et grimpé aux arbres dans son enfance, que j'ai essayé de faire revivre à travers des souvenirs lointains mais remontés à la surface. Grâce aux études, j'ai quitté la campagne pour la vie urbaine, sans perdre mes racines. La Savoie des années 1930 prolongeait, dans ses vallées fermées, le XIXe siècle, alors que le XXe était déjà fort entamé. La terre y était travaillée et cultivée, pour l'essentiel, comme cent ans auparavant. Les alpages ne différaient guère de ce qu'ils avaient été, sauf qu'en hiver, tel village reculé, comme Roselend, n'était plus habité à cause de la neige qui l'isolait du reste du monde[3]. Les modes de vie et de pensée, la pratique religieuse, ce que nous appelons l'imaginaire collectif, la morale commune, autant de caractéristiques de cette avant-guerre de courte durée, à jamais disparues...

La vie quotidienne se déroulait selon les rites prévus par les anciens et les usages, au rythme des saisons et des nécessités imposées par le relief et la géographie. Les choses allaient lentement. « On a bien le temps ! » disait la sagesse paysanne.

C'est pendant cette période que j'ai été formé et que j'ai respiré un air du temps que je n'ai plus retrouvé après le déluge, en 1945. J'ai donc essayé de faire revivre, à travers ces images, ce que je me permettrai d'appeler un morceau de civilisation montagnarde, sans que ce mot, je l'espère, ne choque quiconque, par sa prétention et sa dimension. J'appellerai à mon secours Fernand Braudel pour justifier cette hardiesse :

> « *Civilisation* », écrit Braudel, « *Façon de naître, de vivre, d'aimer, de se marier, de penser, de croire, de rire, de se nourrir, de se vêtir, de bâtir ses maisons et de grouper ses champs, de se comporter les uns vis-à-vis des autres*[4] ».

C'est donc un fragment très personnalisé de la « civilisation », au sens de Braudel, de mon village natal, Beaufort-sur-Doron, dans les années 1930, que ce livre se propose d'évoquer, à travers des croquis, des esquisses, des visages, des propos, des jugements. Cinquante ans après, on a envie d'écrire que seules les montagnes, les forêts, le vieux pont et sa rivière, l'église et son clocher n'ont pas

3. Mon ancêtre François Vibert-Guigoz est né à Roselend, selon l'état civil... Cela se passait en 1630

4. Fernand Braudel - « L'identité de la France », Flammarion 1986

changé... ainsi que quelques vieilles pierres... Mais n'est-ce pas une affirmation entachée d'erreur ? Se baigne-t-on deux fois dans le même fleuve ?

# CHAPITRE I

*Mes jeunes années courent dans la montagne*
*Chanson de Charles Trenet*

## *La naissance - Les ancêtres et les racines*

Il en est donc ainsi. Je suis né à Beaufort-sur-Doron, au hameau des Prés, rattaché administrativement au village des Curtillets où se trouvaient l'école et la chapelle. Six maisons dont trois habitées toute l'année, deux autres par intermittence, selon les saisons, une seulement l'été. Plus haut, en remontant la colline dont la pente est des plus raides, on trouvait deux maisons, également habitées, deux autres encore, à occupation variable et enfin, complètement isolée, une autre maison occupée six mois par an. Tout autour, un cirque de montagnes exceptionnel dont l'altitude varie de 2 300 mètres à 2 900 mètres. Outray, les Aiguilles du Grand Fond avec la Piera Menta et la Brèche de Parozan, le Grand Mont et le Mirantin, Bisanne et le Char du Beurre[5], les Aiguilles du Joly, le Mont et le col du Joly[6]. Ces pics, ces aiguilles, ces pointes, ces dômes, ces cols, constituent une couronne dentelée dont la beauté est immuable, quelle que soit la saison. A l'horizon, les barres rocheuses des montagnes dominant Albertville et la vallée de Chambéry ferment la perspective. Le regard se perd au loin, mais la vue est superbe, où qu'elle se porte...

Mon père m'a descendu, le lendemain de ma naissance, au chef-lieu, la ville (la vlà, en patois) sur ses épaules, en alternant, je suppose, pour me déclarer à la mairie. A l'époque, la présentation de l'enfant par le père devant témoins était obligatoire, comme l'atteste le certificat délivré par la mairie. J'étais emmailloté dans mon berceau, un berceau ouvragé, en noyer brillant, succédant à deux frères et quatre sœurs qui, par le même chemin, avaient été présentés aux autorités administratives et religieuses, pour faire les

---

5. Char : colline, dôme. Le Char du Beurre est le type même de la montagne à vaches, d'où son nom, sans doute...

6. Les Aiguilles Croches, le Mont Joly, le Col du Joly formaient pour nous le Massif du Joly, aiguilles comprises !

choses dans l'ordre, comme il se doit. Nous avons été mis au monde, mes frères et sœurs comme moi, du moins les plus jeunes, par une mère-sage, la mère Phine comme on l'appelait (Phine pour Joséphine). Les quinze enfants qu'elle avait portés lui conféraient une réputation d'expérience qui explique son intervention. Ce n'est que dans les années 30 qu'une sage-femme, infirmière diplômée, vint s'installer à Beaufort. Son arrivée coïncida avec celle d'un jeune médecin et d'une pharmacienne. La modernité de l'époque faisait ainsi un pas important, pour le bien de tout le canton...

Je devais avoir huit ou dix mois lorsque la photo ci-après a été prise. Le berceau est posé à terre devant la maison, comme il l'était sur le plancher des pièces où l'on me transportait. On discerne à la tête la fourche, support à trois branches, qui permettait de fixer un voile protecteur, et les boutons de cuivre latéraux indispensables pour fixer des attaches. Au mois de novembre, l'air est frais sinon froid à Beaufort, et nul doute que j'aie été protégé et attaché durant mes différents déplacements après ma naissance. Tant que des berceaux de ce type ont été utilisés, on a bercé les bébés au pied pour les endormir, les calmer, les faire taire quand leurs cris et leurs pleurs duraient. Et puis, un jour, ces berceaux sont devenus des « antiquités » et ont fini chez les brocanteurs, voire les receleurs. On a couché les enfants dans des lits plus fonctionnels, mieux étudiés, plus pratiques, et l'on a cessé de les bercer, même si l'on a gardé les berceuses !

J'ai été baptisé le 15 novembre 1916, comme en témoigne le certificat ci-après dont j'ai dû produire un exemplaire pour obtenir, bien des années plus tard, un visa pour différents pays arabes du Moyen-Orient. Pour mon père, ces deux allers et retours au chef-lieu, c'était une trotte et même une bonne trotte ! Mon père a donc, ce jour-là, repris le chemin du chef-lieu et effectué un nouvel aller et retour avec le berceau sur ses épaules. Il n'y avait là rien d'exceptionnel pour lui et pour tous ceux qui, perchés dans les hameaux, faisaient ce qu'ils avaient à faire. Déclarer le nouveau-né, le faire baptiser le plus tôt possible, étaient deux impératifs aussi importants l'un que l'autre mais sans doute le baptême l'emportait-il dans cette dualité. Il aura bien fallu une demi-heure à mon père, habillé en dimanche, pour arriver à la mairie par le chemin tantôt sinueux, avec des détours (dénommés décontours dans la langue de mes compatriotes), tantôt piquant droit, mais toujours empierré, avec des cailloux roulants parfois, mais aussi des paliers et de faux plats. Les « corvées annuelles » essayaient de rendre moins rébarbatif aux habitants le chemin des Prés : en stabilisant les pierres, on créait des marches solides sur lesquelles le pied pouvait prendre appui. A la descente comme à la montée, le piéton appréciait d'avoir où poser le pied. Pour remonter, la durée du trajet était presque doublée et un souffle sans faiblesse était nécessaire. Que de fois j'ai fait le parcours, dans les deux sens, en courant, à des rythmes naturellement différents, acquérant pour la vie une « soufflerie » qui ne m'a jamais trahi. Mais on pouvait aussi y laisser son cœur ; ce fut le cas de ma sœur aînée, morte à cinquante-deux ans d'avoir trop peiné, trop couru, trop porté, sans jamais se reposer, infatigable et tourmentée comme une âme en peine, au service des uns et des autres.

Six ans me séparaient de mon dernier frère. J'étais donc le dernier, celui qu'on allait appeler « le petit », voire « le petit gâté ». Mon destin a été marqué par cet ordre d'entrée en scène. Je ne pouvais pas rester à la terre. Un seul pouvait en tirer subsistance et ce fut, naturellement, l'aîné, que sa place en tête désignait pour prendre la suite du père. L'avant-dernier et le dernier eurent donc le privilège, car c'en fut un, d'apprendre les écritures en allant dans les écoles, comme on disait, et de découvrir une autre vie, un autre monde. Avoir de l'instruction, telle était l'ambition dans les familles paysannes. *« Ah, si on avait de l'instruction ! »* Que de fois ai-je entendu cette réflexion en forme de regret éternel. J'ai donc bénéficié d'une situation d'inégalité, sans doute la plus grande des inégalités. Faire ou non des études, c'était d'une certaine façon être ou ne pas être.

Dans *« Goupi Mains Rouges » (de P. Véry),* Goupi Monsieur est le symbole de tous ceux qui, depuis des années, quittent les campagnes (Cévennes, Bretagne, Limousin, Sarthe, Champagne, Dauphiné, Savoie) pour la ville par excellence : Paris. Ils peuvent y vendre des cravates, comme Goupi Monsieur, devenir conseiller d'Etat ou rien du tout. Des milliers d'entre eux ont disparu, au fil des ans, sans laisser d'adresse ni de traces... *« Les montagnards à la ville »*, pour citer encore Braudel, constituent un flux qui ne s'est jamais interrompu depuis des siècles...

## *Ma famille au temps des Ducs*

Mes ancêtres lointains étaient donc sujets d'un monarque qui, par la force des choses, finit par tenir résidence de l'autre côté des Alpes, prenant acte de la nécessité de s'incliner devant les contraintes de la géographie qui lui permettaient également de mettre de hautes montagnes entre les rois de France et son petit Etat.

J'ai longtemps cru qu'un jour, un Vibert avait épousé une Guigue et qu'ils avaient décidé d'unir leurs noms, à la mode lyonnaise. Mais non, les choses sont simples : les Vibert-Guigoz apparaissent vers l'année 1568 dans les registres paroissiaux (voir la généalogie). Et puis, un jour, vers 1813, ils prennent le nom de Vibert-Guigue qui n'est qu'une graphie. Les terminaisons oz, az ne se prononcent pas en Savoie ; un scribe a donc entendu « Guigue » et a écrit ainsi, comme il avait entendu. C'est ainsi que j'ai acquis mon nom légal, pour une question d'oreille. A moins que mon trisaïeul Joseph Vibert-Guigoz[7] n'ait lui-même demandé, au moment de faire enregistrer la naissance de son fils Jean-Louis (mon arrière grand-père), de transformer le Guigoz en Guigue. Il a, en tous cas, signé Guigue.

Toujours est-il que ce deuxième nom est à l'origine d'innombrables et constantes erreurs parmi lesquelles la plus fréquente est Guigne, qui le dispute à Gigue ! Sans compter d'autres graphies extravagantes, bizarres, invraisemblables, mais parfois d'un comique inventif irrésistible. Il y a là loin de l'écriture à la phonétique. Mon nom composé et composite en est, à lui seul, une éloquente démonstration, sans cesse renouvelée.

J'ai beaucoup entendu parler de ce Jean-Louis Vibert-Guigue par ma mère, qui tenait ses renseignements de son père, collègue d'enseignement et ami de cet arrière grand-père dont il y a tout lieu de penser qu'il était un « personnage ». Peut-être est-ce à cette

---

7. Ce Joseph Vibert-Guigoz, « militaire jouissant d'une retraite », selon l'état civil, a sans doute fait partie des jeunes Savoyards enrôlés dans les troupes napoléoniennes et gagné ainsi sa retraite ! Est-ce lui qui avait acheté le portrait de l'Empereur pendu dans « la chambre » avec des photos d'ancêtres ?... Des portraits de ce genre (il en existait dans d'autres maisons du Beaufortain) semblent attester que le « Petit Caporal » avait gardé des admirateurs jusque dans les hameaux perdus des vallées montagnardes, rendues, après Waterloo, à l'autorité du duc de Savoie.

ascendance, à cet atavisme, que je dois mon orientation première vers le professorat, que j'ai abandonné pour un autre destin.

## *Jean-Louis Vibert-Guigue*

Dans un livre achevé d'imprimer le 10 octobre 1920 sur les presses des Imprimeries Réunies de Chambéry : *Histoire illustrée de Beaufort et de la Vallée du Doron,* l'auteur, Etienne Fontaine, écrit ce qui suit de Jean-Louis Vibert-Guigue :

> *Né aux Prés ; fut instituteur pendant plus de cinquante années dans différentes écoles de la Commune. Il finit sa carrière à la tête de celle du Chef-lieu, vers 1875. Vibert-Guigue était un lettré qui appartenait à cette phalange d'instituteurs populaires et remarquables, préparés par le Collège à Régence du Chef-lieu. D'une dignité et d'un dévouement sans bornes, ils tenaient leur profession pour une mission sacrée, accessible à un petit nombre de privilégiés ayant la vocation.*

Ce que ne dit pas l'honorable Monsieur Fontaine, c'est que Jean-Louis Vibert-Guigue était, comme on dit, très susceptible, difficile à vivre et quand, petit garçon, je faisais des caprices, ma mère me disait : « *Ne fais pas le père Jean-Louis !* ». C'était, sans aucun doute, un homme autoritaire, d'un autoritarisme inexorable, tenace, voire quelque peu têtu.

Paix à sa mémoire ! Après avoir eu huit enfants, je crois bien qu'il a fini sa vie tout seul, comme un original qu'il était, mon arrière grand-mère étant morte avant lui. C'était une femme dont j'ai entendu dire qu'elle était douce, bonne et patiente. Elle s'appelait Sylvie et, même si l'époque était celle des familles nombreuses, je ne peux que lui témoigner, à titre posthume, considération et respect. Ce n'était sûrement pas de tout repos d'élever huit enfants[8] sous la houlette d'un autocrate intransigeant. Mais je dois aussi à la vérité

---

8. « Au XVIIIe siècle, la montagne peuplée était plus instruite, plus riche, plus ouverte, plus moderne et déjà moins prolifique que les plaines. Un niveau mental plus élevé avait donc provoqué une régulation des naissances inconnue là où les genres de vie étaient plus primitifs. En revanche, au XIXe siècle, la chute des natalités y fut moins profonde et plus tardive que dans les bas pays. Les communautés de montagne ont mieux résisté à l'effondrement démographique au XIXe siècle. »
(Philippe Ariès - Histoire des Populations Françaises - les Alpes)

de dire que j'ai toujours regretté de n'avoir pas connu cet homme à l'air sévère, selon son portrait, mais qui existait fortement. « *Laboureur, aubergiste et instituteur de l'Enseignement Primaire* »... comme le qualifient les registres de l'état civil... Il m'a, sans doute, transmis cette faculté de dire non quand il y a lieu de dire non, ce qui m'a valu, comme lui, d'être taxé de mauvais caractère par ceux qui, n'ayant justement pas de caractère, ne savent jamais dire non...

Mon grand-père maternel, Alexis Viallet, maître d'école toute sa vie était, à l'opposé, un homme calme et pondéré, doux et pieux, père lui aussi de huit enfants dont ma mère était la dernière. Il a laissé le souvenir d'un homme respecté plutôt que craint par ses élèves, à une époque où il était inconcevable qu'un « disciple » puisse contester celui qui avait le savoir et avait pour mission de le transmettre. C'était un notable entouré de la considération de tous. On a du mal à imaginer, en 1991, l'importance, à la fin du XIXe siècle, de l'enseignement primaire et la place tenue par l'instituteur du village.

On a autant de mal à imaginer la qualité d'un enseignement qui avait pour ambition et devoir d'apprendre à lire, écrire et compter « pour la vie » à des enfants de terriens qui n'entendraient jamais parler de « formation continue », et qui comportait l'instruction civique !

Les « enseignants », comme ils s'appellent eux-mêmes, ont maintenant un statut solide et farouchement défendu par leurs organisations syndicales et professionnelles. Mais ils n'ont plus le crédit et l'autorité de leurs prédécesseurs de même, d'ailleurs, que les prêtres dont les églises se sont vidées et dont le recrutement pose problème. La disparition du sacré et la régression de la spiritualité d'un côté, une certaine perte de considération, ont entraîné les représentants de l'Eglise et de l'Etat dans le même reflux des influences respectives. Ce parallélisme dans la perte d'impact profond sur les populations, et notamment la jeunesse, devrait inciter les doctrinaires de tous bords à rengainer leurs théories, et chacun à faire son devoir d'état, comme on ne dit plus !

## *Les racines proches : les ancêtres immédiats*

Lorsque mon arrière grand-père, Jean-Louis, naît en 1813, la Savoie est rattachée à la France depuis 1792 et l'Empire est au bord de la chute : c'est déjà, pour le « *Corse à cheveux plats* » abandonné par la fortune, le commencement de la fin. En 1815, Waterloo met fin à l'équipée napoléonienne qui aura coûté dix-huit mille morts au département du Mont-Blanc, sans compter les autres conséquences défavorables. Jean-Louis Vibert-Guigue redevient sujet du duc de Savoie, comme mon grand-père, Calixte, son fils, né en 1843[9].

En 1860, lorsque le référendum a lieu, la Savoie dit « oui » à la France par une majorité jamais atteinte dans aucun des pays où l'on vote bien[10]. *(Résultats proclamés le 29 avril 1860 par la Cour d'Appel de Chambéry : votants : 130 839 - oui : 130 533 - non : 235).*

Le destin de ma famille, grands-pères, oncles et tantes, dans cette deuxième partie du XIX^e^ siècle, après l'annexion, est me semble-t-il, assez caractéristique des nécessités économiques de l'époque et de l'obligation absolue de gagner son pain (au sens propre) ailleurs qu'au pays. Vivre et travailler au pays, c'est le cri des Occitans des années 1980, mais pour un jeune Savoyard des années 1860, membre d'une famille nombreuse, partir en France, « *dans les Frances* », comme on disait, était la seule issue possible, la seule voie ouverte vers l'avenir. Six garçons, deux filles, telle était la composition de la descendance immédiate de Jean-Louis. L'une des filles épousa un douanier, un employé de l'Etat à revenus assurés, un gabelou. L'autre devint institutrice et resta célibataire, vieille fille. C'était la tante Eugénie, la « *tante noire* », appelée ainsi, sans doute à cause de ses éternels vêtements sombres plutôt qu'à cause de son comportement sévère, voire acariâtre, comme disaient les méchants. J'ai la plus grande estime, à titre hélas posthume, pour cette maîtresse d'école que je tiens pour une maîtresse-femme. J'ai

9. Une caricature de l'époque montre la fuite du « Roi des Marmottes » alias Victor Amédée III, à l'approche des troupes françaises pendant la révolution.

10. Je ne doute pas que Jean-Louis Vibert-Guigue ait voté « oui », même s'il aimait tellement dire « non ». Pour Alexis Viallet, mon grand-père maternel, aucune interrogation : il n'a pas pu voter « non » ! On peut même penser que, compte tenu de leurs fonctions, ils prirent la tête de ceux qui voulurent devenir français par un « vote franc et massif ».

retrouvé ses cahiers d'enseignement dans un grenier plein de richesses. C'était des modèles de calligraphie, des chefs-d'œuvre d'exercices utiles. Je me souviens des lettres-type de toute nature qu'on apprenait aux élèves à rédiger et à recopier d'une belle écriture, avec des pleins et des déliés. Grâce à elle, les petits paysans ont peut-être pu, à un moment de leur vie, se référer à leur cahier de classe et rédiger une demande difficile, y compris la plus délicate : la demande en mariage.

Qu'il est loin ce temps où l'on avait honte de ne savoir ni lire ni écrire... Quant aux garçons, ils sont tous partis. Deux à Paris : Michel, mort à quarante-huit ans dans des circonstances obscures, l'autre Joseph-Calixte, mon grand-père, revenu finir ses jours dans la maison des Prés, fortune hélas non faite ! [11]

Les quatre autres : François, Auguste, Léon, Maxime firent tous leur trou à Lyon et devinrent des bourgeois respectables portant haut-de-forme et queue-de-pie dans les grandes occasions. Ils avaient beaucoup travaillé dans une ville où le travail a toujours fini par nourrir son homme. Comme eux, j'avais quitté le hameau sur la colline pour une halte de quelques années... En attendant de céder à l'appel irrésistible de Paris-Capitale.

Lorsque je suis arrivé à Lyon, j'ai retrouvé leurs enfants, mes cousins, plus lyonnais, m'a-t-il semblé que des Lyonnais de vieille souche et dont le maintien attestait un souci certain de respectabilité. Je ne les avais jamais vus et ma première rencontre avec une des

---

11. On mesurera les difficultés rencontrées au XIXe siècle par les Savoyards à Paris, notamment les petits ramoneurs et les montreurs de marmottes, en constatant qu'ils étaient les immigrés de l'époque. L'opinion publique, voire la presse, leur attribuaient volontiers la responsabilité des méfaits inhérents à la vie urbaine : vols divers, rapines, agressions. Leur réputation n'était pas toujours des meilleures, même si les jugements péjoratifs étaient injustes, comme tous les jugements sommaires... Une caricature intitulée « Les Etrangers à Paris » de Daumier (1808 - 1879) comporte la légende suivante, sous forme de dialogue entre une « pipelette » et un couple de voyageurs.

- « Comment plus de place ? »
- « Pas seulement pour votre boîte à chapeaux ! »
- « Mais, dans la salle commune ? »
- « Elle l'est déjà par vingt Anglais. »
- « Au grenier ? »
- « J'y ai mis onze Savoyards. »
- « A la cave ? »
- « Quinze Polonais y ont pris domicile ».

Anglais, Polonais, Savoyards, tous étrangers logés, si l'on peut dire, à la même enseigne !

cousines germaines de mon père eut lieu à l'église Saint-Bonaventure où elle m'avait fixé rendez-vous : l'église était un lieu idéal pour cette femme pieuse et permettait de se reconnaître sans s'être jamais rencontré ! Et on pouvait s'asseoir !

## *Ma maison natale*

La maison où je suis né avait été construite en 1822 : la date, gravée dans la poutre maîtresse, au faîte du toit, est toujours là, lisible comme au premier jour. C'est une grande demeure, aux murs épais, enterrés par derrière dans trois mètres de sol. Cette solution n'est pas fortuite : si elle favorise l'humidité, la terre est un isolant thermique excellent et les bâtisseurs de l'époque ont donné la priorité à la lutte contre le froid et aussi à la solidité, à l'ancrage en profondeur. Sur deux faces, une galerie [12] permet de s'asseoir, de profiter du soleil à l'abri du vent et de regarder au loin avec des jumelles ou des longues-vues. J'ai beaucoup regardé les montagnes avec une longue-vue de marine empruntée et jamais rendue à un cousin de Paris qui l'avait apportée dans le chalet de ses ancêtres qui étaient aussi les miens. La charpente, constituée par des poutres équarries, d'un fort diamètre, a défié les ans ; elle craque mais ne se rompt pas et ferait le bonheur de tous les amateurs de résidences secondaires soucieux d'authenticité !

Le toit à double pente était recouvert d'ancelles [13] jusqu'à ce que les nécessités diverses imposent la tôle comme couverture sinon définitive, du moins durable et étanche ; une vaste grange pour le foin et la paille, une écurie et une étable [14] et, naturellement, une

12. On disait : aller sur la galerie et non sur le balcon. Le mot balcon est un terme urbain.

13. Les ancelles sont des planches de bois « éclatées » ou « fendues » mais non sciées dont la longueur est adaptée à la pente du toit. Si celui-ci est très pentu, on utilise des « tavaillons », qui sont des ancelles plus courtes. Les ancelles et les tavaillons ont une durée d'une vingtaine d'années avec un « rétamage » au bout d'environ dix ans.

14. Contrairement à l'usage habituel, on appelait « écurie » la structure d'accueil des vaches. L'étable était réservée aux chèvres, aux moutons et... aux mulets et chevaux. Le cochon était enfermé dans un habitacle appelé « bottet », séparé des autres surfaces, où il faisait l'objet d'un régime de suralimentation soutenu, en attendant d'être conduit à sa fin dernière.

cave, « *le sarto* »[15], complétaient, sur le plan fonctionnel, la cuisine appelée « *la maison* », salle de séjour où l'on mangeait et où l'on vivait. C'était la plus grande pièce, avec le « *poêle* », chambre à coucher de toute la famille. Une chambre, « *la chambre* », permettait de recevoir amis et visiteurs. Elle bénéficiait d'une cheminée à part. Deux autres chambres furent créées plus tard et je pus avoir *ma* chambre. Telle quelle, la maison d'origine était une vraie maison, bien assise au sol dans son volume massif, sûre d'elle-même, avec quelque chose d'inébranlable face à la durée, aux intempéries, au poids de la neige toujours au rendez-vous de l'hiver. Elle donnait confiance à ses habitants, qui l'aimaient comme un refuge sur lequel ils pouvaient compter et comme le « *home* » qui les rassemblait autour du feu et de la cheminée. Les maisons savoyardes ont des architectures très variées dans leur ressemblance apparente : construites sans architectes, elles témoignent pour le bon sens des montagnards, le sens des proportions et la beauté innés dans l'esprit des maçons et des charpentiers, la noblesse des pierres et du bois. Ces maisons anciennes avaient deux ennemis implacables : le vent qui, soufflant en ouragan, pouvait soulever les ancelles, les arracher et les faire voler comme des fétus de paille ou des feuilles mortes, et la neige. Les poutres craquaient sous le poids de la neige (la neige qui s'entasse et qui « *tient* » pèse de tout son poids) et l'on pouvait toujours craindre qu'un jour, l'âge aidant, l'une d'elle ne cédât. C'est pourquoi l'économie et la sécurité finirent par l'emporter sur l'esthétique, et la tôle neuve vainquit le vieux bois et chassa les ancelles. Les maisons de ce type témoignaient de la prospérité de leur époque, connue sous le nom de « *Buon Governo* », à laquelle le roi Charles-Félix a laissé son nom[16]. Après les guerres napoléoniennes qui l'avaient durement éprouvée, la Savoie, alors département du Mont-Blanc, rendue à la souveraineté du monarque transalpin, a connu une ère de paix et de prospérité relative. La construction a

---

15. Sarto : « a ser a tô » = le « sert », « serre » ? à tout. A la fois cave à fromages, cellier, son sol était en terre battue. On y trouvait les tonneaux à vin et à cidre. On y stockait les pommes de terre, les cardons. Une étagère rotative permettait de « soigner » les fromages : la tome notamment et le « grattaron ». Le grattaron est un fromage de chèvre qui peut atteindre les sommets s'il est réussi et à point. Son seul défaut pour les puristes : il sent fort !

16. Charles-Félix (1821-1831) rendit quatre visites officielles à son duché de Savoie en dix ans de règne. Ce chiffre suffirait à démontrer la lente distorsion des liens entre le Pouvoir transalpin et la Province ultramontaine.

toujours servi de test à la valeur sociale d'une politique. « *Faites moi de bonnes finances, je vous ferai de bonnes maisons* », pourrait-on dire. Albertville date de cette période et rappelle le nom de son fondateur Charles-Albert, successeur de Charles-Félix, auquel elle a réservé une place, abandonnant son vieux nom de l'Hôpital.

Conflans, qui la domine, évoque le passé ducal. Le Sénat de Savoie y trouva refuge. La reconstitution et la restauration ont accru le caractère artificiel de cette survivance dans laquelle rien n'est faux mais rien n'est vrai. Mais le folklore touristique y trouve son compte : les villages-nécropoles ont leur utilité deux mois par an... lors des grandes transhumances estivales.

## Mes parents

Mon père est mort lorsque j'avais dix ans et il est sûr qu'il n'a eu, de ce fait, aucune influence directe sur moi. Dans un couple, il est rare que l'un des deux n'ait pas une prééminence sur l'autre, surtout vis-à-vis des enfants, par sa présence, au sens presque théâtral du mot. Ma mère avait de la présence, du rayonnement : elle a donc eu de l'influence sur tous ses enfants. Mon père avait lui-même perdu sa mère très jeune. Mon grand-père, veuf, était parti tenter sa chance à Paris et avait laissé ses deux enfants, mon père et sa sœur, la tante Marie, à leur grand-mère d'abord, à la tante Eugénie, ma maîtresse d'école, ensuite. Cette circonstance a sûrement marqué mon père : l'absence de mère ne peut engendrer que frustrations, lacunes et regrets. Pour son malheur, mon père, cuirassier à Nancy, fut victime, pendant son service militaire, d'un grave accident en service commandé. Blessé, réformé, pensionné, il a passé sa vie à souffrir des séquelles de sa blessure aux reins et au bassin, fort gênante pour les travaux de force et il a espéré jusqu'au dernier jour que l'Etat, le Ministre, le Député, tous ceux auxquels il envoyait des lettres, comprendraient enfin qu'ils devaient augmenter cette pension... d'une façon tellement substantielle qu'il n'aurait plus de soucis d'argent. Hélas, hélas, hélas !

Ma mère s'est mariée à vingt ans. Elle était la dernière d'une famille de huit enfants, dominée par la personnalité de son père dont l'enseignement avait d'abord porté sur sa propre famille, mais au moins autant par celle de son frère aîné, Alexis, devenu religieux assomptionniste, mort à trente-cinq ans, et celle de la sœur qui la précédait, Françoise, religieuse elle aussi assomptionniste, morte à vingt et un ans.

Devenu en religion le Père Maxime, cet oncle inconnu était entré à onze ans au Couvent des Châteaux qui dominait la maison de ses parents, distante d'une demi-heure à pied. Il fut l'un des six premiers religieux assomptionnistes accueillis en 1871 par le fondateur de l'Ordre et du journal « *La Croix* », le Père d'Alzon[17]. Brillant élève, mystique et avide de connaissances, il quitta sa vallée pour ne plus jamais y revenir, et mourut à Paris après avoir rédigé pour « *La Croix* » et « *Le Pèlerin* » une série de vie de Saints. Ma mère l'avait à peine connu mais elle en parlait avec une vénération totale. Sa sœur mourut encore plus jeune ; ma mère les considérait l'un et l'autre comme des saints. C'est dire combien nous avons pu, les uns et les autres mais probablement moi-même plus que les autres, en entendre parler comme des témoins d'une foi qui était le fond même de sa vie. C'est grâce à elle qu'elle a pu, sans aucun doute, traverser les périodes difficiles qui ont d'abord coïncidé avec la maladie de mon père, un cancer de la gorge inguérissable, le cancer des fumeurs, et ensuite, pendant les années qui suivirent sa mort. Je l'ai souvent vue, comme Andromaque, sourire à travers ses larmes et garder la sérénité qui frappait tous ceux qui la rencontraient. Son père lui avait transmis éducation, vocabulaire, façon de s'exprimer. Ses lettres étaient des modèles de rédaction simple et de mots justes. Quant à sa conversation, elle étonnait tous ceux qui, croyant trouver une paysanne inculte, entendaient une voix, des phrases, un mode d'expression qui ne pouvaient que les surprendre. C'est ainsi qu'elle s'était liée d'amitié avec une comtesse portant un grand nom de France, qui venait la voir tous les étés et l'invitait à l'hôtel. Elles s'écrivaient en hiver et cet échange de lettres dura, je crois bien, jusqu'à sa mort. La différence de classe n'existait pas ; plus exactement, une certaine forme de fierté, de pudeur, de piété, une politesse naturelle, des épreuves communes, les avaient rapprochées pour la vie. Et il était assez extraordinaire de lire une correspondance où la

17. Ces six premiers élèves furent dénommés les six cruches par le Père d'Alzon, par allusion aux cruches des Noces de Cana, vides d'abord, mais bientôt débordant de vin, à la suite d'un miracle célèbre, comme chacun sait.

comtesse demandait conseil à la paysanne... son amie. Elle est morte à soixante-treize ans, beaucoup trop tôt, comme toutes les mères quand elles meurent. Son cœur s'est arrêté, fatigué d'avoir trop battu.

*« Cœur qui a tant battu,*
*D'amour, d'espoir,*
*O cœur, trouveras-tu,*
*La paix du soir. »*
*(Charles Péguy)*

Cette paix , j'aime à croire qu'elle l'a trouvée dans un ciel auquel elle croyait et où son frère et sa sœur, les religieux, étaient, selon elle, depuis leur départ de cette terre. Elle avait eu connaissance des lettres où les Supérieurs de l'un et de l'autre annonçaient qu'ils étaient morts comme des Saints et que j'ai lues beaucoup plus tard. S'ils furent des Saints, elle fut aussi une Sainte si, pour mériter ce titre hors canonisation il suffit d'être bon, généreux, charitable dans tous les sens du mot, sans jamais critiquer qui que ce soit, et d'avoir l'âme noble. Je ne l'ai pas vue sur son lit de mort, étant arrivé trop tard et je garde, donc, d'elle l'image de la joie de vivre et de la sérénité qu'elle a conservées jusqu'aux derniers mois... Dans les dures années où tous les enfants étaient des bouches à nourrir, où l'argent était rare, si rare qu'il manquait souvent, les soucis auraient pu avoir raison des nerfs de la jeune mère. Elle fit face aux pires situations de pénurie par des trésors d'ingéniosité et d'imagination et tout le monde mangea à sa faim. Lorsque, plus tard, elle en fit confidence, sous forme de conseil, elle expliqua sa recette. Le soir, avant de s'endormir, pour éviter de sombrer dans l'insomnie, de se mettre martel en tête en battant la générale, elle enfouissait, dit-elle, tous les soucis sous le traversin, jusqu'au réveil. Sans doute, les choses furent elles moins simples car, si les jours sombres étaient un souvenir lointain, ils étaient toujours présents dans sa mémoire, comme le feu couve sous la cendre... sans s'éteindre.

## CHAPITRE II

# *Les premiers souvenirs d'un petit berger dans les années 1920*

Mon premier souvenir se situe très tôt. Je devais avoir entre trois et quatre ans et l'on comprendra pourquoi il m'est resté : ce fut la première grande peur de ma vie. Je me suis senti perdu, m'enfonçant inexorablement dans un tas de fumier frais, entouré de purin. Plus j'essayais de sortir, de me tirer de là, plus je m'enfonçais, chaque fois un peu plus. Comment avais-je pu en arriver là ? J'étais descendu sous la maison, voulant, sans doute, aller voir les vaches et les moutons et j'avais dû , par distraction, mettre le pied là où il ne fallait pas. Tous les jours, les bouses de vache étaient raclées, rassemblées en tas, jetées par pelletées devant l'écurie, et constituaient un monticule qui, d'une façon continue, augmentait jusqu'à atteindre 1,50 à 2 mètres de hauteur : de quoi ensevelir un petit garçon imprudent et maladroit. J'ai crié, hurlé, appelant ma sœur Marie qui m'avait pris en charge : « *Marie, Marie, viens me chercher ! Je suis tombé dans le fumier !* ». Marie, ma seconde mère, a fini par m'entendre, m'a arraché aux excréments bovins, lavé, savonné, rincé, parfumé, dans une seille[1] qui me servait de baignoire.

1. La seille est un seau de bois que l'on peut saisir et tenir par une sorte de manche percé d'un trou pour permettre à la main de s'insérer. Elle servait au transport du lait voire de l'eau, selon les cas. On fabrique maintenant des seilles pour les touristes, estivants ou hivernants, nostalgiques de l'authenticité. Les paysans, depuis longtemps, se servent plutôt de seaux en « plastique », plus légers et plus pratiques. Les outils de bois, les instruments divers de l'agriculture montagnarde ont souvent été vendus à des brocanteurs. Les voleurs ont également beaucoup volé. On vole, si j'ose dire, de plus en plus haut : chalets d'alpage, refuges. Un siège de berger appelé « bodecul » trouve preneur, au sens propre du mot, et sera revendu à un recéleur qui, lui-même, le rétrocédera au brocanteur de mèche avec lui. Un immense marché parallèle procède au déménagement du territoire alpin à l'intérieur de l'Hexagone et au-delà des frontières. En toute impunité !

## *L'enfant que j'étais*

Comme tous les petits montagnards de cette époque, j'ai porté d'abord des galoches, couru, grimpé aux arbres avec ces chaussures disparues, à semelles de bois rigides, ferrées à clous pour ne pas glisser, accrocher mieux, éviter le dérapage sur les chemins pierreux. La galoche, cuir dessus, bois dessous, tenait bien aux pieds et n'empêchait pas l'agilité. Bien sûr, on s'entendait marcher, on entendait marcher les autres sur les planchers, sur le chemin. Ce bruit si particulier s'appelait « *bottacher* ». La chaussure à semelle de cuir c'était pour le dimanche, pour les cérémonies, quand on s'habillait. Les hommes, alors, portaient bottines. J'ai souvenir de bottines en cuir verni, avec guêtres de feutre gris, en hiver, qui furent la suprême élégance dans les années 1930.

Le sabot, chaussure de Jacques Bonhomme, n'avait pas cours sur nos pentes à géométrie variable. C'eût été un moyen infaillible de se tordre les chevilles. Le sabot est fait pour les « plats pays ». C'est devenu une chaussure de ville après mai 1968, une chaussure de faux paysan, de faux prolétaire, de propriétaire de résidence secondaire en mal d'authenticité. J'ai porté le tablier, le pantalon mi-court, au-dessous du genou, le béret basque. C'était la tenue pour aller à l'école. L'hiver, des guêtres de feutre ou de drap épais, des « *guétons* » faits à la mesure des jambes, permettaient à la fois d'avoir chaud et d'affronter la neige[2]. Deux fois par jour, il fallait faire le parcours scolaire : cinq minutes en courant vite à travers champs pour descendre, mais vingt minutes pour remonter, à une cadence très soutenue : la pente coupait et le souffle et les jambes. Le chemin de l'école passait obligatoirement par un petit plateau battu des vents, propice à tous les appels d'air – brises ou bourrasques – que l'on avait baptisé *« Le Plan Bozon » (en français, le Plateau « grognon ». Plan = Plateau ; Bozon = grognon, pas content, etc.).*

Des plans, c'est-à-dire des plateaux, il y en a plus d'un dans le Beaufortain. Au-dessus des Prés, il y a le Plan du Mont.

Dans le massif de la Grande Berge, au-dessus de Roselend, le Plan de la Laie est le type même de la montagne à vaches où,

---

2. Nous portions, pour les grands froids, des caleçons de laine, que l'on appelait « caneçons » dans le langage courant des paysans de Beaufort.

d'ailleurs, paissent des troupeaux l'été, au pied de la Piera Menta et de l'Aiguille du Grand Fond. Dans le patois de mes pères, être « *bozon* », c'était être de mauvaise humeur, bougon, chagrin. A ce titre, « le Plan Bozon » méritait bien son nom. Le vent, la pluie, la grêle à l'occasion, la neige, vous cinglaient le visage lorsque le temps était en colère. On passait en vitesse, tête baissée, les épaules rentrées, protégés par nos pèlerines à capuchon ou nos passe-montagnes ou rien du tout, quand on était pris par l'orage. Mais, il n'y avait pas de drames ; marcher sous la pluie, dans le vent, avait son charme et on était heureux. Depuis, les anoraks protègent écoliers et parents des intempéries plus efficacement que nos pèlerines que la pluie et la neige rendaient pesantes... Mais elles nous tenaient chaud !

L'hiver, souvent, de novembre à avril, il fallait faire la trace le matin. Lors des grandes chutes de neige – un mètre, un mètre cinquante –, nous cheminions à travers les tranchées blanches et c'était à la fois excitant et impressionnant. La neige étouffe les bruits et seuls les crissements caractéristiques des pas sur la neige rythmaient notre marche. Le froid était notre ennemi, la neige mouillée était redoutable, plus insidieuse que la pluie, pénétrant dans les vêtements tout en recouvrant la silhouette d'une sorte de chape qu'il fallait secouer régulièrement. Le froid, c'est le gel, le sol dur, les pieds qui glissent, les chaussures qui font mal, mais c'est aussi l'adaptation à l'insolite, le corps qui se défend, le souffle pur, les poumons qui fonctionnent à plein. On avait froid mais, malgré le passe-montagne, on était contents d'avoir la neige qui apportait les plaisirs de la luge. Prendre le temps comme il vient fait partie de la psychologie du paysan, plus particulièrement du paysan des montagnes. C'est une sorte de fatalisme saisonnier qui explique les comportements et les attitudes. Le montagnard scrute plus que tout autre le ciel, matin et soir, consulte son baromètre plus que les prévisions des spécialistes et se fie, avant tout, à son intuition, à son sens du temps, voire à ses rhumatismes ! Il a besoin de soleil, il a besoin de pluie, il a besoin de neige, le tout bien réparti, ni trop, ni trop peu, ni trop tôt, ni trop tard. Quand il n'y a plus de saisons, le cycle est faussé !

## *Les gens du village*

*– « Alors, vous faites la montée ? »*
*– « Et vous, la descente ? »*
*– « A la revoyance... »*
*(Dialogue sur le chemin des Prés)*

Aussi loin dans le temps que me portent ma mémoire d'enfant, mes yeux d'enfant, des silhouettes un peu irréelles surgissent, figées en une sorte d'image fixée pour toujours. Ce sont celles des plus vieux habitants, dont ma mère m'a parlé plus tard, en me les décrivant en quelques mots qui les campaient devant moi.

Les trois familles vivant dans les maisons groupées du village avaient chacune leur vie, leurs particularités, leurs secrets. On vivait les uns à côté des autres, les uns près des autres, mais non les uns chez les autres. On n'entrait pas facilement pour un oui ou pour un non chez l'autre. Il y avait comme une réserve, un respect humain, une volonté de ne pas s'imposer qui était une forme de politesse terrienne, à base de pudeur et de discrétion.

En fait, la meilleure façon de ne pas avoir à répondre à des questions gênantes était de ne pas en poser soi-même, en évitant donc les occasions de dialogue prolongé...

Je revois le voisin le plus proche, le grand-père Philippe, droit et sec, avec un grand chapeau noir, un gilet-veston noir, comme on en a vendu après 1968 dans certaines boutiques parisiennes et que, par exemple, j'ai vu porté, à l'époque, par des architectes qui se voulaient sans doute d'avant-garde... dans leurs vêtements, à défaut de leur architecture !

Je revois ma tante Eugénie, la maîtresse d'école, dont j'ai admiré les cahiers, faisant sa lessive, coiffée d'un chapeau de paille à ruban, une jupe noire jusqu'aux chevilles, surmontée d'un corsage de la même couleur ( en patois le « caraco », porté par toutes les femmes de l'époque). Elle rappelait son père, Jean-Louis, par les traits énergiques, la coupe de son visage. Je comprends que ses élèves n'aient pas eu envie de déclencher un chahut ou de ne pas travailler comme elle le demandait !

Emile, fils de Philippe, était un brave homme, dont le visage présentait deux particularités : des pommettes saillantes de vieux mongol et une pomme d'Adam proéminente qui se mettait en

Ma mère, avec la coiffe noire, en tenue de tous les jours.

Portrait de mes parents au moment de leur mariage. Mon père a vingt-quatre ans et ma mère... vingt !

Ma grand-mère, Sophie Viallet, en costume traditionnel.

Devant le four, ma mère au travail...

Ma sœur Victoire à 17 ans, en costume traditionnel du Beaufortain.

Noce d'une de mes co

s à Beaufort, en 1920.

L'auteur prend son bain dans la « seille » de bois.

Le frère de l'auteur, Gaston, et l'auteur, âgés respectivement de 16 et 10 ans...

Jour de noces : toute la famille est rassemblée. Mes oncles

tantes, mes cousins, mes cousines, mes frères, mes sœurs.

Portrait du chien Mousse dans la neige.

Ma mère à l'âge de soixante-dix ans, revêtue du costume de fête.

Mon grand-père, Alexis Viallet.

A l'alpage... avec le chien.

Les trois frères avec les bagages des « cousins de Paris » sur le traîneau.

mouvement quand il parlait et accélérait la cadence quand il criait ou se mettait en colère. Pendant des années, j'ai aperçu sa haute taille, sa casquette ou son chapeau rond, et je l'ai salué respectueusement quand nos pas se croisaient. On échangeait généralement quelques mots sur le temps – le soleil, la pluie, la chaleur, le froid. Qu'aurions-nous pu dire d'autres ? Le collège, les études créaient, en fait, une barrière. A la fin de sa vie, il ne lui restait sans doute qu'un seul vrai plaisir, une seule joie terrestre : aller à sa cave, remplir son « *topin* » de vin au tonneau et boire un bon coup de rouge. A défaut de vin, il y avait le cidre. Ce n'était pas un alcoolique, c'était un vieil homme, sans doute un peu désabusé, pour lequel le vin jouait son rôle de narcotique et de remontant à la fois : un coup de fouet par un coup de vin, tel était, en définitive, le résultat de ses libations solitaires et précipitées. Il n'avait pas tellement d'autres moyens de se procurer un peu d'euphorie...

Sa femme était aussi petite qu'il était grand, si je peux dire. Vêtue de noir à l'année, portant jupe longue et « caraco », elle parlait, parlait, parlait. Son mari, lui, ne pipait mot. Le ton montait parfois. En été, la porte ouverte laissait passer les éclats de voix. Pendant des années, à la belle saison, nous avons entendu les longs monologues en patois de cette voisine qui sortait peu, mais descendait parfois au chef-lieu le dimanche et qui, probablement, ne s'entendait pas ou ne s'entendait plus. De ses deux fils, l'un mourut jeune, l'autre mena , aux Prés, une existence paisible, ponctuée par la lecture du catalogue de la Manufacture de Saint-Etienne, du Chasseur Français, et celle du journal qu'il venait parcourir chez nous chaque soir, en bavardant avec mon frère aîné.

Dans la maison d'à côté, dix enfants, arrivés à la queue leu leu, apportaient la preuve que la terre est une mère nourricière, protectrice des familles nombreuses, pour lesquelles il n'est pas facile de joindre les deux bouts.

Le lait des vaches, les légumes du jardin, les pommes de terre aux tubercules particulièrement volumineux dans les bonnes années, permettaient à toute la maisonnée de grandir et d'arborer des mines colorées par le grand air. Ils venaient volontiers, à l'occasion, rendre visite à ma mère, qui leur donnait une tartine de beurre ou de confiture. Ils repartaient contents de l'aubaine, remettant ça avec la charmante spontanéité des enfants qui ont faim à toutes les heures de la journée. Leur mère était une belle paysanne aux cheveux blonds et aux yeux bleus, grande, portant la tête haute, que son mari était allé chercher à Hauteluce, intrusion qui lui avait valu quelques déboires avec des Hauteluciens jaloux de ce rapt inacceptable de la part d'un Beaufortain. Ma mère avait une réelle sympathie pour cette femme que l'on voyait, quelques jours après ses couches, faire la lessive dans l'eau froide, et dont l'existence était vouée aux servitudes quotidiennes des maternités à répétition. Tant de bouches à nourrir, de corps à vêtir, de pieds à chausser, constituaient un problème permanent, devant lequel une autre mère ne pouvait rester indifférente. Elle mourut jeune, usée par une vie où les soucis l'avaient sûrement emporté sur les joies ou les satisfactions. Paix à son âme ! Paix aussi à celle de son mari, resté seul, dont la chasse, en toutes saisons, constituait à coup sûr, la seule vraie passion. Je le revois, frappant à notre porte, un soir d'automne, jetant à terre le premier chamois qu'il avait enfin réussi à tuer, et le seul que, pour ma part, j'aie jamais vu, depuis, dans un tel état !

L'homme était hors de lui, transfiguré par cet événement qu'il attendait depuis des années : avoir un chamois au bout de son fusil ! Il voulait absolument nous faire partager son enthousiasme. Il avait un besoin irrésistible de communiquer, comme on dit maintenant et comme on ne disait pas alors... Paix à son âme de vieux solitaire, qui s'obstinait à me parler en patois, alors que mon vocabulaire était de plus en plus déficient d'une année sur l'autre. J'avais bien du mal à lui répondre : j'avais beau chercher mes mots, ils n'étaient pas au rendez-vous...

Plus haut, à trois cents mètres de notre maison, deux chalets construits en enfilade abritaient deux familles, vaguement apparentées, renfermées sur elles-mêmes, mais avec chacune leur spécificité.

Celle qu'on appelait « *la grand-Marie* » était une vieille alcoolique, mère d'alcoolique, que l'on voyait passer le dimanche quand elle descendait à la messe et que l'on apercevait, parfois, dans la journée, autour de sa maison ou dans les champs. On entendait, là aussi, des éclats de voix, des disputes après boire avec le mari, buveur lui aussi, mais tenant mieux la boisson. Il avait la réputation, entièrement justifiée, de ramasser tout ce qui était à portée de sa main, avec une prédilection pour le savon lorsqu'on l'oubliait dans le bassin. Kleptomane de petite envergure, il prenait, chaque fois qu'il passait devant notre maison et pensait ne pas être vu, une branche de sapin sur le tas soigneusement empilé sous la galerie. Il s'en servait comme bâton d'appoint. Dès son arrivée, il sciait la branche et la mettait au feu. Ces astuces subalternes ont duré jusqu'au jour où, las de se faire voler, mon frère a entassé ses branches hors de portée des passants aux mains prestes. Le fils qui, lui aussi, ne laissait pas traîner les choses – l'occasion fait le larron – mourut à quarante cinq ans, emporté par ce qu'il me faut bien appelé l'alcoolisme des pays de montagne, en ce temps-là : cidre, eau de vie de pomme – *la gnôle* –, bus jour et nuit jusqu'à épuisement du stock et du bonhomme. A la fin, sa femme – un modèle de fidélité, de dévouement et d'abnégation – donnait des biberons de cidre au malheureux, tant était grand son délabrement intérieur qui ne pouvait plus rien absorber. Ces biberons des derniers jours sont restés, pour moi, comme le symbole de la déchéance d'un être humain. Pauvre François, avec lequel j'avais souvent échangé quelques paroles, en oubliant les petits larcins qu'il commettait en douce... au passage, presque sans avoir l'air d'y toucher...

La deuxième maison abritait un couple évoquant Dubout, ses maris étriqués et ses matrones plantureuses et autoritaires. L'homme était de petit format, plutôt gringalet, mais têtu, borné, peu communicatif. Sujet à des colères subites, je l'ai vu piétiner son vieux béret de rage. Il était ombrageux, difficile à vivre pour son épouse qui, physiquement et à tous points du vue, était en quelque sorte son antithèse.

On l'appelait « *La Groussa* », « *la grosse* »[3] à cause de sa masse impressionnante serrée dans des jupes et des corsages pourtant vastes, représentant un poids fort excessif pour des jambes qui avaient bien du mal à porter cette surcharge permanente. Elle souffrait, à coup sûr, de sa situation d'épouse d'un homme qu'elle n'aimait plus, manifestement, et dont elle supportait à longueur d'année, les sautes d'humeur et l'abrutissement entêté. Dans un moment de confidence, elle avait, un jour, avoué à ma sœur aînée que le devoir conjugal avait cessé de la satisfaire depuis longtemps mais qu'elle l'acceptait, ne pouvant faire autrement... Elle redoutait les foires et les dimanches car, ces jours-là, le bonhomme se sentait

3. En patois, la « grosse » désignait la mère, au delà d'un certain âge, c'est-à-dire, en fait, la vieille. Dans ce cas particulier, la « grosse » recouvrait tous les sens !

de l'âme et descendait au chef-lieu, en tenue de dimanche. Il avait, malheureusement, l'ivresse mauvaise, et le vin passait mal[4]. Elle devait, le lendemain, soigner le buveur qui avait présumé de ses forces, et réparer les dégâts vestimentaires. Je me souviens que, descendant le 3 septembre 1938 (c'était une des grandes foires de l'époque) pour me présenter à la mairie, dans l'après-midi, j'avais trouvé le malheureux, son chapeau posé à côté de lui, assis devant une étable et n'en menant pas large. Il vomissait par à-coups le contenu rosâtre des verres de vin qu'il avait avalés depuis le matin. Je lui avais offert de l'aider à se relever. – *« Ca fera bien, ça fera bien, mon Lexis, merci ! » (Farà bèn, farà bèn !).* Deux heures plus tard, je le retrouvai : il avait à peine parcouru cinq cents mètres, tombant tous les deux ou trois mètres, se relevant pour retomber, marchant à quatre pattes.

J'ai vu « la grosse », *sa grosse,* venir lui prêter main-forte, le soulever à bras-le-corps et l'entraîner cahin-caha vers leur gîte conjugal où la soirée a dû être laborieuse. J'ai pensé que ce soir-là au moins, le petit homme avait son compte et qu'il laisserait tranquille la bonne femme que nous aimions bien car elle avait du cœur et ne manquait jamais de nous apporter du café quand nous venions faucher les champs qui jouxtaient sa propriété. Jamais de lecture, jamais de journal. Un almanach, la messe et le sermon du curé de temps en temps, quelques achats indispensables, ainsi vivaient-ils, dans la monotonie des jours...

Enfin, en remontant de plus en plus haut sur la colline de plus en plus raide, près des forêts de sapins faisant suite aux prairies, on trouvait un foyer isolé, avec deux enfants, une fille et un garçon, eux aussi mes condisciples intermittents. Ils paraissaient vivre hors du temps, dans un décor sauvage qui, plus tard, me fit toujours penser à un western. Ils ne restaient là que six mois par an et l'école voyait peu les deux enfants que les parents retenaient pour s'occuper du bétail et des travaux des champs. C'étaient, sans doute, les deux seuls illettrés de notre école car il fallut bien se rendre à l'évidence,

4. Selon l'état du sujet, selon le degré d'ivresse, les expressions différaient : un homme qui avait le vin gai tout en restant lucide, était un peu « brindzingue ». Pour le degré au-dessus, on disait volontiers que l'homme était « chaud comme une grive » et, naturellement, « saoul comme un Polonais ». L'ivrogne endormi était considéré comme ivre-mort... il est parfois arrivé que, pris par le froid, il ne se réveille pas, tué par une congestion...

beaucoup plus tard : ils ne savaient apparemment pas lire l'adresse imprimée sur la bande d'un journal. Les parents qui les avaient obligés à rester auprès d'eux en portaient à coup sûr la responsabilité !

Les Prés, en dehors des habitants permanents, comprenaient des foyers qui, à l'instar du bétail et à cause de lui, *« remuaient »*[5]. C'était le cas d'un trio de vieux célibataires, deux frères, une sœur, qui ne se quittaient pas et qu'on voyait se déplacer lentement dans les champs et sur les chemins, en silence, mais en donnant l'impression de ne jamais s'arrêter. Il ne se passait apparemment rien dans leur vie, mais cette absence d'événement n'altérait pas leur humeur et on les sentait heureux d'être ensemble. Et, de fait, ils auraient pu être séparés par les nécessités de l'existence puisqu'un jour, dans leur jeunesse, la sœur s'était mariée. Mais, une fois le cérémonial terminé (messe, banquet, réjouissances, festivités nocturnes), la jeune mariée n'avait pas rejoint le domicile conjugal et était revenue coucher dans la maison de sa mère, sous le même toit que ses frères. Ce mariage singulier n'avait jamais eu de suite et c'est ainsi que s'était pérennisé un trio sans faille, auquel seule la mort devait mettre fin. C'était une vie au rythme régulier et sans à coups, à combustion lente, peuplée de longs silences entrecoupés de monosyllabes en patois. Je ne me souviens pas leur avoir jamais vu lire quoi que ce soit, journal notamment. Mais ils s'intéressaient volontiers aux « nouvelles », aux « on dit » et m'interrogeaient, à l'occasion, sur ce que je pensais de la politique et de la situation : *« Que disent-ils ? Que veulent-ils faire ? Ce sont bien tous les mêmes ! Qu'est-ce qu'on dit à Paris ? etc. »*[6] *« Ils »*, c'étaient indistinctement les autorités communales, le gouvernement, les députés, tous les décideurs. Tels quels, dans leur laconisme et leur atonie, ces trois personnages me paraissent, à distance, représenter assez fidèlement le paysan des vallées reculées ne voyageant pas, fût-ce pour faire vingt kilomètres en autocar, et vivant enfermé dans la monotonie des jours et des saisons, les servitudes de l'élevage, la dictature

---

5. En patois également, leur rythme lent se disait : « aller tout plan plan ». Beaucoup de mes compatriotes allaient plan plan... Mais il y avait aussi les « rapides » qui, comme leur nom l'indique, allaient plus vite que les autres ! « Aller plan plan » ne signifiait pas tirer au flanc, mais suivre son rythme...

6. Les « nouvelles » en patois francisé se disaient « nouveaux » : « Quels sont les nouveaux ? »

quotidienne du bétail. A peine aigris, fatalistes, ils faisaient leur travail car, en dehors de ce travail indispensable et répétitif, leur vie, me semble-t-il, ne recouvrait rien et correspondait à ce qu'on a appelé, plus tard, un non-événement. Toutefois, tous les trois mois, le plus jeune disparaissait pendant deux ou trois jours, à chacune des échéances où la retraite du combattant lui était versée. Il ne manquait jamais l'occasion.

Régulier au guichet comme un métronome, il revêtait un gilet noir de dimanche, un pantalon de velours, et partait toucher son dû, le béret des chasseurs – la fameuse tarte – pointé en avant. Chasseur pendant la guerre, il était chasseur à vie. Son mandat touché, il le buvait jusqu'à extinction. Il avait l'ivresse véhémente mais sans agressivité, parlait seul, haranguait, chantait, puis finissait par évacuer tout cela et par reprendre le collier. La guerre de tranchées, les combats à la baïonnette lui remontaient à la gorge dans ces moments-là. Des images le hantaient : les Vosges, Verdun, le Chemin des Dames, Douaumont surtout, tous les lieux sanglants où il avait combattu, souffert, eu peur, défilaient dans sa mémoire. Je n'ai jamais compris avec autant d'acuité ce qu'avait pu être cette guerre pour ceux qui en avaient été les acteurs qu'en l'entendant divaguer et mimer ses combats au corps à corps.

Il n'était pas le seul dont j'ai entendu les récits de guerre. Le dimanche, je suis allé souvent déjeuner chez un de mes camarades de collège dont les parents tenaient un café. C'est là, dans l'après-midi, que des hommes qui avaient fait la tournée des cafés depuis la sortie de la messe, vers onze heures, commençaient à évoquer le passé, sous l'effet des « *chopines* »[7] qu'ils s'étaient offertes, chacun à leur tour, à chacun sa tournée. L'effet était toujours le même. On ne mangeait pas, on était donc plus vulnérable. Vers seize heures, les têtes étaient chaudes et cela repartait, comme en 14. J'ai vu des larmes couler sur des visages burinés par l'air des champs lorsqu'ils se rappelaient et racontaient leurs blessures, leurs souffrances, la faim, le froid, les poux, la peur au ventre : « *Il faut y avoir été pour savoir ce qu'on a pu en voir, ce qu'on a enduré !* » Il s'était passé peu de temps, les souvenirs étaient frais, encore tout proches. On ne

7. Chopines : petites carafes de vingt-cinq centilitres environ, à col effilé, qui étaient, à l'époque, en quelque sorte, des unités de mesure de la consommation de vin. On allait au café pour boire des chopines...

pouvait pas s'en débarrasser. Le scénario était toujours le même. Pour le fantassin, il n'existait que deux armées dignes de ce nom : l'allemande et la française. Les autres, les Anglais, les Américains, n'étaient que des fantaisistes, amoureux de leurs aises, lâchant pied devant les « Boches » et dont il avait fallu colmater les défaillances sur le terrain, dès les premiers combats. Ne parlons pas des Italiens ! Caporetto les avaient disqualifiés pour l'éternité. Des troupes savoyardes avaient été envoyées à la rescousse en toute hâte. A la veille de 1939, la méfiance à l'égard de l'Anglais et de l'Américain restait des plus vivaces chez les anciens combattants dont j'ai entendu les récits. Elle correspondait, sans aucun doute, à un vieux fonds gaulois chez les gens du peuple, à une certaine forme d'orgueil dans les classes moyennes et dirigeantes. On redoutait l'Allemand, mais on l'estimait comme soldat. Les Anglo-saxons n'avaient pas la cote car ils n'avaient constitué qu'une force d'appoint dont on oubliait, en toute bonne conscience, qu'elle avait été indispensable[8].

## *Les meubles de la maison*

Les meubles des différentes pièces étaient à la fois beaux et utiles, nécessaires et suffisants. Ils étaient aussi adaptés à la taille des pièces, à la hauteur sous plafond et mis à leur place. Les mariages successifs avaient apporté leur dotation en meubles : arrière-grand-mères, grand-mères maternelles, ma mère, étaient venues avec du mobilier, je veux dire qu'elles avaient toutes apporté un « objet », comme c'était l'usage. Un objet, des objets, du linge et

8. Parmi ces anciens combattants, un de mes cousins germains était revenu couvert de gloire et de blessures. Alexis Viallet, fils d'un frère de ma mère (un de ses frères avait été tué dans les derniers jours de la guerre) était un homme exceptionnel, un personnage dont la conversation me fascinait. Nul mieux que lui ne m'a fait comprendre que la guerre de 1914 avait été, avant tout, une guerre de paysans qui défendirent la terre de Verdun et de Douaumont comme ils auraient défendu leurs propres champs. Travailleur infatigable, vivant en dehors du temps, monarchiste convaincu, Alexis Viallet porta longtemps une longue barbe qui lui donnait un air de prophète aux yeux du jeune admirateur que j'étais. Prophète, il l'était bel et bien, car nul n'a mieux parlé de l'économie montagnarde que cet autodidacte qui savait tout. Il est pour moi la plus grande figure du « Beaufortain d'autrefois ». Sans aucun doute notre grand-père commun, le maître d'école, lui avait-il légué le goût et le sens de l'exposé oral. Il n'eut qu'un seul tort, celui de tous les prophètes, précisément : avoir raison trop tôt ! Il passa donc pour un utopiste n'ayant pas les pieds sur la terre.

des vêtements : le fameux trousseau dont la composition minimum était fixée et définie et il n'était pas envisageable pour la jeune épouse d'y déroger.

La cuisine – *la maison*[9] – comprenait, au centre, la table familiale rectangulaire en noyer, assez large et assez longue pour que douze personnes puissent y prendre place. J'ai le souvenir d'un banc et de chaises empaillées, solides et lourdes, en bois plein. Buffet, crédence, vaisselier étaient là depuis les premiers temps : assiettes et plats d'étain avaient l'avantage de l'authenticité et de la qualité !

Il y avait une vaste cheminée adaptée à la surface de la pièce, une trentaine de mètre carrés. On pouvait y brûler des quartiers de sapin ou autres pour se chauffer ou pour faire chauffer les chaudrons à fromage ou pour tout autre usage. Cette cheminée, qu'il fallait ramoner tous les ans, ne faisait pas double emploi avec un fourneau, sans cesse alimenté en bois, qui servait à la cuisine, avec ses quatre trous, ses cercles, son four. La cafetière y était presque en permanence ! On prenait le café comme une coquetterie, on l'offrait, comme un dû, au facteur qui s'arrêtait pour une véritable pause-café quotidienne. Il est vrai qu'il faisait un long parcours à cause du journal auquel nous étions abonnés. Des kilomètres pour un journal valaient bien un café... et un petit verre de marc de pomme. L'homogénéité des meubles, des ustensiles, des assiettes, des couverts, témoignait du sérieux et du goût d'une époque où la qualité des équipements ménagers l'emportait sur le nombre dans les familles où l'argent était rare, sans être absent. Il ne manquait rien d'essentiel avec, malgré tout, le superflu, le surplus pour le luxe des grandes circonstances et le plaisir quotidien des yeux.

Le « *poêle* » était le dortoir – le « côté nuit » – faisant suite au côté jour, et la pièce de séjour, par grands froids, notamment le soir. On y mangeait, on y recevait en hiver. C'était la pièce d'accueil pour les veillées, les cérémonies familiales, mariages, baptêmes. Aux murs, les portraits de famille, un crucifix, l'abécédaire en lettres brodées de mon arrière-grand-mère, que j'ai emporté plus tard. Plusieurs grands lits à deux places, des lits à une place pour les

9. Le même mot désignait la maison en tant que « home », chalet, et la pièce où l'on vivait, ce que nous appelons la « salle de séjour-cuisine ».

enfants, un fourneau comme à la cuisine, une table, une belle armoire portant les initiales de ma mère et l'horloge, d'une grande finesse, portant le nom de Victoire Molliet-Ribet - 1842,[10] un cadeau de mariage fait sur mesure et qui égrenait les heures en sonnant deux fois de suite pour les heures, une fois pour les demi-heures. J'aurais aimé disposer de cette horloge, mais elle est restée à sa vraie place, celle qui lui était assignée depuis son arrivée et qui était la bonne place. Plus tard, un de mes premiers achats fut une horloge normande, à la Foire aux Puces de Saint-Ouen, pour l'entendre sonner et avoir l'heure. L'horloge symbolise le foyer, les dieux lares chers aux Romains et le temps qui passe. Sur une île déserte, j'emporterais une horloge pour l'entendre sonner jusqu'à l'heure de ma mort ! Cette horloge était vraiment l'âme de la maison : elle égrenait les heures et servait de référence au passé ; son histoire réservait des surprises. Ma mère m'a raconté qu'un jour, ou plutôt une nuit, mon père, rentré quelque peu « brindzingue » d'une descente au chef-lieu, avait confondu, au moment du coucher, le lit conjugal et la pendule. Il avait ouvert la porte qui donne accès au balancier et aux poids et avait tenté, sans succès, d'entrer dans la caisse de l'horloge... comme dans son lit. Ma mère avait pu, car il l'écoutait, lui faire entendre raison et le conduire à la couche nuptiale où il s'était endormi du sommeil du juste, je veux dire de l'homme auquel le vin apporte, comme à Noé, le repos et le calme réparateurs.

Dans la chambre (on disait *la* chambre), lieu interdit et inviolable, on pouvait suivre l'histoire de Joseph et des Hébreux et ses tribulations face à la Dame Putiphar. La disparition de ce baldaquin jugé, plus tard, inutile et poussiéreux, fait partie de mes regrets inutiles et, sans doute, injustifiés. Armoire, fauteuils, meuble de toilette, table ronde, constituaient un mobilier homogène, peu utilisé, mais qui aurait fait le bonheur d'un antiquaire digne de ce nom. En fait, c'était plus qu'une chambre, un salon d'accueil, le salon pour les visiteurs de marque ou présumés tels... les touristes, notamment, qui venaient voir ma mère dont la conversation intarissable était pour eux un enchantement. Ils croyaient trouver une paysanne et ils étaient accueillis effectivement par une authentique paysanne, habillée en paysanne, mais qui les recevait comme une grande dame, selon ce qu'a dit l'un d'eux à son enterrement.

---

10. Victoire Molliet-Ribet est une de mes deux arrière-grand-mères.

CHAPITRE III

# *Beaufort-sur-Doron en 1930*

On ne parlait pas d'environnement ni d'écologie dans les années 1930, mais la nature à Beaufort était intacte. La houille était blanche (on avait même construit un Palais de la Houille Blanche à Grenoble), l'électricité avait les allures d'une fée, les chutes d'eau captées vivaient leurs premiers beaux jours et apportaient du travail dans le Beaufortain. Le courant passait bien ! Tout cela sans outrage intolérable au paysage : un barrage à 2 000 mètres, au lac de la Girotte, n'offensait pas les regards des randonneurs, promeneurs, excursionnistes divers, peu nombreux, même en été. On était loin des marches groupées et accompagnées !

De gros tuyaux peints en rouges, puis en bleu, canalisaient l'eau du lac pour la conduire en une chute artificielle à l'usine électrique construite au fond de la cuvette : ils s'étaient incorporés au site en s'insérant dans les hautes herbes et les broussailles, et les gens ne les voyaient plus. Tout le reste était inchangé et paraissait immuable : l'accessoire disparaissait derrière l'essentiel. Beaufort, tapi dans son trou, connaissait des températures d'hiver sévères, de fortes chutes de neige, avec des étés de forte chaleur. Mais toujours, les nuits étaient fraîches. Au confluent du Doron de Roselend et du Doron d'Arêches, il avait gardé son allure de vieux bourg, chacun des trois siècles précédant le XXe ayant contribué à lui donner son aspect actuel. Ramassés autour d'une église massive et un peu lourde dont le clocher avait été « normalisé » sous la Révolution, on trouvait le vieux château Henri IV devenu mairie, un vieux pont, une chapelle désaffectée dite « des Pénitents ».[1] Des maisons aux murs épais pour pays froid ceinturaient l'édifice religieux et constituaient, par derrière, le « sommet de ville » car lesdites maisons s'étaient édifiées progressivement en remontant, en quelque sorte, la pente : les rues étaient plutôt des ruelles pavées, grimpant jusqu'au sommet de la

1. Cette ancienne chapelle est devenue, il y a quelques années, le siège d'une agence bancaire, après avoir servi de salle de cinéma, dans laquelle j'ai vu mon premier film muet, « Golgotha ». Faut-il en conclure, comme dans Faust, que le Veau d'Or est toujours debout ?

colline auquel le village s'était adossé au fil des années. Les ruines, fort délabrées, du château de La Grand Salle et celles, mieux conservées, des Châteaux, évoquaient un passé moyenâgeux où il y avait des seigneurs et, notamment, un comte. Les sires de Beaufort apparaissent au XIIe siècle.[2] Dans le passé, Beaufort était l'un des passages utilisés par les troupes du roi de France lorsque celui-ci voulait châtier le duc de Savoie ou lui porter secours. Au gré des circonstances, les ducs, protégés l'hiver par les Alpes, pratiquaient le renversement des alliances, par un jeu de bascule diplomatique peu apprécié des descendants d'Hugues Capet. Quand on parlait du « Prince » dans les conversations locales, il s'agissait, selon la rumeur, d'un descendant du bon Roi Henri qui, d'après ses proches, fit un soir « grandissimes folies » avec une villageoise sans doute requise pour éviter au monarque l'ennui d'une nuit solitaire.[3] Le « Prince », en tous cas, n'avait de royal que le surnom qu'on avait donné à ses ancêtres après le passage du Béarnais.

Trois hôtels, cinq cafés, deux boulangers (dont l'un célèbre par sa marmotte mangeuse de brioches offertes par les enfants), deux bouchers, un notaire, un percepteur, deux merceries, un médecin, une pharmacie, un garage, tel était, à la veille de la guerre, le Beaufort de mon adolescence et de ma jeunesse. Son activité était fortement marquée par l'économie alpine, l'élevage du bétail (son gruyère était depuis longtemps célèbre... et apprécié !). Le tourisme familial et les sports de neige affleuraient à peine. Emile Allais avait toutefois remporté la descente du Grand-Mont et valorisé la naissante station d'Arêches, en faisant naître de belles espérances dans le cœur des élus et des commerçants. Administrativement, Arêches était rattachée à Beaufort. Le maire d'Arêches était, en fait, le premier adjoint de Beaufort, d'où des conflits incessants entre les deux communes : grande était la susceptibilité des Arêchois. Les habitants d'Hauteluce n'étaient pas en reste. Chaque commune était un îlot de particularisme et d'autonomie, favorisés par l'absence de

---

2. Les Sires de Beaufort « Extrait de l'Armorial et Nobiliaire de l'Ancien Duché de Savoie » par le Comte Amédée de Faras (1868)

3. « En 1600, le jour le dixième d'octobre, Henri de Bourbon, Roi de France et de Navarre a été ici en grande compagnie de princes et autres gens d'armerie. Le jour onzième, il est allé au Cormet (d'Arêches), il faisait mauvais temps. Le jour douzième, il est parti, conduisant huit mille personnes et ayant fait grandissimes folies ». (Francis de La Croix, Curé).

communications rapides et commodes, malgré un éloignement réduit : six kilomètres pour aller de Beaufort à Arêches, un peu plus pour aller à Hauteluce, trois kilomètres pour Villard-sur-Doron et huit kilomètres pour Queige. C'était un canton relativement ramassé, mais les distances réelles ne peuvent être appréciées en kilomètres dans cette période où la voiture individuelle, le téléphone, n'étaient pas des éléments répandus de la vie quotidienne...

## *Les grands travaux des champs*

Chaque année, les grands travaux des champs, ceux qui étaient imposés par la nécessité d'atteindre le minimum vital, commençaient après la fonte des neiges : il fallait labourer et, donc, préparer les champs, faire les foins, couper les céréales puis battre et rentrer à l'automne et, souvent , labourer de nouveau.

## *Les labours*

Le labourage en pente n'a rien à voir avec le labourage en plaine, en surface plane. On ne pouvait pas entreprendre les labours sans une double préparation : il fallait d'abord remonter la terre (arrier, en patois), amener du fumier et le répandre ensuite sur toute l'étendue du champ à labourer. Pourquoi « remonter la terre » ? Les terrains étant en pente, la terre, une fois labourée, avait tendance à descendre, à glisser, les sillons contribuant, avec le « piochage », à créer une sorte de déclivité. La charrue, en la renversant à chaque sillon, tirait la terre vers le bas. On prévenait, en quelque sorte, le phénomène, on essayait de le neutraliser en « remontant la terre ». Telle était la doctrine de l'époque, telles étaient les pratiques auxquelles nul ne se dérobait. On creusait donc à la pelle, au bas du champ ou du pré, une tranchée de quatre-vingt centimètres de large environ, qui était le premier sillon, on mettait cette terre dans une brouette en bois, en la tassant soigneusement, en « bourrant » la brouette. Il s'agissait, ensuite, de tirer cette brouette au sommet du champ avec une corde terminée par un crochet qui arrimait la brouette. La corde passait par une poulie accrochée à un piquet de bois planté profondément. A l'autre bout, un système simple permettait à la corde d'être fixée à un cadre tiré par un mulet, comme un attelage. Une cheville permettait au conducteur du cheval (mulet, âne ou jument) de lâcher la corde lorsque le conducteur arrivait au sommet du champ avec sa brouette, qu'il basculait et vidait, en criant « *hop !* » fort pour avertir son partenaire d'arrêter le cheval et de donner du mou à la corde. Cette opération exigeait concomitance et synchronisation ; il était indispensable de bien contrôler la marche du cheval, de ralentir son pas à la fin et, donc, de surveiller le cheminement de la brouette. Ensuite, chacun faisait demi-tour, le cheval remontait, la brouette redescendait et l'opération se renouvelait jusqu'à ce que le bout du champ soit atteint. Brouette après brouette, une crête horizontale prenait forme, dont la terre comblerait le dernier sillon, sans créer de trou. La terre du bas bouchait le trou du haut, plus exactement le sillon du sommet, le dernier sillon, et justifiait la remontée ! J'ai souvent conduit le cheval, j'ai aussi conduit la brouette. L'effort n'était, naturellement, pas le même : l'homme à la brouette sentait son cœur battre de plus en plus fort et son souffle s'épuiser. Il fallait se reprendre, s'arrêter, ne pas forcer. Les bras, les mains, les épaules, le dos, étaient soumis à rude épreuve. Quand il n'y avait pas de cheval, il fallait quand même « monter la terre » en ayant recours à un « tireur » et à un « tiré ». Le tireur n'avait pas la vie belle ![4]

Quand la brouette ne pouvait pas être utilisée, par suite de la pente, de la configuration du champ, on portait la terre sur les épaules avec un « *bénéton* » appelé aussi « *casse-cou* ». Jamais appellation ne fut plus appropriée. Un « *bénéton* » était une sorte de panier en osier monté sur un cadre de bois (voir photo) constitué par deux lattes disposées en triangle, encastrées dans une barre de bois incurvée pour épouser, en quelque sorte, la forme des épaules et du sommet du dos. On remplissait le bénéton posé à terre, on le

4. Pour tirer sur la corde, il fallait « emprunter » un animal de trait. C'était généralement un des mulets appartenant à mon oncle « montagnard » qui nous le prêtait pour la journée, parfois un âne. Je garde un souvenir ému d'une vieille jument grise, ramenée de la guerre par mon cousin Alexis Viallet (voir note n° 25). La Madelon, car tel était son nom, était la crème des juments. Le bruit des mines lui rappelait de mauvais souvenirs. Elle devenait alors redoutable car elle partait à fond de train, au galop, dès la première explosion. Rien à faire pour la retenir. Heureusement, elle n'allait jamais bien loin et se laissait ramener sans problème. J'ai fait, sur son dos, mon premier galop, et ce fut un grand moment !

soulevait ensuite par le bout des deux « lattes » en le faisant pivoter, on passait la tête entre les deux lattes, on recevait le bénéton sur les épaules, on s'arc-boutait et on entreprenait la montée... de pied ferme. Au sommet, un geste facile à acquérir : il s'agissait de jeter la terre pour obtenir le même résultat qu'avec la brouette. Le transport de la terre par « bénéton » est, sans conteste, la corvée la plus inhumaine que j'ai connue, remarque étant faite que, si la brouette ne pouvait pas monter la terre, il fallait aussi avoir recours au « bénéton », au « casse-cou » pour monter le fumier. On vend maintenant aux estivants des bénétons tout neufs, en osier, bien propres. Il y a des amateurs ; il ne manque que le fumier !

Pour « fumer » les champs, la brouette était aussi l'outil normalement utilisé. On organisait un circuit de brouettes, un va-et-vient, brouette pleine, brouette vide. Après, on « étendait » le fumier, c'est-à-dire qu'avec une pelle ou une fourche spéciale, on lançait le fumier vers le bas, tas par tas, en essayant d'atteindre une sorte d'égalité sur le terrain. On acquérait vite le tour de main, le sens du geste à faire. Deux fois par an (au printemps et à l'automne), la saison des labours était précédée par cette mise en condition de la terre. C'était un travail où il fallait aller au bout de ses forces. L'expression « la peine des hommes » m'a toujours paru s'appliquer à un exercice aussi épuisant que le port du bénéton – du casse-cou –, le bien nommé.

Le terrain préparé, fumé, il restait le jour du labour. Il fallait arrêter les dates, avoir l'attelage de mulets, les « piocheurs » et le muletier. Le mulet faisait partie du paysage alpin et c'était un bon compagnon de route. Grimpeur infatigable, au pied sûr, au souffle inépuisable, sobre, ne refusant jamais le travail, franc du collier, le mulet a droit à la plus grande considération. Est-ce son état d'hybride qui lui a valu un certain dédain, une situation de laissé-pour-compte, ou seulement le fait qu'il était une sorte de produit sans suite, intermédiaire entre l'âne et le cheval... Je n'ai jamais vu de mulet statufié, les peintres ont préféré les vaches, les bœufs ou les chevaux, qui ont tout pris. Sculpture, peinture, il n'y en a que pour eux. Rien pour le mulet... Moi, je n'ai que de bons souvenirs de mulets. Je suis souvent monté sur le dos d'un mulet. J'ai essayé d'en faire trotter, voire galoper, sans selle, à cru. J'ai vu, plus d'une fois, un mulet de haute taille ramener son maître, ivre et inconscient, à l'écurie, c'est-à-dire à la maison. La Tarentaise et la Maurienne, qui utilisaient le mulet et en faisaient l'élevage, auraient dû honorer ce fidèle animal, ce grand serviteur, pour services exceptionnels, civils et militaires, rendus aux montagnards et à la Patrie pendant des années, par un monument au « Mulet Inconnu » quelque part dans la montagne livrée l'été aux marcheurs et aux automobiles.

Le labourage, en plaine, se fait seul avec un tracteur. Le labourage, à l'époque, sur les pentes des Prés, exigeait une main-d'œuvre nombreuse : un meneur d'attelage, un conducteur de charrue et des hommes et des femmes pour casser les mottes de terre et rendre la terre plus meuble avant le passage de la herse. Le labourage faisait partie des travaux collectifs qu'une famille ne pouvait assumer seule, avec sa propre main-d'œuvre. Piocher se disait en patois « *instoncher* ». Entre voisins, on s'entraidait, on allait les uns chez les autres pour « *instoncher* » à tour de rôle. On utilisait des pioches, baptisées « *seppe* » en langage local. On attaquait la terre toute fraîche, fumante, à coups de « *seppe* ». Chaque piocheur avait une aire d'intervention de huit à dix mètres, de gauche à droite et de droite à gauche, chaque fois que la charrue *(l'araire)* creusait un nouveau sillon, dans un mouvement d'aller et retour entrecoupé de pauses, par exemple pour rouler une cigarette. L'apparition des charrues à double soc a profondément modifié, dans les années 1930, les techniques de labour. On a pu creuser des sillons plus profonds, mieux moulés, grâce à des socs plus lourds que les socs de bois ferrés à l'avant. J'aimais beaucoup tenir la charrue, faire de beaux sillons, sentir la terre fumante répandre une forte odeur d'humus, de fumier et d'herbe sèche. Il fallait guider les mulets avec doigté, leur faire adopter un régime de croisière, assez rapide pour tenir les délais, assez lent pour permettre aux « piocheurs » de faire leur travail. C'était le rôle du muletier.

Après, tout le monde passait à table vers midi. Dans ces jours-là, midi était midi, l'heure du manger et du boire. On avait faim, on avait soif, on avait sué dur. Les plaisanteries fusaient. Tout cela ne volait pas très haut. Il pouvait y avoir, ici ou là, un brin de cour. Mais, le labour, c'était la joie, presque la fête, c'était des hommes et des femmes jeunes ou dans la force de l'âge qui abattaient un travail indispensable en se serrant les coudes. Les femmes, coquettes, ne manquaient pas de « s'habiller propre » pour aller « *instoncher* ». Les hommes étaient généralement sales ce qui, semble-t-il, n'a pas changé, selon les statistiques de consommation de savon. J'ai connu un personnage singulier qui n'utilisait pas le savon de Marseille parce qu'il lui donnait mal au cœur. Il avait les mains recouvertes d'une crasse persistante à l'extérieur. A l'intérieur, comme il crachait assez souvent dans le travail, cette forme d'autonettoyage enlevait le plus gros et le plus gras. Il est mort à quatre-vingt-sept ans, vaillant jusqu'à la fin. A croire que la saleté conserve !

Après la charrue, immédiatement, on passait la herse, on semait et on ratissait les mottes déjà broyées avec des râteaux de fer[5] pour obtenir une terre friable, hachée fin, qui favoriserait la levée. Les herses triangulaires avaient des dents longues de vingt centimètres qui attaquaient la terre avec vigueur et pesaient lourd. Chaque mulet tirait une herse et il était nécessaire qu'une personne suive la herse, la soulève (car elle amassait des mottes), facilite le demi-tour.

Une journée de labour, c'était des courbatures, des muscles douloureux, des maux de dos, le « mal de reins » de ceux qui se courbent trop longtemps, font de faux mouvements, portent trop lourd, trop souvent, bref, un mal de la terre, même si la vie urbaine et l'usage de la voiture ont fait des douleurs vertébrales une calamité distinguée ! Les travaux sur les pentes des Prés imposaient souvent la station penchée mais j'ai connu des paysans droits et secs et d'autres tordus et traînant la patte. Avec les labours, la faux, les foins, les récoltes, fournissaient l'occasion de trop solliciter les vertèbres et de les démolir lentement mais sûrement. Dans la hiérarchie des fonctions, le muletier tenait un rôle essentiel. Protagoniste indispensable, il avait une place à part, presque au même titre que le *« fruitier »*, responsable de la fabrication du gruyère. Sa disponibilité devait être totale : il n'avait pas d'horaires. Avec ses deux mulets, il devait assurer le transport des pièces de gruyère depuis les chalets dispersés sur les pentes jusqu'à la cave centrale où le fruitier assurait l'entretien. Charger, décharger, exigeaient des bras qui ne craignaient pas les quintaux. En automne et au printemps, les labours chez les propriétaires qui louaient leurs vaches en été, étaient une de ses tâches primordiales. Souvent engagé à l'année, le muletier était généralement un fidèle serviteur dans la force de l'âge, attaché à son patron « montagnard » dont il épousait

5. On les appelait des « Retostus », nom qui évoque la « retouche » de la terre.

la cause, vieux garçon souvent, volontiers original. Je me souviens particulièrement de celui qu'on appelait le « têtu » à cause de son mauvais caractère. Je revois sa grosse tête surmontée d'un béret décoloré, ses grosses joues rougeaudes, gonflées par une chique qu'il faisait passer de part et d'autre, crachant régulièrement par un coin de la bouche le jus épais que sa salive accumulait à intervalles réguliers. Rugueux, rustaud, mal embouché, ce vieux timide laissait volontiers ses mains s'égarer sur les anatomies féminines, lors des labours. A un interlocuteur qui lui disait : « *Rappelle-toi* », il répondait invariablement : « *Un rappelé* – un rat pelé – *est un rat sans poil.* »

Et il partait d'un grand rire saccadé, heureux d'avoir placé une fois de plus son bon mot qui sentait le réchauffé face à un auditoire blasé et résigné.

## *Les travaux et les jours*

## *Le milieu naturel*

Vivre au milieu de la nature, près des sapins, avec les animaux, les fréquenter quotidiennement, connaître leurs foucades, partager leur existence diurne, participer à une sorte de convivialité permanente, voir la chatte dormir entre les pattes du chien, manger dans son « *coppet* »,[6] la chèvre cohabiter avec le mouton, les moutons circuler au milieu des vaches, comme des poissons dans l'eau, tel fut le lot de mes jeunes années. Toute cette animalerie s'expliquant à coups de cornes, voire à coups de pied, dans la beauté des sites, sous l'œil des montagnes, quelle richesse pour l'enfant ! Aussi grand, sinon plus, est l'enrichissement apporté par la pratique du travail des mains, la découverte des possibilités de son corps, de sa force et de ses limites. Porter, tirer, soulever, c'est la révélation de son être pour l'enfant qui, adolescent, se décide à l'homme. « *L'enfant mal décidé à l'homme* » a dit Claudel de Rimbaud. La vie au grand air, au milieu des animaux domestiques, qui fortifie le corps et évite à l'enfant de

6. Coppet : sorte de plat creux en bois où l'on donnait à manger au chien... et aux chats... Le cochon avait droit à une auge dont la contenance correspondait à sa voracité et à la nécessité de le faire grossir et engraisser dans les meilleurs délais.

se poser de faux problèmes, est une bonne façon de le décider à l'homme. La connaissance de ses mains, la conscience de ce qu'elles peuvent faire – scier, raboter, ajuster, planter des clous, faire un banc, un meuble simple, bricoler en somme –, est un acquis pour la vie. On part avec...

Je n'ai jamais eu la moindre attirance pour ce qu'on appelle la mécanique, peut-être parce que j'ai vu, dès l'âge de cinq ans, des charpentiers équarrir de longues poutres, comme cent ans auparavant leurs prédécesseurs, monter cette charpente sans appareil de levage, sans grue, par des mouvements ordonnés et coordonnés, au commandement du chef : « *Oh ! Hisse ! Quartier !* » Ma maison natale avait dû être construite de cette façon, comme au Moyen Age, presque à mains nues. Mais, de tous les travaux auxquels j'ai apporté ma contribution de jeune indigène Beaufortain puis de jeune intellectuel qui faisait « du Latin et du Grec », je tiens la fenaison, c'est-à-dire, avant tout, la coupe du foin, l'art de la faux, comme le sommet de ma période paysanne, avec le travail du bûcheron. Faucheur et bûcheron, en somme. Je voudrais, ô Mânes de Théocrite, de Virgile et de Hugo, célébrer le geste auguste du faucheur, et la vie rude et dangereuse du bûcheron, le coupeur de bois chanté par Charles Trénet. Art de la faux ? « *Faire quelque chose avec art. Voir adresse, habileté, savoir-faire. Avoir l'art et la manière » (Petit Robert).*

Il suffit d'apercevoir, le long d'une haie, le Parisien de résidence secondaire, champion de la tondeuse à gazon, s'escrimer par nécessité avec cet instrument venu du fond des âges, pour se rendre compte qu'il y a là comme un défaut. Manifestement, ça ne va pas, ça ne coupe pas. Il y manque le savoir-faire, le coup de main, le geste. J'ai appris je ne sais quand (huit ans, dix ans ?) avec mon frère aîné, admirable faucheur, les principes très simples de « l'art de la faux » qui, comme la guerre, selon Napoléon, est un art simple et tout d'exécution. J'ajoute que la faux, comme la danse, s'apprend pour la vie. De quoi s'agit-il ? Battre la faux d'abord, sur une enclume, avec un marteau spécialement destiné à cette fin,[7] affûter le fil sans en rompre la continuité, éviter les dents de scie, savoir aiguiser avec

7. On appelait cela « marteler » la faux, laquelle était prise entre le marteau et l'enclume.

légèreté, avec coulé, sans enlever, justement, la finesse du fil (ne pas couper le fil !) que l'on vient d'affûter,[8] savoir tenir la faux, le talon collé au sol, sans appuyer trop (attention aux cailloux, aux taupinières !) et décrire un arc de cercle, un demi-cercle complet, de droite à gauche, toujours coulé, sans à-coups et ramener la faux, selon un rythme lent mais régulier. Il y a un tempo du faucheur et cela peut durer des heures, des heures de balancement où les andins[9] s'alignent les uns à côté des autres. Il ahane, sue à grosses gouttes, son cœur bat fort, mais il peut s'arrêter, faire la pause, boire. Généralement, on commençait vers cinq heures du matin pour s'arrêter à dix heures, avec une pause vers les huit heures pour le casse-croûte. Rien n'est plus désespérant pour le faucheur que la solitude qui est celle du coureur de fond. Mon frère n'aimait pas être seul dans les moments des foins. Il souhaitait donc ma présence pour l'encourager plus que pour l'aider, encore que mon apport était chaque année plus sensible, mes forces augmentant avec les ans... Je me levais donc vers cinq heures, cinq heures trente, me traînais un peu, à moitié endormi, et allais rejoindre mon frère, déjà en train. La fraîcheur du matin me réveillait. La machine humaine se mettait en marche, le corps s'échauffait, les bras devenaient souples, les mains tenaient bien les « manettes » et je donnais vraiment tout ce que j'avais dans le ventre. Vers huit heures environ, nous mangions donc : café au lait, saucisson, tome. Mon frère battait les faux et on repartait jusqu'à dix heures. Nous étions comme Sisyphe avec son rocher : condamnés à remonter la pente, andin après andin. Nous adhérions à cette pente, penchés en avant, parfois arc-boutés quand cette pente était forte. On glisse facilement sur l'herbe mouillée par la rosée de la nuit. Parfois, une vipère se prenait dans la faux ! On l'écrasait, au besoin, à coups de talon, en faisant vite. Parfois aussi, des guêpes nous piquaient. On découvrait des nids d'oiseaux (moineaux, chardonnerets, cailles), des nids d'abeilles sauvages qu'on appelait des *« tônes »*, plus grosses et plus dodues que les abeilles,

8. La meule est contenue dans un « coffier » rempli d'eau et que l'on accroche à la ceinture, par derrière. Les coffiers étaient en bois. On les achetait... Le bon faucheur doit savoir battre et aiguiser sa faux. Qui veut voyager loin ménage sa monture...

9. L'andin est l'alignement du foin coupé en lignes parallèles et régulières. Ensuite, avec des fourches, on étendait les andins. C'était généralement le travail des femmes. A bon faucheur, bons andins. Autrement dit, le bon faucheur se reconnaissait à ses andins réguliers et bien alignés.

dont le miel était d'une saveur sucrée inégalable. Les nids de souris étaient également nombreux, on les entendait pousser leurs petits cris. Nous les écrasions sans pitié mais sans méchanceté, comme des êtres nuisibles... par une sorte de réflexe. Un lièvre pouvait surgir d'une herbe épaisse. Toutes ces découvertes, ces imprévus divers donnaient du piment à notre travail harassant et rompaient la monotonie de l'éternel va-et-vient de la faux... Mais souvent, il ne se passait rien et l'on entendait seulement les craquements alternés de l'herbe tranchée par nos coups rythmés dont il fallait garder le contrôle en ne confondant pas vitesse et précipitation. L'art de la faux consiste d'abord à éviter les coups mal donnés, sources de fatigue et de déboires pour le faucheur. Maîtriser sa technique, accepter de recommencer indéfiniment le même geste de gauche à droite et de droite à gauche, harmonieusement, sans énervement, en adoptant une cadence que l'on peut tenir, faire glisser la faux et non pas la projeter en force, tels sont quelques uns des principes que j'ai reçus du Prince des Faucheurs, mon frère aîné, toujours en souffle et paraissant survoler la fatigue de ses bras et de ses jambes.

Notre coquetterie, notre fierté, c'était une pièce, comme on disait, tondue régulièrement, rasée de près, où aucune herbe rebelle, aucune touffe oubliée n'apparaissait après notre passage. Du travail de coiffeur, en somme. Un exercice de style, à coup sûr, avec l'amour-propre, non formulé, pour l'ouvrage bien « faite » !

Ce perfectionnisme était rare, tout simplement parce que les bons faucheurs étaient rares. L'état du terrain, la nature de l'herbe, le degré de maturation, pouvaient être un obstacle à une taille sans boursouflures, sans reprises. Les taupinières étaient, également, un obstacle redoutable.[10]

Mais tout l'art du faucheur consistait, précisément, à déjouer les difficultés pour obtenir un « rendu » impeccable, comme un chef-d'œuvre. Plus difficile, plus éprouvante, la coupe du seigle et de l'avoine, à l'automne, exigeait une toute autre technique. Là, pas question de lancer la faux dans son cycle classique. S'adapter au terrain, à l'état des céréales, à leurs différences, était primordial et indispensable. Les orages de l'été pouvaient entraîner des désastres,

---

10. La taupinière est un petit monticule élaboré, si l'on peut dire, par la taupe... souvent en quelques heures. Dissimulée dans l'herbe, elle constitue un redoutable danger pour la faux. Une faux « prenant une taupinière » ne coupe plus, comme disent les faucheurs.

en « couchant » les plants. Les pluies prolongées pouvaient contribuer au pourrissement, les grêlons pouvaient hacher les épis, et les conditions de coupe étaient plus compliquées et l'effort de l'homme accru. Dans ces cas là, le bon coup de faux s'imposait ou, plutôt, le bon faucheur s'imposait au mauvais seigle ou à l'avoine aplatie par le vent et les grosses chutes de pluie. Un champ de seigle où les tiges sont droites est aussi beau qu'un champ de blé. Ca se coupe bien, même si le seigle est lourd à manier. Un champ de seigle où les tiges sont « couchées » et rabattues au sol, c'est l'enfer du faucheur, à tout le moins le purgatoire ! On attaquait les tiges par mouvements successifs et gradués, de droite à gauche, par des coups de faux secs et légers et, en bout de course, on composait l'andin. Quand c'était sec, bien sec, les choses se passaient bien. On était fatigué, mais les champs de seigle ou d'avoine n'avaient pas la surface des champs de foin. Quand les tiges avaient souffert, le temps nécessaire était plus long, l'effort plus dur, et l'épreuve désespérante. Deux jours après, on fanait, on ramassait les tiges en javelles, [11] on les entassait tête-bêche pour en faire des ballots encerclés et contenus par des cordes serrées qu'on appelait des « voyages ». [12] La tête recouverte d'un capuchon de tissu, on faisait un trou à la dimension pour permettre au crâne de s'y insérer. On se mettait en position, arc-bouté sur les jambes, quelqu'un soulevait le « voyage » en même temps que le porteur donnait le coup de rein, et on partait pour la grange. Plus compacts, à cause de la grosseur des tiges et du poids des grains, les « voyages » de seigle et d'avoine pesaient sur les épaules comme du plomb. Le foin était plus léger, ce qui est un jugement empreint de relativité ! Un champ, pour nous, s'analysait en voyages. On évaluait : « Vingt, trente, cinquante voyages », et tout était dit. Comme pour couper, il fallait se mettre à plusieurs pour porter. A chacun ses voyages ! On finissait hébété, après avoir expectoré deux ou trois litres de bonne sueur, le cœur cognait. On se dopait à coups de cidre ou par un mélange stimulant de vin et de

11. Javelles : on pourrait les définir comme des gerbes mises en paquet, les épis étant dirigés vers le haut.

12. Le mot « voyage », employé dans le langage du Beaufortain pour désigner le ballot de foin ou de céréales porté par les hommes, sur le dos, est un exemple assez caractéristique de transfert de sens. Le déplacement du porteur donne son nom à l'objet transporté. Selon le Petit Robert, le voyage est « la course que fait un chauffeur ou un porteur pour transporter quelqu'un ou quelque chose ».

café, exécrable à mon goût, mais qui faisait son effet. Les bons champs permettaient de marcher à flanc de coteau. Les mauvais, en contrebas, évoquaient les galères. Arrivés à la grange, on jetait le « voyage » en avant, on enlevait la corde et on la pliait et, selon l'état du moment, on repartait aussitôt ou on reprenait souffle. On tenait, on s'accrochait, ce n'était qu'un mauvais moment à passer. Et, de toutes façons, on n'avait pas le choix. Le foin, le seigle, l'avoine, l'orge, le blé, tout ce qui ne peut être rentré sans être sec, doit être rentré quand le soleil a accompli son œuvre... Pendant les foins et les moissons, les journées commençaient tôt et finissaient tard, est-il besoin de le souligner...

## *Le Battage*

Lorsque les « voyages » étaient déposés, il fallait entasser le foin à coups de fourche, le tasser (on le touillait avec les pieds) pour le serrer et, aussi, pour en mettre le plus possible car, dans les bonnes années, la place manquait, la grange était trop petite. On en fourrait partout, y compris entre les poutres. Le foin frais sent bon et toute la maison en était parfumée. Pendant l'hiver, le foin serré serait coupé en tranches, si l'on peut dire, et passerait par les trous prévus dans le plancher au moment de la construction, pour tomber directement dans le « *râtelier* »[13] de crèches auquel étaient attachées les vaches. Le blé, le seigle, étaient empilés soigneusement, javelles sur javelles et non pas jetés en vrac, car le jour du battage, il faudrait pouvoir dégager les gerbes rapidement pour alimenter la « machine à battre », la batteuse. Les battages, comme les labours, exigeaient un apport de main-d'œuvre extérieure et faisaient partie des travaux où l'entraide est indispensable. On allait « battre » les uns chez les autres, en fixant les dates à l'avance. On choisissait souvent des jours de mauvais temps, le battage ayant lieu à l'abri, dans la grange, la machine installée tout près du tas de javelles. Lorsque le seigle devait être rentré un peu mouillé ou pas assez sec, par crainte de l'orage, on battait au fléau, sur rythme ternaire – j'entends encore le bruit sourd : tac, tac, tac, répété avec régularité –, et on tournait

13. Le râtelier : alignement des crèches.

en même temps. Là aussi, il fallait être attentif. Malheur au maladroit qui s'emmêlait dans son fléau et cassait la cadence : c'était grave, la sanction de l'erreur pouvait être un coup de fléau mal donné ! la honte en plus...

Battre au fléau exigeait du souffle, des bras, un minimum d'habileté. La pause était la bienvenue ! Mais l'effort produit n'avait rien à voir avec la forcerie que constituait le « battage à la machine ». Ainsi appelait-on la batteuse mécanique dans laquelle l'énergie motrice était fournie par les bras des hommes et des femmes. Les équipes de deux se relayaient tous les quarts d'heure environ pour entraîner le lourd tambour à dents destiné à broyer les épis qu'un opérateur, lui aussi qualifié, enfournait, en évitant de laisser sa main dans l'engrenage. Il fallait lancer la mécanique, au sens propre du mot, c'est-à-dire, après un effort de mise en train, parvenir à un régime de croisière, de façon à permettre un approvisionnement régulier, savamment dosé. Un tablier de bois fixé derrière le tambour de la batteuse permettait de déposer les javelles apportées par l'un des participants de façon régulière. Il fallait savoir « donner à manger » à la batteuse de façon à ne pas engorger le tambour, auquel cas, l'arrêt était irrémédiable. On était conduit à dégager le dit tambour et à relancer la mécanique par un effort supplémentaire. Le cœur battait la chamade, dans le bruit, la poussière vous entrait de partout. Plein les bras, à bout de bras : c'était une épreuve épuisante... où il fallait, une fois de plus, aller au bout de soi-même.

Après le battage, il fallait « vanner ». Le van faisait partie du « mobilier » de la grange, de toutes les granges. Une roue dentée en bois, actionnée à la main (plus on tournait vite, plus l'air pulsé était efficace) fournissait le courant d'air qui chassait les poussières en secouant également un grillage qui, par son mouvement latéral, dirigeait les grains vers un orifice dans le bas du van. Les grains tombaient dans un bac rond, en bois. Les grains dorés, gonflés, sentaient déjà le bon pain et les gâteaux, odeur prémonitoire très spécifique. Nous croquions volontiers quelques poignées de grains, comme l'on goûtait le premier jus du cidre. Evidemment, ces grains étaient couverts de poussière et l'hygiène la plus élémentaire était bafouée. Qu'importe ! La diététique et les interdits n'existaient pas et nous ne cessions, de toute façon, de les ignorer, persuadés que nous étions d'être bâtis à chaux et à sable.

## *Le Bûcheron*

*Ecoute, bûcheron, arrête un peu le bras,*
*Ce ne sont pas des bois que tu jettes à bas !*
*Ronsard* - Ode aux bûcherons de la forêt de Gastine

Les objurgations de Ronsard aux bûcherons de la Forêt de Gastine n'ont, bien que je les ai apprises par cœur, jamais eu de prise sur moi. Il est vrai que je n'ai jamais abattu que des sapins ou des épicéas, et non des chênes ! « *Aller au bois* » avait un sens précis dans notre parler spécifique : il ne s'agissait pas d'aller se promener dans la forêt (encore qu'il fallait marcher et monter souvent pendant une demi-heure ou trois quarts d'heure) mais de couper des sapins, les scier, les abattre, les ébrancher, les débiter, bref, accomplir le travail complet de bûcheron professionnel, alors que nous étions, tout au plus, des amateurs éclairés. J'aimais aller au bois. De tous mes plaisirs de jeunesse, celui-là me reste comme une sorte de bonheur rare et même unique, en tous cas à nul autre pareil. On partait le matin de bonne heure, en automne, en hiver, avec le pic sur l'épaule, le *fer* en bandoulière, [14] la hache et la musette. La crainte, c'était l'accident, toujours possible, souvent absurde, du fait des outils mal maîtrisés ou, simplement, de par la nature même des choses. Je n'y pensais pas spécialement mais l'abattage d'un gros sapin avait quand même toujours une part d'aléas. Mon frère y pensait certainement, lui, mais en se disant que « c'étaient les risques du métier » (le travail du paysan en comporte un certain nombre) et qu'on passerait à côté ou à travers avec de la chance...

Les forêts portaient des noms euphoniques : Le Darbelloz, Le Crozat, les Stalliers, Le Plan du Mont. Beaufort, disait-on, était la commune de Savoie dont le patrimoine forestier était le plus important. Grâce à ces bois communaux, chaque famille, chaque foyer, avait droit à une allocation annuelle de bois dit « bois d'affouage » gratuite, mais qu'il fallait, naturellement, prendre en charge et

---

14. Le « fer » est une scie à large lame qui permet à deux bûcherons face-à-face d'attaquer les troncs pour abattre les arbres et de débiter ensuite l'arbre selon la longueur voulue. Le fer est aussi appelé « passe-partout ». Deux prises en bois aux deux extrémités permettrent de bien tenir en mains le fer. Les bûcherons lui impriment un mouvement de va-et-vient plus ou moins rapide, en évitant de trop appuyer sur la lame pour essayer de tailler plus profond.

travailler. Grâce au bois d'affouage, le citoyen de Beaufort a toujours eu chaud, depuis des siècles, dans l'odeur du sapin qui sent bon en brûlant dans les fourneaux ou les cheminées. Tel ne fut pas le cas des Mauriennais brûleurs de tourbe ou de bouses de vache, dont la capacité calorifique n'est que relative et dont l'odeur est peccamineuse et persistante. Parmi les allocataires, certains ne faisaient pas valoir leurs droits, les abandonnaient ou les vendaient ou demandaient à quelqu'un de s'en occuper à leur place. Si je suis assez souvent « allé au bois », c'est parce que mon frère se chargeait de régler la question pour le compte de tiers et qu'il avait donc besoin d'un auxiliaire indispensable, car le travail du bûcheron exige au minimum deux personnes. Une « coupe de bois » était toujours l'affaire d'une équipe. Dans ces années-là, les bûcherons étaient généralement des Valdotains ou, en tous cas, des Piémontais groupés sous l'autorité d'un chef qui soumissionnait aux appels d'offres.

Mangeurs de gruyère et de polenta (le contrat prévoyait les quantités respectives fournies) les bûcherons italiens étaient les seuls à se charger de certains travaux difficiles, voire dangereux.

Les femmes seules ne pouvaient pas traiter elles-mêmes leur bois d'affouage. Tel était le cas de la grande Sophie qui habitait une maison impossible, menacée par un glissement de terrain. Vieille fille de haute stature, le visage doux éclairé par de grands yeux bleus, taillé à la serpe, avec des mains comme des battoirs, elle parlait d'une voix chantante et un peu nasillarde. Elle exerçait, en exclusivité, un métier rare, à jamais disparu, puisqu'elle fabriquait les coiffes noires – les « *calettes* » – ou blanches – les « *berres* » – portées par les paysannes, et tout particulièrement les festons qui ornaient le front de ces coiffes. La coiffe, c'était les festons. Les calettes constituaient le couvre-chef ordinaire du dimanche et le signe du deuil. Dans la journée, les femmes portaient le bonnet. Les berres blanches étaient l'apanage des cérémonies, fêtes religieuses, mariages, baptêmes. A la veille de la guerre, les femmes du chef-lieu avaient, pour la plupart, abandonné le costume, comme d'ailleurs la majorité des jeunes filles de la campagne. La libération de la femme, à Beaufort, avait commencé par les changements vestimentaires et les têtes nues.[15] Toujours est-il que pour les femmes encore attachées aux traditions ou aux habitudes du passé, la grande Sophie était le seul recours lorsque les coiffes donnaient des signes de faiblesse. Nous faisions donc le bois de « la Sophie », ce qui me vaut, bien des années après, de revoir la silhouette de cette grande fille vraiment toute simple, mais ô combien vertueuse et digne dans sa solitude de femme sans homme. J'entrais toujours avec enthousiasme dans mon rôle de bûcheron suppléant. Nous attaquions les troncs à cinquante centimètres du sol ; mon frère faisait les premières entailles à la hache, et, ensuite, nous engagions le fer, c'est le cas de l'écrire. On surveillait attentivement la progression de l'entaille. Quand on entendait le premier craquement, nous continuions, aux aguets, et brusquement, un saut de côté ou en arrière, et on voyait le sapin s'effondrer dans un bruit de branches écrasées.

Après, on élaguait, on écartait les branches et on se mettait à scier, selon la longueur retenue pour les billots. On les faisait avancer, on les empilait avec les pics, en attendant l'hiver, pour les faire descendre dans les couloirs gelés. Sport dangereux et passionnant[16] !

Les pièces de bois fonçaient, tête en avant, s'écartant parfois du chemin souhaité. Il était prudent de s'écarter, de prendre ses distances, car certains cheminements étaient imprévisibles. Nous mangions du saucisson, du jambon de confection familiale, du Beaufort ou de la tomme, buvions un coup de vin, et la vie était belle. Les enfants des villes ignorent (hélas pour eux !) les joies du bûcheron, le maniement de la hache, qui exprime avec plénitude un certain aspect de l'effort humain où l'on voit progresser les effets de cet effort à chaque coup... Toutes les fois que j'ai pu le faire, je me suis servi d'une hache, et abattre un arbre ou couper une branche à la hache a toujours fait partie des plaisirs à portée de main que la vie m'a procurés. Le bois sent bon, la résine a une odeur unique et le

---

15. Je me souviens de l'apparition des premiers bas « couleur chair ». On cria au scandale, ici ou là. Rapidement, toutes les jeunes filles en portèrent et on n'en parla plus.

16. Pour avoir bien en main la hache, le pic, le fer, pour faciliter l'adhérence, notre recette était celle de tous les paysans : il fallait se « cracher dans les mains ». Je me suis souvent craché dans les mains au cours de ma vie de faucheur et de laboureur occasionnel... Plus tard, j'ai vu des « gardiens de but » célèbres en faire autant avant de bloquer le ballon. A l'époque, beaucoup ne portaient pas de gants... Et là aussi, il s'agissait, comme pour les paysans, de ne pas lâcher prise...

monde de la forêt a toujours son mystère ! C'était dur, mais nous étions heureux, nous sentions nos corps tendus ; nous savions que les soirées d'hiver seraient chaudes et qu'on serait bien dans la maison, le soir, à la veillée... quand il gèlerait à pierre fendre.

## *La mort du cochon*

A l'époque, il n'était pas une famille paysanne qui n'élevât son cochon, ne tuât son cochon, parfois ses deux cochons. On l'achetait, en général, au mois de septembre, à la descente des alpages. Tout est bon dans le cochon : j'ai fait des brosses avec les soies du cochon et ciré mes chaussures avec ; je les ai fait briller avec ces poils souples. C'est l'un de mes souvenirs de bricoleur universel, comme pouvaient l'être les jeunes paysans. Sans aucun doute, « tuer le cochon » était une date, une fête rituelle, vaguement païenne dans sa cruauté brutale. L'animal était saisi dans son *« bottet »*, son coin obscur, étroit et malodorant. Souvent trop gras, trop gros, il avait du mal à se rendre sur les lieux de son supplice, devant la maison, sur un plancher en légère pente où on le couchait brusquement, en lui attachant les pattes, en le tenant à plusieurs. Le cochon est un animal vigoureux, capable de soubresauts brusques et dangereux. La bête maîtrisée, le boucher (un *« tueur »* spécialisé) lui plantait un *« couteau étranglu »* [17] dans la gorge, d'un seul coup tranchait l'artère carotide, et le sang jaillissait, tout clair, dans une poêle où, tout de suite, il était battu comme « œufs à la neige » pendant que le malheureux cochon poussait des cris affreux, des cris d'assassiné, il n'y a pas d'autre mot. Et puis, le moment arrivait où, vidée de son sang, la bête expirait et, tout de suite, l'eau chaude ruisselait sur ses flancs, les soies étaient « raclées », la peau nettoyée. Rapidement, on suspendait par les pattes de derrière, grâce à une poulie, le quadrupède qui était, non moins rapidement, vidé, coupé en deux, en quatre, la tête enlevée...

Après, c'étaient les boudins délicieux, les saucissons préparés avec soin (attention à l'assaisonnement), passés à la machine, mis en boyaux, attachés, tendus, séchés au plafond, avant d'être mis à

17. C'est le terme patois.

la graisse dans des jarres appelées « *topines* ». Les jambons étaient aussi pendus et séchés. Filets, pâtés, saucissons aux herbes (« *pormonniers* ») devenus, depuis, nourriture pour touristes, autant de plats délicieux qui faisaient oublier les cris de l'égorgement, rite dont je garde, malgré les ans, une répugnance profonde mais franchement hypocrite. Nous mangeons chaque jour des viandes qui ont d'abord commencé par être les chairs d'animaux vivants. Que dire des veaux, engraissés selon des méthodes parfaitement inhumaines ? Alors, l'abattage campagnard du cochon, du mouton, de la chèvre, du chevreau, du lapin, du coq et des poules apparaissent pour ce qu'ils étaient et pour ce qu'ils sont : une étape déplaisante, pas plus méprisable que les corridas où des gens distingués paient fort cher pour voir un combat souvent hideux où, quoi qu'on dise, la bête a peu de chances, et dont je n'ai jamais compris ni la noblesse ni la philosophie idéalisée par les « *aficionados* » et toute une littérature où l'on trouve des noms célèbres...

Dans son film « *Farö* », nom de l'île où il a une résidence, Ingmar Bergman a enregistré le cycle complet de l'abattage du cochon par ses compatriotes, les paysans suédois. C'est un reportage sans complaisance et sans clin d'œil, qui montre à l'évidence qu'il existe une internationale du cochon, je veux dire une internationale de l'économie paysanne. Bergman est Bergman, et j'ai passé un moment agréable dans l'île de Farö, en évoquant, grâce à lui, mes souvenirs de jeune terrien... malgré mes répugnances sur l'exécution de la bête.

## *Le four*

Le four était à côté de la maison, la jouxtait, comme un complément indispensable, un élément fondamental de la vie en altitude, loin des centres de panification, comme on dit aujourd'hui. C'était une construction solide, arrondie à l'arrière, édifiée selon les règles de l'art, l'art de faire cuire, avec de larges pierres plates à l'intérieur pour recevoir les pains, des murs épais, bien cimentés, bien isolés, avec un toit en ardoises. Le four était comme le « signal » du village. On dirait, aujourd'hui, le point fort d'une vie naturelle, où la farine était sans apprêt.

Lorsque je pense à ce temps-là, le four[18] et le pain remontent à la surface. Le jour du pain était une fête. C'était, chaque fois, pour la préparation, un coup de dés : dosage de l'eau, du sel, pétrissage de la pâte dans le pétrin, levée lente de cette pâte, de cette masse, dans la mée, et puis préparation des pains, alignés sur une table, tout prêts à être enfournés. Si la préparation de la pâte était primordiale, le degré de chaleur du four n'était pas moins important. Trop chaud, le pain « prenait » trop vite et « brûlait ». Pas assez chaud, c'était une pâte molle, pas cuite, un mauvais pain, pas digeste. Un bois spécial, très sec, en quartiers coupés « ad hoc » était utilisé. Tout le village faisait le pain en même temps, avec chacun son tour de four. Il fallait faire vite pour apporter les pains, les placer, avec un apprêt de farine, sur le plateau de bois à long manche qui les enfouissait, en ordre et sans bavures, dans le four. Là aussi, le « tour de main » était nécessaire : malheur au maladroit ! un pain mal posé ne pouvait être qu'un pain manqué. C'étaient des pains durs, secs, serrés, noirs (on disait pain noir et pain blanc), destinés à assurer la nourriture de deux mois environ. Mais il y avait aussi les galettes, appelées *« créchets »*, faites avec de la farine de froment, recouvertes de jaune d'œuf, délicieuses fantaisies, gourmandises attendues pour manger avec le café au lait du matin ou comme dessert, des pains craquants qui parfumaient la maison. Tout le village sentait, d'ailleurs, le pain cuit, et la réussite du pain était une joie réelle, pure, qui m'a toujours paru élever les esprits et réchauffer les âmes. Vers les années 1936, on a cessé de cuire. On a d'abord porté la farine chez le boulanger qui a fait du pain blanc transporté sur le dos, dans des sacs appelés *« taques »*. Deux pains, c'était déjà lourd et ça tenait chaud au dos et aux épaules. Heureusement, les premiers sacs tyroliens sont apparus. Quel progrès lorsqu'on a pu passer les bretelles de ces premiers sacs. Quel progrès plus grand encore, lorsque les armatures ont renforcé la « portée du sac ». Les mains étaient libres, le dos supportait tout. Enfin, les montagnards avaient des instruments adaptés à la montée, rationnels, quoi... C'était le progrès, on « portait » comme des Parisiens !

---

18. Pourquoi dit-on, pour parler d'un échec théâtral, littéraire, musical, politique : « C'est un four », « Faire un four » ?

En 1996, le four est toujours là. Il sert de grenier à bois, mais sa présence est toujours évocatrice des temps révolus. Seuls ceux qui n'ont pas connu la peine des hommes peuvent regretter cet aspect de la vie pastorale, même si la fabrication du pain était la plus poétique.

Il est vrai que manger du pain noir, du pain de seigle est devenu un snobisme. Le pain de seigle est maintenant un pain de riche, de gourmet. Le pain blanc est devenu celui du plus grand nombre. N'est-ce pas le décorateur Slavick qui déclarait un jour, après avoir réalisé des crèches dans je ne sais quel restaurant pour snobs : « *Si j'avais su, j'aurais mis du foin. Ils en auraient mangé, pourvu que ce soit cher !* »

Et n'est-ce pas Boris Vian qui voulait bien d'un suaire, pourvu qu'il sorte de chez Dior ? Bien sûr, il m'arrive de m'acheter un pain de seigle, mais rien à voir avec le pain de seigle de mes jeunes années, généralement lourd et dur et souvent trop compact ! Il faut le dire : le pain est bien meilleur lorsqu'il sort d'un bon fournil !

CHAPITRE IV

# *Les grandes scènes du ménage*

Par ordre d'entrée en scène, les travaux destinés à l'élaboration des nourritures familiales étaient : la fabrication du fromage (tomme et grattaron,[1] vache et chèvre) le matin et, en fin de journée, le beurre. Je n'étais pour rien dans la fabrication de la tomme ni du grattaron. Je dirai simplement que la tomme était faite exclusivement par ma mère et les grattarons généralement par mes sœurs. Nous vivons une époque où, depuis quelques années, l'industrialisation du fromage en général, due essentiellement à la massification de la consommation , jette chaque jour sur les marchés qualifiés de « *super* », d'« *hyper* », de supérettes, des milliers de pâtes molles, insipides, blanchâtres, n'ayant pas eu le temps d'atteindre leur maturité. La triste « ronde des fromages » à laquelle on assiste dans trop de restaurants, y compris les plus chers, ne fait que confirmer la dégradation du goût des soi-disant amateurs de fromage qui, apparemment, avalent n'importe quel produit, pourvu que l'appellation leur inspire la confiance de l'ignorant. La tomme dite « de Savoie » fait partie du cortège funèbre des fromages qui n'honorent plus leur nom. Que dire du « reblochon », merveilleux fromage s'il en est, qui n'est souvent qu'un langoureux et plat amas blanchâtre, un je ne sais quoi qui ne devrait avoir de nom dans aucune langue. Le grand Winston Churchill réviserait sûrement son jugement s'il avait dû subir la capitulation des fromages devant la vulgarisation du lait. « Tomme et grattaron » étaient apportés sur notre table quand ils devaient l'être et rares étaient les échecs.

Deux types de barattes permettaient de battre le beurre. La baratte simple, verticale, dans laquelle un battoir permettait progressivement la transformation du lait en beurre. On jugeait à l'oreille plus qu'à la résistance rencontrée, l'apparition du beurre. Là aussi, il fallait que les choses soient à point. J'avais tendance à battre trop vite, voulant chaque fois améliorer mon record personnel et faire un

1. Le grattaron est, par excellence, le fromage fabriqué avec le lait de chèvre, à la ferme.

temps. J'ajoute que je trouvais fastidieux de me livrer à la répétition du même geste pendant une demi-heure... J'avais donc envie de raccourcir les délais et d'accélérer le tempo. Quand la crème était abondante (par exemple une dizaine de litres de lait) on avait recours à la grande baratte, montée sur pied et qui battait le lait par rotation, sur une surface hexagonale. J'aimais assez battre à la grande baratte. On pouvait être debout, voire assis, et l'effort était mieux dosé car le maniement du levier batteur de la petite baratte constituait un exercice qui sollicitait le cœur et le souffle. Dans tous les cas, ma récompense était de goûter et de savourer le beurre frais sur un pain frais ou pas, et de boire le babeurre, boisson très rafraîchissante qu'on appelait « *clar de flon* » – clair de crème. La flon, c'était la crème !

Ma mère et mes sœurs étaient fort expertes en confitures : rhubarbe, cerises, coings, mais aussi framboises, fraises des bois que nous ramassions en quantité dans des coins réservés et secrets, et les « *embrunes* » cueillies avec des peignes, elles aussi en quantité. Les mûres figuraient également parmi les délices de ces temps-là. Mais je dois faire une place à part à l'élaboration de la résinée, spécialité de ma mère qui prenait les choses en mains durant tout le cycle, qui durait deux jours entiers. On remplissait un chaudron (un « *parolet* ») d'une cinquantaine de litres de cidre frais dans lequel on faisait cuire, par réduction, des poires coupées en petits quartiers. Pas n'importe quelles poires : les poires d'un poirier déterminé, situé près du four, sur lequel je suis monté bien des fois pour manger ces poires délicieuses et les ramasser aussi bien pour la résinée. La qualité de cette confiture, à jamais disparue, semble-t-il, tenait au dernier quart d'heure, quand la caramélisation apparaissait. Il fallait doser, éviter de faire « brûler » au fond du chaudron. Du grand Art...

Nous goûtions tous la nouvelle résinée avant qu'elle soit mise dans des « *topines* » de différentes tailles. Nous en mangerions tout l'hiver, toute l'année, comme dessert, sur des tartes, avec de la polenta grillée au four, ou tout simplement cuite. Peu de plats m'ont laissé un souvenir aussi aigu et une aussi grande nostalgie culinaire que la polenta grillée à la résinée, symbole pour moi de la cuisine mijotée, à l'ancienne, quoi !

La polenta, nous la mangions aussi avec du lait crémeux, de la même façon que les pommes de terre cuites à l'eau. C'était aussi une de nos nourritures préférées... sous les formes les plus diverses. La pomme de terre, en patois, s'appelait « *tartifle* ». Nous avons beaucoup mangé de « *tartifles* », en toutes saisons...

La quantité de pommes de terre récoltée chaque année était un sujet de préoccupation majeur : les pommes de terre seraient-elles grosses, moyennes, petites ? Chaque année, le débat était ouvert. Le temps y était pour une grande part, mais aussi le choix du terrain, le choix des semences. Pendant des années, j'ai assisté à une controverse entre les « jaunes » et les « rouges ». Selon ma mère, les jaunes, plus farineuses, se prêtaient mieux à la cuisine et à ses formes diverses d'utilisations. Mon frère aîné penchait pour les « rouges » qui, selon lui, rendaient mieux. Pour ma part, j'aimais bien participer aux semences en jetant la pomme de terre dans le trou ouvert par la « *seppe* » et encore plus à l'arrachage en septembre ou octobre. J'attendais, comme les autres, le coup de pioche miracle qui ferait apparaître les grosses « patates » qui épateraient les voisins...

## *Le manger et le boire*

Tout le monde travaille pour se nourrir, et la pire sanction du chômage réside d'abord dans la difficulté de payer sa subsistance quotidienne. Le paysan, plus que quiconque, travaille pour se nourrir, la plupart sinon la totalité des éléments de sa vie quotidienne lui étant fournis sur place et étant véritablement les fruits de son travail et de sa compétence. Viande, lait, légumes, provenaient de nos bêtes ou de notre jardin. Poules, lapins, canards, basse-cour, contribuaient à faire de notre nourriture une gourmandise à base de « produits naturels » comme disent les publicités des médias avec une grande absence de naturel...

J'ai pris le sein de ma mère jusqu'à deux ans, ce qui constituait un record familial. J'étais le dernier mais il a bien fallu, un jour, mettre fin à ma boulimie abusive. Après, j'ai bu beaucoup de lait, du lait cru, du lai « bourru » sortant du pis des vaches ou de telle vache choisie pour la qualité de son lait, sans souci des microbes innombrables et des maladies potentielles contenus dans ce liquide froid ou tiède, mais toujours frais. Parfois, un jet de lait passait directement du pis à ma bouche ouverte. Quels délices et quel mépris de l'hygiène ! Mais comment rendre compte de plaisirs aussi rares, à une époque de diététique forcenée où l'artificiel le dispute à la manipulation ? Plus tard, j'ai vécu de soupes quotidiennes et bi-quotidiennes, comme mes commensaux et contemporains, mes chiens et mes chats. Le matin : café au lait à la chicorée, naturellement, pain et tartines de beurre, de confiture et de miel. Nos plats habituels étaient à base de pommes de terre. Nous récoltions de belles et bonnes pommes de terre : les nouvelles dans le jardin et les autres dans les champs. Mais le riz, sous des formes diverses, les pâtes, avaient leur place dans les menus. Ma mère faisait elle-même des pâtes de haut niveau : des « *taillerins* » que l'on découpait en lamelles. Les « *fettucine* » italiennes peuvent être comparées aux « *taglierins* » savoyards de cette époque. A la belle saison, les légumes du jardin faisaient merveille : salades, carottes, haricots verts poussaient avec bonheur dans une terre fécondée par nos déjections. Chaque année, au printemps, nous vidions le contenu d'une année de résidus alimentaires de nos intestins respectifs, tombés dans la fosse commune des excréments familiaux. Ce jour-là, les abords de la maison et le jardin ne sentaient pas la rose, mais le vent de la montagne et l'odeur des sapins tout proches avaient vite raison de la pestilence transitoire, et nous savions que nous aurions de beaux légumes, fruits de l'engrais humain, si l'on peut dire. Je ne sais comment célébrer le cardon à la crème que ma mère faisait mitonner l'hiver, par les grands froids et pour les grandes occasions, car le cardon, légume plantureux, était stocké à la cave en automne. Pour la bonne bouche ! Hélas, le cardon a disparu de nos tables, en tous cas de celles où je m'assois !

Il y avait des plats de gala qui n'étaient points exceptionnels : le farçon, sorte de clafoutis cuit au four dans lequel pommes de terre, pommes fruits, résinée, raisins secs composaient un plat solide et délicieux dont je n'ai jamais trouvé la présence dans aucun restaurant réputé « régional ». Les crêpes, plus ou moins épaisses, faites avec le premier lait de la vache après son veau, les matefaims *(matafan)* épais et consistants[2] nous procuraient des joies viscérales incontestables et toujours nouvelles. Et puis, il y avait les « rissoles », plat de mariage, avec résinée ou confiture de coing, les bugnes, les beignets divers, les biscuits à la cuillère, les gâteaux dits « de Savoie », toutes douceurs *(sweets,* comme disent les Anglo-Saxons) que ma mère ou

2. Pour mater la faim, au sens littéral.

mes sœurs réussissaient d'une main sûre. Le dimanche, tous les dimanches ou presque, ce n'était pas la poule au pot, réservée plutôt à des fêtes, servie avec du riz, mais le « bouilli » (le pot-au-feu) et tantôt le gâteau de riz ou les œufs à la neige ou la crème fouettée. Le jour du Seigneur était aussi celui de la gourmandise. Je ne parle pas des tartes aux pommes, aux coings, aux prunes ou autres galettes. J'ai passé sous silence toutes les variations que les cuisinières pouvaient réaliser avec les ressources du cochon, du mouton, du veau et tous les volatiles. Si l'argent était rare, la cuisine était toujours au top niveau, signe incontestable d'une civilisation qui, tout compte fait, nourrissait ses hommes. Dois-je ajouter que nous faisions maigre le vendredi, que pendant le carême, nous mangions de la morue achetée entière et dessalée pendant le temps qu'il fallait. Rôtie ou en blanquette, la morue se laissait manger, et puis cela changeait de l'ordinaire...

Inutile de préciser que notre morale alimentaire ignorait les prescriptions de nos années distinguées. Il s'agissait de manger à sa faim, ni trop ni trop peu. Le froid, l'hiver, la chaleur, l'été, rythmaient et modulaient nos repas. Les « montagnards », à la différence des citadins, savent qu'en hiver il faut manger solide, voire gras, pour affronter le froid et se vêtir en conséquence. L'hiver dure des mois, le temps a des sautes d'humeur, l'adaptation est obligatoire et se fait naturellement...

## *Eloge du mouton*

C'est entendu, comme berger, j'ai souffert du mouton et j'ai souvent été exaspéré par l'obstination de telle vieille brebis impossible à manier. On dit « têtu comme un âne ». On devrait dire « têtu comme un mouton ». Mais le mouton, comme le cochon, était, dans ces années-là, indispensable à l'alimentation paysanne. L'expression « se payer sur la bête » semble avoir été inventée pour ce quadrupède agaçant mais inoffensif et facile à nourrir. Tout est bon dans le mouton, comme dans le cochon, on peut vraiment en tirer presque totalement parti. Très adapté au relief alpin, le mouton est un rongeur redoutable dans les prés et, à sa manière, un destructeur de végétation. Mais c'est un animal à cycle court, si court que l'agneau se promène sur toutes les tables de tous les restaurants. Mais pour ceux qui ne finissaient pas prématurément dans les cuisines, pour les adultes, existait un rituel impératif : la tonte de la laine, pour ovins des deux sexes, naturellement, et la castration, pour béliers destinés à être mangés dans l'hiver. La tonte, selon le temps, avait lieu soit en plein air, soit à l'abri. Il fallait se saisir de la bête, la renverser à terre sur un *« drapet »* (pièce de toile résistante comportant des coins avec des ficelles et servant aussi bien au transport du foin... que de la laine). Je tenais les pattes ou la tête pour que l'animal ne bouge pas, se laisse faire. Mon frère maniait la tondeuse ou les grands ciseaux et, rapidement, la bête était libérée et dépouillée de sa laine, avec une satisfaction réelle. La laine tient chaud et favorise la présence de parasites suceurs de sang. Le mouton se secouait, manifestement allégé, et ayant changé d'aspect en quelques minutes. Après, il fallait laver la laine, la faire sécher, la carder, la filer sur les rouets des grands-mères et, ensuite, faire des pelotes pour le tricotage futur. On filait plus ou moins gros, ou plus ou moins fin, selon l'usage prévu. J'ai appris à filer grâce aux conseils éclairés de ma mère, et j'ai été très fier de mon premier peloton de laine. J'ai souvent vu ma mère filer, assise, telle *« la fileuse au bleu de la croisée, où le jardin mélodieux se dodeline » (P. Valéry).* J'ai emporté le rouet qui symbolise, pour moi, une époque d'autosuffisance paysanne ainsi qu'une manière paisible de subvenir à ses besoins. Filer exigeait patience et doigté, régularité et maîtrise de soi. « Filer le parfait amour » est une expression chargée de sens... pour les fileurs et les filés...

La laine servait aussi aux échanges. Contre X kilos de laine, on pouvait obtenir, à la fabrique de Seez (près de Bourg-Saint-Maurice), un drap inusable et quasiment éternel. Couvertures, manteaux, pantalons, guêtres, tout cela était bel et bon pour le montagnard qui devait affronter le froid et la neige.[3] Les pantalons de drap de Seez ont longtemps fait le bonheur des alpinistes... Il s'en vend encore !

La castration était une toute autre affaire que la tonte : cruelle, douloureuse, elle était néanmoins considérée comme inévitable pour obtenir une viande consommable. Le mouton destiné à être abattu en hiver était préparé à son triste destin à l'automne. On s'emparait de

3. Je détiens encore un chandail vieux de quarante ans, sentant toujours le mouton !

lui, un jour, dans son enclos, et on lui liait les « *couilles* » pour les lui atrophier. Il s'enfuyait en bêlant de douleur. Deux mois après, sauf erreur, nouvelle intervention, non moins pénible pour lui : cette fois, les « *couilles* » étaient coupées, tranchées au ras du ventre, la plaie brûlée au fer rouge pour éviter l'inflammation. Le bélier partait de nouveau en bêlant, dans une odeur assez écœurante de chair et de graisse brûlées. C'est un de mes mauvais souvenirs, mais tout de même quelque peu hypocrite, comme pour le cochon.

– « *Vous avez mangé l'agneau* » reprochent au loup Delphine et Marinette dans « *Les Contes du Chat Perché* ». - « *Vous en mangez bien, vous !* » répond le loup. Nous sommes tous des mangeurs d'agneau qui veulent ignorer le processus qui le conduit à notre assiette... en faisant, en somme, la fine bouche. L'hiver, le gigot salé, les côtes salées, le *pormonnier* ou le *pormon* permettaient des festivités gastronomiques dont l'évocation met l'eau à la bouche...le *pormon* et le *pormonnier* sont deux spécialités qui méritent une mention particulière. Les ingrédients font la différence entre ces deux saucissons aux herbes, avec des variantes selon qu'ils sont fabriqués à partir de la viande de mouton ou de celle du cochon. Quoi qu'il en soit, dans les deux cas, les composants du pormon sont le cœur, les poumons, les abats mélangés à des bettes et à des poireaux, tandis que le pormonnier est à base de couenne, de lard, avec toujours les poireaux et les bettes. Le pormonnier est plus fort que le pormon et les habitués ne peuvent les confondre. Les deux ont leurs adeptes, pour ne pas dire leurs aficionados. Le dosage des ingrédients, leur assaisonnement ne manquent jamais de susciter discussions et controverses entre connaisseurs.Tout cela est affaire de nuances dans le détail mais, selon le dosage, la saveur n'est pas la même !

Lorsqu'il arrivait malheur à une vache malade sans gravité, patte cassée, une seule solution : l'abattre et tirer parti de la carcasse, peau et viande. Pas question de la proposer au boucher. Restait le partage communautaire, à charge de réciprocité : un quartier à l'un, une épaule à l'autre. Comment garder la viande ? En hiver, on pouvait gagner du temps, mais à la belle saison, la seule façon de limiter les dégâts était l'appel aux voisins, aux parents, dans la discrétion. J'ai le souvenir de rôtis savoureux, de biftecks appétissants dûs à ce marché parallèle qui fournissait de la viande en abondance pour une durée limitée...

CHAPITRE V

# *Les travaux et les jours*

Les contraintes imposées par l'élevage sont journalières et incontournables : impossible de ne pas traire, de ne pas donner à manger aux bêtes (le foin l'hiver, les champs à la belle saison), de ne pas faire boire tous ces quadrupèdes. Impossible de ne pas être là... même pour une seule vache ! Nous avions une douzaine de vaches, autant de moutons, deux chèvres. Des veaux, des agneaux, des chevreaux naissaient. Il fallait surveiller les vaches, les brebis, les chèvres sur le point de mettre bas. Il fallait être là, attentif, ne pas se tromper.

Le petit propriétaire d'altitude accomplit une tâche ingrate et méconnue qui n'a rien à voir avec la célébration poétique du retour à la terre. Je ne connais aucun citadin d'origine montagnarde qui ait eu envie de revenir cultiver la terre de ses pères quand la ville lui a apporté emploi, logement, carrière. Le petit paysan n'est pas protégé par un syndicat puissant ; son influence électorale n'a cessé de se rétrécir au fil des années. Il est seul à lutter contre le mauvais temps, la malchance et tous les aléas d'une vie répétitive où la mort d'une vache compromet gravement ses finances et entame son capital bovin. Depuis toujours, les horaires variables existent, avec des pointes en été ! En face, il y a l'indépendance, la fierté, la dignité. Ne pas dépendre, être son maître. Pouvoir dire non. J'ai entendu deux voisins se quereller, dans une vieille chicane, sans doute à épisodes, à base de mariage manqué (refus de l'un d'accorder la main de sa fille) : « *Eh bien, vous la garderez !* » avait répondu le demandeur. « *Nous, on n'a jamais eu besoin d'aller chez les autres !* » C'était l'injure suprême, en forme d'allusion perfide. Ne pas être un domestique. Il faut donc en payer le prix. Même si les ressources mensuelles sont proches du SMIC, le propriétaire est maître chez lui. Cette indépendance était fortement ressentie à l'époque où un ministre des Finances avait dit « *l'épi sauvera le Franc* » – les années 1925 –, et l'homme de la terre était courtisé par les hommes politiques dans toutes les régions, par tous les partis car, à l'époque, les voix paysannes pesaient lourd...

Dans les vallées alpestres, les familles nombreuses avaient leur justification au temps où la machine n'existait pas pour les travaux en altitude et où tout se faisait à la force du poignet. Les familles paysannes constituaient des cellules socio-économiques, des unités de travail autonomes, entièrement autogérées, comme nous disons dans notre « charabia » contemporain. Avec leurs sept enfants, mes parents étaient à la tête d'une équipe qui devenait plus forte et plus efficace chaque année. Après les premières années, pendant lesquelles une bonne fut indispensable, mes sœurs ont permis à ma mère de ne pas succomber sous le poids des tâches quotidiennes de toutes sortes. Elles ont cousu, tricoté, lavé, torché et gardé les plus petits, aides familiales naturelles apprenant ce qu'il y avait à faire avant de devenir elles-mêmes responsables d'un foyer.

J'ai donc été élevé en partie par elles, par l'une en particulier, habillé, levé, couché, lavé, bref, pris en charge comme un enfant cobaye sur lequel elles se faisaient la main avec affection. Les liens créés dans une famille nombreuse sont généralement très profonds et s'apparentent à la notion de clan naturel qui s'organise de lui-même. C'est grâce au travail de tous, au dehors et au dedans, que mes parents ont pu nous conduire à l'âge adulte, nous « mener à bonne fin » comme on dit en termes de bâtiment.

## *L'enfant des montagnes*

> *« O fortunatos nimium*
> *Sua si bona norint agricolas » (Virgile)*
> *(Trop heureux seraient les agriculteurs*
> *S'ils connaissaient leur bonheur)*

La nature et l'enfant.

L'hymne au bonheur des gens de la terre a beaucoup servi depuis Virgile. Progressivement, les chants de la terre ont baissé d'un ton, mais la terre a toujours ses vertus, et l'enfant qui passe ses premières années en pleine nature, comme un petit animal choyé, ainsi que j'ai pu le faire, ne saurait trop apprécier ce privilège, même s'il n'en a conscience que plus tard. Le monde des petits montagnards est riche, divers, toujours propice à la curiosité et à la découverte. La relation de l'enfant avec la nature s'établit dès les premiers mois et ne cesse de s'amplifier et de se développer. Sorti de la maison, l'enfant baigne dans la verdure de plain-pied. Mes frères et sœurs ont, comme moi, vécu dans le verger, dans les champs, pendant que les grands travaillaient. Dès que l'enfant a acquis une certaine autonomie, l'initiation commence et les révélations se succèdent. Les insectes d'abord, les mouches, les moustiques, les « taons » qui piquent, les araignées et leurs toiles de fausse soie, les sauterelles qu'on essaie d'attrapper – les petites jaunes et les grosses vertes – les phalènes, les libellules, les limaces, les chenilles, les escargots dont les petites têtes à cornes intriguent les enfants qui, parfois, les torturent sans pitié. Le matin, sous le soleil, le soir, on était investi par un bruit de fond, la musique des petites bêtes avec ses points forts, ses accalmies, ses stridences qu'on ne pouvait identifier. Les oiseaux, de leur côté, interprétaient leurs partitions respectives : moineaux, mésanges, chardonnerets, « *gais rossignols et merles moqueurs* » comme chante « *Le Temps des Cerises* », coucous au chant éphémère mais inséparable du printemps prometteur, corbeaux braillards isolés ou en troupes, par toutes saisons, éperviers au sifflement redouté, voleurs de poules, aigles non moins redoutés et puis, les paisibles cailles, les pigeons, les gélinottes au nom charmeur et, enfin, les « oiseaux rares » comme le coq de bruyère dont la rencontre était une aubaine. Les symphonies paysannes ont besoin du soleil de la belle saison, mais elles recommencent tous les ans. Et l'enfant qui grandit les attend... Il a bien d'autres plaisirs qu'il est le seul à connaître : repérer un nid de souris, apercevoir un mulot, une taupe émergeant de ses travaux de sape, attraper une grenouille verte, sursauter devant un crapaud immobile, observer un ver de terre pondant sa terre, le tout sans répugnance, comme allant de soi. Que d'attraits dans la vie du petit bonhomme à l'esprit en éveil ! L'environnement constitue une véritable éducation de l'œil : fleurs, plantes, herbes des champs et légumes du jardin. La moyenne montagne offre sa flore incomparable, du rhododendron à l'edelweiss, qu'il faut trouver et aller chercher, en passant par la gamme des bruyères, des violettes, des myosotis, de toutes les fleurs qu'on ne cultive pas et que l'on ne trouve nulle part ailleurs. C'est un monde d'air pur, de senteurs variées, d'une densité prenante, qui vous remplissent les narines et qu'il faut savoir humer. Monde de la forêt de sapins où cohabitent lièvres, renards, blaireaux, écureuils et les petits prédateurs ambulants – difficiles à repérer –, belette, hermine, martre, fouine exterminatrice de poules et de lapins dont elle suce le sang. Monde hostile où les vipères sont redoutées, même si les couleuvres, les orvets sont inoffensifs. Avec les vipères, il fallait réagir sur le champ. A coups de talon, à coups de bâton, avec le manche de la faux ou avec la lame, avec le râteau, il fallait neutraliser le reptile dont la morsure pouvait être mortelle et qui l'était parfois, l'éloignement, l'absence de route empêchant le transport rapide chez le médecin ou chez le pharmacien. On avait donc très peur des serpents qui pouvaient être enfouis dans le foin coupé et séché... et transportés à la grange sur le dos du porteur ! Mais on aimait bien voir un petit lézard gris se faufiler à toute vitesse, sans doute terrorisé par la peur. Par contre, on redoutait les gros lézards verts qui avaient le mauvais œil et dont on disait qu'ils se jetaient sur les gens sans qu'ils puissent ensuite leur faire lâcher prise...

A leur manière, les guêpes constituaient, elles aussi, la part hostile de l'univers enfantin. La destruction de leurs nids, qu'ils soient apparents ou enfouis dans la terre, constituait une de nos tâches prioritaires. Pas folle, la guêpe ! Elle établit ses quartiers dans des endroits peu accessibles, s'accroche aux poutres, et la déloger n'est jamais une tâche facile. Engager le combat contre ces perfides mettait du piment dans notre vie quotidienne même si, souvent, une, voire deux, voire trois, se vengeai(en)t en nous piquant. A l'époque, le remède unique était le vinaigre ; on y avait recours même si son efficacité ne m'a jamais paru convaincante. Mais il fallait bien faire quelque chose, ne serait-ce que pour avoir l'illusion d'une atténuation de la douleur...

Ce commerce quotidien, cet apport extérieur, constituaient une sorte de normalité, comme l'eau pour le poisson. Voir un arc-en-ciel, une cascade, cueillir des champignons, des framboises, des myrtilles, des fraises, des mûres, embellissaient nos journées, nous faisaient rêver, stimulaient nos imaginations. Une « expédition » dans un bois, dans les bois, avait les couleurs d'une grande aventure pour nos six ans, nos huit ans, nos dix ans... Toute la vie est marquée par les perceptions des premières années. La féerie de la nature offre à un jeune esprit malléable l'occasion de s'étonner sans cesse et de bâtir des itinéraires d'aventures, comme un film dont la trame n'aurait pas de fin mais rebondirait tous les matins !

## *Les animaux et l'enfant*

« *Il parle comme un livre* » disaient les vieux Beaufortains plutôt « *taiseurs* »[1] de tel ou tel qui « parlait bien ». Ils parlaient peu parce qu'ils n'osaient pas toujours, parce qu'ils ne voulaient pas, par prudence, parce qu'ils n'aimaient pas et préféraient écouter. Nul mieux que Marcel Aymé n'a su, dans ses livres, faire parler les gens de la terre et les animaux domestiques. Le bœuf, le chien, le petit coq et toute la basse-cour[2] sans compter le loup, s'expriment doctement dans « *Les contes du Chat Perché* » qui sont un chef-d'œuvre du « parler juste », du « parler vrai ». La connivence entre le paysan et sa terre, cette sorte de paganisme de la nature et de la beauté, le désir commun aux hommes et aux animaux, au milieu des champs ont trouvé en ce Franc-comtois hermétique et silencieux, devenu citoyen de Montmartre, un porte-parole admirable et inégalé...

Le petit berger que j'ai été, avec ses chiens, ses bâtons de coudrier souvent renouvelés, ses sifflets fabriqués au printemps, quand la sève monte, conduisait seul, au Bois du Darbelloz, les moutons et les chèvres et gardait les vaches, selon les instructions reçues d'en haut. Il m'est arrivé de bâtonner mes chèvres et mes moutons lorsqu'ils en faisaient trop voir à mes petites jambes par leur refus de prendre tel chemin, d'aller à tel pâturage. Les moutons de tous les temps ont des points communs avec ceux de Panurge : ils sont moutonniers. Quant aux chèvres, il m'est arrivé de les détester et de concevoir de grandes ires lorsque, à peine détournées d'un arbre dont elles voulaient manger les feuilles, elles revenaient à la charge dès que j'avais le dos tourné. Les petits arbres étaient particulièrement appréciés et menacés par la gent cabrette. Les béliers engageaient des combats singuliers pour la possession des brebis. Les moutons sans cornes cédaient souvent aux moutons avec cornes car le choc des deux crânes était violent. Les deux béliers prenaient leur élan et, au sens propre du mot, se rentraient dedans,

1. Guillaume d'Orange, dit « le Taciturne » était aussi appelé « le Taiseur ».

2. La Poule qui fait l'œuf tient à le faire savoir et chante son triomphe. Que dit-elle ? Selon ma mère – qui ne faisait que répéter les dires des anciens –, elle se plaint, la poule : « Je veux pas m'écorcher le C... pour celui-ci, celui-là, pour l'un, pour l'autre, pour l'autre, pour l'autre ! » En patois, naturellement !

face-à-face, au risque de se fendre le crâne[3]. On entendait un bruit sourd ; après quelques échanges sans concession, l'un finissait toujours par lâcher prise et s'en allait tristement, laissant le vainqueur sauter sur la belle qui bêlait de plaisir. « *Bête comme un bouc* » ai-je entendu parfois. J'approuve pleinement ce jugement sans appel. Le bouc, non seulement sent mauvais, d'une odeur qui lui appartient en propre, mais il dispose de peu de moyens intellectuels ! Ses réflexes élémentaires, son instinct, suffisent à satisfaire les chèvres, bêlantes comme les brebis, à l'heure du plaisir. Mais le bouc, contrairement au chien, n'est pas capable de dépassement et reste un animal borné et sans esprit. Mais, grâce à lui, il y a des chevreaux et il lui sera beaucoup pardonné, comme au mouton, à cause des petits agneaux. Le spectateur que j'étais voyait le coq honorer la poule et faire ensuite « cocorico », le taureau s'élancer sur la vache en beuglant (l'insémination artificielle a mis fin à tout cela). Les animaux vivaient leur vie animale sous ses yeux sans que cette cohabitation quotidienne lui créât des états d'âme et lui posât des problèmes particuliers.

J'ai vu, pendant des années, des petits veaux naître à la vie : ils ont souvent du mal à sortir du ventre de leur mère, la tête passe difficilement, la vache pousse de gros soupirs, voire meugle et puis, après un temps plus ou moins long, après de longs efforts, plouf ! Aidé, tiré, presque arraché, voilà un petit quadrupède qui jaillit dans une mare sanguinolente, tout fumant. On le tourne vers sa mère qui le lèche, comme une bonne mère, avec ses gros yeux attendris. On le met sur un tas de paille, on l'essuie, on le frotte. Bientôt, il essaiera de se lever, il vacillera, retombera, se relèvera en tremblotant et, enfin, devenu plus gaillard, il finira par se planter sur ses pattes en vacillant, après qu'on lui aura donné à boire pour la première fois.

Et puis, il y avait les petits agneaux bêlants, eux aussi, les petits chevreaux faisant de même, avec des tonalités différentes, tout fumants, accueillis avec tendresse par les mères brebis et les chèvres, se tenant enfin tranquilles. Comment oublier la poule qui couve les œufs qui se cassent pour laisser passer un petit être ébouriffé, franchement laid les premiers jours, les lapins qui naissent à la queue leu leu, parfois mangés par leur mère qui, pourtant, a préparé leur

3. Cela est parfois arrivé !

nid en se dépouillant de ses poils (il y a de mauvaises mères lapines), sans compter les petits chiens et les petits chats. Ah ! les chats de plein air qui naissent dans le foin où la mère chatte a fait son trou, qu'on ne voit pas naître mais qu'on entend miauler et qu'il faut tuer parce que certaines chattes sont intarissables. Nous en avons eu une, incorrigible, qui fabriquait trois fois par an ses quatre ou cinq chats qu'elle emportait parfois par la peau du cou jusqu'au moment où, épuisée par ces voraces, elle n'avait plus de lait à leur donner et où elle les amenait à la maison, et le problème de leur survie se posait tragiquement. Il fallait les supprimer pour éviter leur multiplication incontrôlable.

J'ai été un éleveur de lapins passionné. Je ne sais trop comment tout cela a commencé. Mon frère m'a fabriqué des clapiers et je me suis lancé dans la reproduction des lapins en commençant par le commencement, c'est-à-dire en mettant en présence une lapine et un mâle. Mon inexpérience m'a conduit à réunir dans un même clapier deux mâles. Funeste erreur ! Les mâles se jettent l'un sur l'autre, chacun cherchant à châtrer l'autre. Je n'ai pas compris tout de suite le sens de ce combat des chefs mais, au bout d'un moment, j'ai fini par deviner où ils voulaient en venir, et j'ai séparé les antagonistes... qui faisaient preuve d'une combativité sans concession... Je surveillais tous les jours mes lapines, constatais la progression de leur grossesse et, quand je les voyais s'arracher des poils pour préparer le nid destiné aux petits, je jubilais. Le jour venu, je découvrais la couvée, souvent de dix petits, tous laids et un peu disproportionnés à la naissance (une trop grosse tête pour un petit corps). Il arrivait, comme pour les poussins, comme pour les petits cochons, qu'il y eût des mal couvés, des « loupés ». Ils mouraient vite. Il y avait les bonnes mères, attentives et protectrices, et les marâtres, mangeant leurs petits, les écrasant. Rapidement, au bout d'une semaine, les petits avaient changé et acquéraient grâce et vivacité en même temps que des poils. Une fois sevrés, je les mettais à l'herbe, en choisissant la plus tendre, ou au foin (regain)[4]. J'ai souvent commis l'erreur de leur donner trop à manger. Résultat : ils mouraient d'indigestion, de dysenterie ou autres calamités... Plus

4. Le regain correspond à la coupe d'automne, après le foin. Comme son nom l'indique, c'est un « remake ». Il est tendre et odorant. C'est une sorte de dessert pour quadrupèdes herbivores.

tard, ils finiraient sur notre table, en civet ou en sauce moutarde et nous nous lécherions les babines sans vergogne...

C'était une vraie joie de voir grandir tous ces nouveau-nés. Certains paraissaient se développer à vue d'œil, d'un jour sur l'autre : les poussins qui, rapidement, se mettaient à piailler en chœur et à se déplacer en groupe. Ne parlons pas des insupportables petits canards et de leur troupe bavarde ! Les petits animaux sont joyeux. Leur joie se manifeste par la danse. Les petits agneaux sautent à pieds joints, fond des rigodons, se courent après, simulent des combats prémonitoires, se bousculent. Les cabris font des cabrioles dont la chorégraphie spontanée est des plus gracieuses. Il n'est pas jusqu'aux vaches et aux petits veaux qui ne soient capables de tracer des arabesques un peu lourdes, queue retroussée, quand la pluie se prépare, par exemple. Les vaches « sentent » l'orage, « sentent » la neige[5]. Elles peuvent être méchantes, leurs coups de cornes sont redoutables, leurs coups de pied font mal et sont imprévisibles. Ce sont des directs qui partent comme des flèches, par les pattes arrière, de préférence la droite ! La traite des vaches et des chèvres précédait toujours le départ aux champs ou au bois. On disait : *« aller en champs les vaches »*, *« aller en champs les moutons »* ou *« garder les vaches »*, *« garder les brebis »*.

Le choix de la partie du champ à brouter relevait d'une décision tenant compte de l'état de l'herbe, de la croissance, de la rosée matinale. Pas d'herbe à trèfle le matin, pas de luzerne. Les vaches se jettent sur le trèfle et la luzerne, en mangent trop, se mettent à gonfler, forme d'indigestion qui peut mal finir ! Le rôle du petit berger, avec son bâton et son chien, était d'interdire aux vaches de franchir les limites autorisées marquées par des piquets. Les bons chiens faisaient le va-et-vient, la langue pendante, surveillants intraitables, s'asseyant sur le derrière, toujours aux aguets, cherchant l'occasion d'envoyer un coup de dents vengeur dans le jarret de la délinquante et d'aboyer un bon coup... Le chien berger est toujours sous pression. J'ai passé toute mon enfance et mon adolescence, jusqu'à l'âge de quinze ans, avec un chien qui avait mon âge et qui fut un compagnon merveilleux. Il préférait la

5. Le chat Alphonse, dans les « Contes du Chat Perché » fait la pluie et le beau temps. En passant sa patte derrière son oreille, il annonce la pluie, ce qui lui vaut d'être accusé de la provoquer !

randonnée dans les bois, la marche en montagne, à la surveillance des vaches qui l'ennuyaient manifestement. Il avait le coup de dents facile. C'était un gardien intraitable, veillant sur moi comme sur son enfant. Je regretterai toujours de ne pas savoir ce qui se passait dans sa tête quand il montait des coups à sa façon, aussi inattendus qu'astucieux : ses yeux pétillaient de malice, sa queue remuait de plaisir. On le sentait heureux et on avait l'impression qu'il souriait de ses bons tours ! Un jour, nous l'avons vu chercher sous un rocher et rapporter dans sa gueule un portefeuille, l'air triomphant ! Tous ceux qui ont vu le film « *Cette Sacrée Vérité* » savent comment le chien « *Mister Smith* » tire son épingle du jeu, entre Cary Grant et Irene Dunne qui, eux-mêmes, n'en ratent pas une. On est ici entre comédiens de haut niveau et le chien est au diapason. Nous étions nés la même année. Au moment où l'on me couchait pour la première fois dans mon berceau, un petit chiot noir avec une tache blanche sur la poitrine apparaissait dans la maison natale de ma mère ; la chienne s'appelait « Bissette » et était une mère attentive, comme la plupart des chiennes. Lorsque son petit fut installé dans notre maison, elle vint, les premiers temps, pleurer et gémir devant la porte d'entrée, tous les jours. Le But lui répondait. Pourquoi l'appela-t-on « But » ? Pourquoi pas ? Le fait est que ce n'était pas un nom de chien habituel dans le Beaufortain. Tout naturellement, il devint mon protecteur et mon ami. Il me prenait mon béret, l'emportait, faisait des rigodons, le déposait à deux pas et, quand je voulais le reprendre, repartait avec, en courant dans tous les sens. Il m'a déchiré bien des tabliers, au grand désespoir de ma mère. Nous nous roulions dans l'herbe et j'étais l'enfant et lui l'adulte. Je crois bien lui en avoir fait voir de toutes les couleurs : je l'ai tripoté, habillé, attelé pour lui faire traîner ma glissette. Il a porté sur son dos mon cartable attaché à un bât spécialement fabriqué à son usage. Infinie fut sa patience, égale à mon attachement à mon compagnon de jeux. Le But avait ses têtes. Pourquoi la vue d'une soutane déclenchait-elle ses aboiements furieux ? Peut-être parce que le chien n'aime pas l'insolite... ni l'étranger... De même, le ramoneur était, si je peux me permettre cet à-peu-près, sa bête noire. Tous les ans, avant l'hiver, le ramoneur passait, une grosse canne à la main droite, chargé de ses instruments, lui aussi insolite et inconnu. Il eut, un jour, l'idée fort mal venue, de frapper le But d'un coup de canne, sans doute excédé par l'agressivité du chien. Le résultat ne fut pas celui qu'il attendait : le chien se déchaîna et sa fureur fut telle que le ramoneur s'arrêta sur le chemin et n'osa pas affronter le barrage du chien. Il appela à l'aide. Je pris mon chien par le collier, l'enfermai dans la grange. Le ramoneur put ramoner et poussa sa chansonnette en arrivant au sommet de la cheminée. L'année suivante, prévenus de son passage, nous avons enfermé le chien dans la grange dès le matin. Mais je dus aller dans la grange, oubliant que le chien était aux aguets. La porte à peine ouverte, il se précipita et entra dans la maison, en grondant. Le ramoneur avait commencé sa montée dans la cheminée et seules ses bottes apparaissaient. Le chien, écumant de rage, sauta sur une de ses bottes, l'attrapa en pleine gueule et se mit à la tirer de toutes ses forces. Ma mère m'appela. J'eus beaucoup de mal à l'arracher à sa botte. Le ramoneur n'en menait pas large et nous avions peur qu'il ne nous en tienne rigueur et ne revienne plus. Nous dûmes calmer l'homme... après l'animal. Le chien est imprévisible : bien naïfs sont les propriétaires de chien qui croient connaître leur compagnon. Il peut avoir des réactions sans raison apparente. A quinze ans, ma mère dut le faire abattre. L'incorrigible But, malgré son âge, voulut encore participer à une compétition auprès d'une chienne en folie. Hélas pour lui, il y avait les jeunes chiens ! Il revint tout sanguinolent, sur trois pattes et ne put jamais se remettre et guérir ses plaies. Grande fut ma peine quand je revins du collège et ne le trouvai plus. Je savais qu'il ne serait plus là, mais comme l'a dit un poète célèbre : *« Un seul être vous manque et tout est dépeuplé »*. C'est qu'il tenait une grande place dans ma vie, comme tous les êtres irremplaçables laissent un vide lorsqu'ils disparaissent.

Après le « But », j'ai beaucoup aimé le « Mousse », un chien doux et bon, amateur lui aussi de promenades en montagne, quoique gardien de vaches de qualité... Il fut mon complice dans bien des randonnées, toujours disponible lorsqu'il me voyait préparer mon sac de montagne. Il sortait alors de la maison, s'asseyait sur le derrière, en position d'attente, remuant la queue de plaisir. Impossible de le faire revenir à l'intérieur. Il aimait les grands espaces et la marche. Il aimait aussi les chiennes et, notamment, celle de notre voisine, qui était à sa portée. Hélas pour lui, il n'était pas « persona grata » auprès de la propriétaire qui lui préférait un autre mâle et soustrayait donc la chienne en l'enfermant dans sa grange. Roméo éconduit, le Mousse ne put résister à la tentation et son instinct le conduisit à trouver un passage entre deux poutres, et il put rejoindre sa belle et passer de bons moments avec elle. Quand la geôlière vint donner à sa chienne la nourriture du matin, le Mousse en profita pour s'enfuir, en bousculant son ennemie qui poussa des hurlements et des jurons, le traitant de charogne. Mais le mal était fait. Le chien avait rempli son office et l'affaire était terminée...

## *Les tribulations et les craintes du cultivateur : la fragilité du bétail*

Les peurs, les hantises, c'était la fièvre aphteuse des vaches revenant affectées, plus ou moins gravement, de la montagne, le lait compromis, les veaux menacés. C'était la vache atteinte de la tuberculose qu'il fallait mettre au trou. Le charbon était également une grave menace. La perte d'une vache représentait le capital et le travail d'une année en fumée, le type même du manque à gagner. Il pouvait y avoir aussi la perte d'un mouton, d'un cabri, un veau qui venait mal, un cochon qui « tournait mal ». L'élevage comporte une part d'aléas permanente et rares sont les années où tout se passe bien. Pour le reste, je n'ai souvenir que de la peur de la foudre. Nous savions qu'il valait mieux quitter les champs quand le feu d'artifice commençait. Car c'était souvent un feu d'artifice, avec les éclairs, les zigzags sur les montagnes. Il y avait les orages-festivals sur le Grand-Fond, mais aussi l'illumination générale, l'orage tous azimuts. On voyait tomber la foudre sur les sapins, avec des coups de tonnerre qui ressemblaient à des coups de canon. Dans les grands moments, ma mère et mes sœurs allumaient la « chandelle bénie » et priaient à genoux la Vierge pour qu'elle nous préserve de « la foudre et de la grêle ». Les chalets en bois, avec du foin et de la paille, brûlaient comme des torches. En un quart d'heure, tout était terminé. Pas question de pompiers, pas d'assurance.Notre maison brûlée, c'eût été le malheur intégral, la ruine et le désespoir. Inutile de dire que la surveillance des foyers d'incendie possibles dans la vie de tous les jours était proche de l'obsession. Sus aux allumettes mal éteintes et jetées n'importe où. Les morts dues à la foudre chez les bergers ou dans la nature n'étaient pas rares : nous évitions de porter nos faux la pointe en l'air, de nous abriter sous les arbres et cette prudence avait son prix, car la sagesse paysanne ne conduit pas à considérer que les malheurs n'arrivent qu'aux autres et que le ciel ne peut pas vous tomber sur la tête...

En hiver, les avalanches faisaient partie des phénomènes naturels qui provoquaient des appréhensions renouvelées tous les ans. Il y a les avalanches que l'on connaît, que l'on voit venir, dont on se méfie et puis, il y a les autres, celles qui font des morts sans prévenir.

Nous possédions un champ, presque plat, appelé *« la Sta »* dominé par une sorte de falaise, séparé de la forêt de sapins du Darbelloz – à l'époque riche en framboises et en champignons – par un torrent capable de toutes les sautes d'humeur les jours d'orage. Chaque année, selon l'abondance de la neige, les mêmes symptômes, si l'on peut dire, annonçaient le déclenchement de l'avalanche. Nous le voyions généralement se préparer, presque se mettre en place. Lorsque le soleil de mars ou d'avril commençait à réchauffer la couche neigeuse, on constatait les premiers glissements au sommet de la crête. Des fractures plus ou moins importantes apparaissaient dans la couche jusqu'alors uniformément blanche et unie. Quand les bases de la neige étaient déstabilisées, la masse que la terre ne retenait plus décrochait d'un seul coup : un grand bruit sourd, à nul autre pareil, et les blocs arrivaient sur notre champ, au bas de la pente, en quelques secondes, pour s'entasser en un monticule de plusieurs mètres, neige, pierres, arbustes, voire rochers mêlés. Le souffle de l'avalanche balaie tout sur son passage. Il ne faut jamais tenter l'avalanche, faire le malin sous prétexte qu'on est du pays, qu'on sait... si l'on tient vraiment à la vie.

Beaufort a connu des sinistres et des morts dans le passé. Le village de Beaubois fut en partie emporté pendant l'hiver de 1923 : cette tragédie occupa les conversations pendant des années, tant que les témoins furent là pour se souvenir...

A côté de ces affres réelles, la sécurité était totale dans les esprits, on n'avait pas peur des voleurs, on n'y pensait pas. La délinquance et la criminalité auxquelles nous sommes confrontés auraient désarçonné les vieux de ce temps-là. Tout cela, c'était bon pour la ville, pour Paris, chargée de tous les péchés du monde. Le vol a maintenant acquis « droit de cité » – si l'on peut dire – à Beaufort, et les Prés ne sont pas épargnés... Ne parlons pas des refuges ! Cette dégradation de la civilisation montagnarde est une des hontes de notre temps...

## *Les vaches : la montée à la montagne et le retour*

## *Du solstice de juin à l'équinoxe de septembre*

Nos vaches étaient généralement de race tarine, à robe brune, aux yeux marqués noirs, comme maquillés par la nature. Elles avaient le pied montagnard et pouvaient aborder les chemins pierreux, les pentes raides, bien accrochées au sol. Portant beau, vives, fines, elles faisaient sonner leurs « *carrons* » comme à plaisir[6]. Nous leur donnions des noms auxquels elles répondaient : *Charmante, Vaudanne, Précieuse, Beauté.* On disait aussi *la Noire, la Grise.* Il y avait également quelques exemplaires de la race dite d'Abondance : robe rouge tachetée de blanc. Bonnes laitières, mais plus lourdes que les tarines, voire pataudes, faites plus pour la plaine que pour les alpages escarpés, elles ne valaient pas, pour nous, les tarines, sur le plan esthétique, mais avaient leurs avantages sur le plan économique.

La mise en champs en mai, selon l'état de l'herbe, lié à la durée de l'hiver, était toujours un événement. Pour les vaches, d'abord, qui abandonnaient l'attache à l'écurie (elles ne sortaient que pour aller boire ou pour « *remuer* »[7] et pouvaient enfin respirer le grand air de la liberté. Il fallait les voir prendre leur essor, trousser la queue, lancer des ruades, « cavaler » pour cette première fête du printemps. Elles se jetaient sur l'herbe fraîche, tondaient avec voracité de larges touffes d'herbe, se laissant aller à de franches lippées. Les bergers devaient reprendre en main leur petit troupeau, veiller à la discipline, remettre les chiens à leur place, s'installer avec leurs bêtes dans les quartiers d'été.

Lorsqu'elles avaient la panse bien pleine, le soleil aidant, elles ruminaient, couchées, les yeux mi-clos, jouissant dans toute leur carcasse du bonheur de vivre leur vie. Et le lait arrivait dans leurs pis

---

6. Le « carron » était le nom de la sonnaille de forme ovale accrochée au cou de la vache par une large courroie à grosses boucles. Il y avait aussi les « campanes », plus légères, de forme évasée, au son plus clair.

7. « Remuer » les vaches, c'est les déplacer d'une écurie à l'autre ou d'un alpage à l'autre. Remuer est employé sans complément et à son sens tel que... Le livre remarquable d'Abel Poitrineau sur les migrations montagnardes aux XVIIe et XVIIIe siècles a pour titre : « Les Remues d'Hommes ».

en abondance, délicieux à boire... D'une vache qui avait beaucoup de lait, on disait que c'était une bonne vache, ou même simplement qu'elle était bonne... Rien à voir avec la « gentillesse » de l'animal. Tous les ans, le 21 juin était une date immuable pour la montée des vaches dans les alpages d'été, pour « aller à la montagne » selon l'expression consacrée. C'était le jour de la Saint-Jean et on disait « à la Saint-Jean » pour parler de cette « remue ». La « longue marche » des vaches commençait vers sept heures du matin, après la traite. Il fallait les faire descendre par le chemin, jusqu'aux Curtillets, puis elles prenaient la route sous la conduite de leur « première » qui menait la marche et marquait l'allure, en faisant résonner leurs carrons. Toutes avaient, ce jour-là, leur « carron » et on les entendait. On les faisait marcher vite, à coups de bâton s'il le fallait : pas de traînardes, pas de pause pour l'herbe des bords de route, il fallait garder le rythme. La montée durait entre quatre et cinq heures. On abandonnait la route de Roselend non goudronnée, pour s'engager dans le sentier de la Gittaz, chemin muletier par excellence, où la surveillance des bêtes devait être sans défaillance. Les gorges de la Gittaz étaient profondes et constituaient un danger pour le bétail. Une glissade, un dérapage, une bagarre entre vaches, et l'accident pouvait se produire, c'est-à-dire la chute dans le gouffre, à laquelle on ne peut rien.

Et puis, le défilé s'élargissait, on débouchait sur un fond de vallée, la Culaz, un plateau traversé par une rivière aux eaux très claires[8] et l'on apercevait le troupeau dans lequel nos vaches allaient rejoindre les autres vaches. On les amenait aux bergers qui constituaient le « comité d'accueil », sous l'œil du montagnard qui inaugurait, ce jour-là, son Proconsulat de Grand Pasteur. Elles se faisaient une place au milieu des autres, recevaient parfois des coups de cornes : les vaches défendent leur pré carré durement. On était un peu tristes, mais vite elles se mettaient à brouter, se perdaient dans la masse et elles en prenaient jusqu'au 11 septembre.

Nous allions au chalet boire du lait, manger du pain et du beurre, du gruyère de l'année précédente. Le beurre de montagne n'avait pas le goût du beurre aseptisé que nous mangeons mainte-

8. Le « Doron » de la Gittaz rejoint le « Doron » de Roselend avant de traverser Beaufort.

nant. Il sentait l'herbe, était très jaune, le lait était crémeux et on se régalait en silence. Le « Beaufort » de l'alpage n'avait rien à voir avec la pâle réplique que l'on trouve parfois sous le même nom en été, à laquelle on n'a pas laissé le temps de « mûrir ». Le fromage de Beaufort, comme le génie, a besoin de patience. Pour être sublime, il faut lui laisser du temps devant lui, il doit être vendu à son heure. La gent touristique n'y regarde pas de si près. Le pavillon couvre la marchandise !

Nous entendions souvent, à l'arrivée, le beuglement du taureau. Le taureau était le protagoniste principal du troupeau avec la « Reine ». Sa première place n'était pas discutée, alors que la Reine devait conquérir son titre après force bagarres à coups de cornes. C'était un championnat par élimination. Le taureau, le mâle, dominait la situation et devait répondre à la demande, sous le contrôle du montagnard en chef. J'étais un peu prévenu contre les taureaux. J'avais tellement entendu de récits d'agressions de taureaux contre des personnes, que je me suis toujours méfié des taureaux. Il est vrai qu'il y avait de fort méchants taureaux qu'il aurait fallu aborder avec les atouts des toréadors. On m'avait recommandé de me sauver et même de « m'ensauver ». Et si par malheur le taureau se précipitait quand même, il fallait, disait-on, courir, courir, à la montée, courir à la descente, les taureaux n'aimant pas les pentes raides, sur le plat, faire des rigodons pour dérouter la bête... Je n'ai jamais eu l'occasion de faire l'expérience de cette forme de fuite, ayant décidé, une fois pour toutes, de garder mes distances avec les troupeaux, c'est-à-dire avec les taureaux. La Culaz est maintenant noyée par le lac d'un barrage qui fait pendant au lac de Roselend. Le barrage de Roselend est un bel ouvrage d'art, d'une grande pureté de lignes, dont l'architecture s'affirme dignement aux pieds des montagnes qui le surplombent.

L'esthétique est sauve et mes compatriotes n'ont pas à regretter le village englouti...

La route voit passer beaucoup de voitures en été mais les marcheurs et les randonneurs ont encore du grain à moudre... loin des sentiers battus !

Les vaches redescendaient vers le 11 septembre, après avoir *« remué »* dans les différents alpages en montant d'abord, en redescendant ensuite, chaque fois rassemblées autour d'un chalet où le personnel dormait, mangeait, et où l'on fabriquait chaque jour le gruyère ; les mulets transportaient ensuite les meules jusqu'à la cave principale où le « *fruitier* »[9] veillerait à sa bonne tenue en attendant l'acheminement vers les caves du chef-lieu. Une demi-douzaine de bergers ou de bergères, bons trayeurs de vaches, deux « *pacheniers* »[10] pour planter les piquets, les transporter, étendre les bouses, constituaient la main-d'œuvre pour un troupeau de cent trente, cent quarante vaches environ. Tous venaient du Val d'Aoste et, en général, passaient par le col de La Seigne ou le Petit-Saint-Bernard pour venir rejoindre les chalets. Ils parlaient un patois légèrement différent et compréhensible et un français approximatif... J'ai toujours eu le sentiment que cette petite communauté pastorale vivait dans des conditions où bergers, vachers, domestiques en général, mangeant dans les mêmes écuelles la même soupe et buvant le même lait que les patrons, étaient traités comme des Savoyards et non comme des étrangers. Entre les vallées savoyardes et le Val d'Aoste, il n'y avait que l'espace d'un col, et le temps n'était pas si loin où le même monarque tenait les uns et les autres sous son autorité et où l'on parlait français à la Cour du « Roi des Marmottes », comme chez ses sujets.

## *Les Beaufortains et les travailleurs piémontais ou l'immigration italienne dans les années 1930*

Les mineurs piémontais qui creusèrent les premiers tunnels pour amener la « houille blanche » dans les usines électriques, sans faire l'objet d'un rejet à proprement parler, étaient considérés comme « inférieurs ». La meilleure preuve, c'est qu'aucun indigène ne voulait faire ce travail. A l'inverse, on ne compte plus les maçons italiens qui, naturalisés, eurent des enfants qui firent d'excellents Français !

---

9. Fruitier : nom du spécialiste de la fabrication du gruyère dont tout dépendait, en fait. Un bon fruitier, un bon gruyère et le prix n'est plus le même !

10. En patois, le piquet auquel on attachait les vaches par des liens métalliques se disait « pachon ». Le pachenier s'occupait des piquets, les plantait, les arrachait, les déplaçait et étendait les bouses de vaches sur l'ensemble de la pâture... engraissant ainsi chaque année un lopin de pâturage.

Pourquoi ce traitement à part vis-à-vis des mineurs ou des bûcherons, les coupes de bois importantes étant généralement exécutées par des équipes italiennes groupées sous l'autorité d'un chef de chantier ? Peut-être, précisément, parce que les uns et les autres constituaient des groupes homogènes, vivant à part et ne se fondant pas avec le reste de la population. Peut-être aussi, la distinction latente entre le métier « noble » du maçon et celui, plus vulgaire, du travailleur de force qu'était le mineur ou le bûcheron. Toujours est-il qu'il y avait un peu de racisme dans l'air avec les appellations de « *macaroni, pipian, pioulet* » sans compter le mépris pour leur couardise militaire. C'était bien connu : « *Ces soldats mandoliniers f... le camp au premier coup de fusil !* » Le dimanche, les mineurs jouaient à la mora, dans un concert de vociférations propre à ce jeu d'argent. Il arrivait que les joueurs éméchés en viennent aux mains et se servent des couteaux. Ils chantaient, ils dansaient au son de l'accordéon et de la clarinette. J'ai souvent entendu les cris de la mora et les échos des bals et des chansons car le village des Curtillets hébergeait un groupe important de mineurs vivant en autonomie et dont les enfants étaient mes condisciples à l'école du village. Leur présence ne posait aucun problème et les mariages firent le reste. Il n'en reste pas moins que les vieux paysans avaient la dent dure contre ces intrus qui venaient s'installer, prendre femme ou marier leurs filles. J'ai entendu un de mes oncles, qui employait pourtant une nombreuse main-d'œuvre valdotaine qu'il traitait bien, dire de sa bru (fille d'un Piémontais quelque peu porté sur la bouteille et les Françaises) : « *C'est une Italienne* » de sa voix traînante qui détachait les syllabes pour accentuer son mépris. Brune, fine, élégante comme peuvent l'être les femmes d'au-delà des Alpes, elle lui avait « volé » son fils et cela ne se pardonne pas. Elle ne ferait jamais rien de bon, elle ne serait jamais une « montagnarde ». C'était une Italienne ! Circonstance aggravante : elle était accusée, sans preuve, de ne pas pouvoir avoir d'enfant. Un petit-fils aurait tout arrangé. Cet état d'esprit me paraît caractériser les réactions de base d'une partie de la population à l'égard de voisins qui venaient faire des travaux... qu'eux-mêmes ne voulaient ou ne savaient pas faire. Mais cette xénophobie élémentaire était sans conséquence dans le comportement collectif, et dépourvue d'hostilité profonde. La francisation s'opérait à toute vitesse et on n'en parlait plus...

Et puis, le bon sens finissait par s'imposer : à l'époque, l'électrification des campagnes passait par la houille blanche et la houille blanche passait par les tunnels creusés par les Piémontais[11] ! Mais cette attitude ne doit pas être considérée comme correspondant à un comportement général idyllique à l'égard de « l'étranger ». Il y eut une évolution marquée à partir de 1934-1936 sur ce point, en Savoie comme ailleurs.

Le témoignage du professeur Duroselle rend compte avec le sérieux et l'objectivité qui caractérisent son œuvre de cette situation : « *Le recensement de 1911 fixait à 1 150 000 le nombre d'étrangers en France. Celui de 1921 donne 2 890 000, chiffre certainement inférieur à la réalité car il y a de nombreux clandestins. Autrement dit, 7 % de la population de la France est alors constituée d'étrangers, contre 2,8 % en 1911. En 1931, sur environ trois millions, ils sont 1 600 000 dans la population active. Environ un million d'étrangers ont été naturalisés entre 1931 et 1939. A l'apogée, la répartition par nationalité est la suivante : 800 000 Italiens, 500 000 Polonais, 352 000 Espagnols, etc. Sous l'effet de la crise et du chômage, se développe en France un mouvement de rejet qui n'est pas sans rappeler ''l'indigénisme''* ou le ''*nativisme'' des Etats-Unis dans les années 20...* »

En ce qui concerne les réactions de mes compatriotes, autant elles furent de sympathie envers les mineurs des années 25 et toujours vis-à-vis des cousins du Val d'Aoste – des frères séparés, selon certains Savoyards –, autant elles furent réservées à partir de 1936, notamment à l'égard d'immigrés soutenant ouvertement le régime mussolinien, « réservées » étant un euphémisme...

---

11. Je ne suis pas sûr qu'on n'ait pas parfois qualifié de « Piémontais » donc d'Italiens, des Valdotains de bonne souche !

CHAPITRE VI

# *Les foires*

Le couronnement de la saison des alpages était la Foire du 3 septembre, que j'appellerai « la Foire aux Taureaux ». Ce jour-là, les « montagnards » amenaient au Pré de Foire, comme on disait, leurs taureaux, pour les vendre aux maquignons, comme ils l'avaient fait l'année précédente, et en attendant l'année suivante. Il y avait un renouvellement annuel des taureaux, nécessaire pour éviter le vieillissement, car tout taureau de plus de trois ans devient « méchant ». Il y avait aussi le spectacle à ne pas manquer du départ des taureaux pour Albertville : on les rassemblait au bout du Pré de Foire, à grands coups de bâton. Les taureaux « méchants » étaient entravés par la patte droite reliée par une corde à un anneau tenu par le museau. Il pouvait facilement y en avoir une quarantaine auxquels il fallait faire prendre la route. Le problème était de les fatiguer pendant les trois kilomètres qui séparaient Beaufort de Villard-sur-Doron. Toujours à coups de bâton, à coups redoublés, les accompagnateurs lançaient le mouvement, faisaient courir les taureaux pour les essouffler, les calmer et aborder les quinze derniers kilomètres sans risque de débordement. Arrivés à Albertville, les taureaux étaient livrés à leur destin, je veux dire à leurs acheteurs pour devenir des « bœufs » de boucherie. Mais, en dehors de ce « morceau de bravoure », la foire était pleine de découvertes pour un petit garçon. Les discussions sur le foirail, toujours selon les mêmes rites, entre le maquignon en blouse, les poches pleines de billets, qui dévalorisait la bête : *« Elle doit avoir du lait par les cornes ! »* [1] et le paysan qui jouait son année. Ces palabres interminables transformaient la place en un forum animé, de huit heures à treize heures. Le marché se concluait par le geste rituel : on se tapait trois fois dans la main droite. L'affaire était dans le sac. Cochon qui s'en dédisait !

Le maquignon alignait les billets en les comptant bruyamment. Le vendeur empochait, plus ou moins satisfait, et on allait au café. A moins que le règlement n'ait lieu devant une chopine de vin blanc !

---

1. Expression consacrée pour désigner une médiocre laitière.

Une vache non vendue à onze heures risquait fort de rester en plan. La jeune vache, la génisse, la belle bête, pouvait être vendue en un quart d'heure et enlevée par un acheteur, à ses risques et périls. Encore que le coup d'œil permît, en général, de jauger la bête, quitte, naturellement, à ne pas voir les vices cachés et à se faire avoir...

Il m'est arrivé plus d'une fois d'accompagner mon frère, le matin de bonne heure, pour l'aider à conduire une vache à la foire. Certains maquignons étaient postés à l'entrée du Pré de Foire ou sur le chemin pour repérer les bonnes bêtes et ne pas rater les bonnes occasions. Ce jour-là, les paysans du Beaufortain (c'est-à-dire des communes du Canton) achetaient le cochon qu'ils tueraient en décembre. Les montagnards mettaient en vente les couvées élevées pendant l'été et le choix était grand. En fait, la transaction avait lieu, en général, avec le montagnard auquel on louait ses vaches et qui avait intérêt à se débarrasser de ses pensionnaires... La place de la Mairie était entièrement occupée par les marchands forains (vêtements, lingerie, vaisselle, appareils divers). On habillait les enfants, on s'achetait des robes, des tabliers, des corsages, des combinaisons et des bas. Je me souviens de l'arrivée des premiers bas « couleur chair » que les jeunes femmes du chef-lieu ou venant d'ailleurs furent les premières à porter.

Deux autres foires avaient lieu :

> *– l'une le 17 septembre, à Hauteluce, très colorée, autant foire aux poulains que foire aux vaches, car Hauteluce était un centre d'élevage de juments,*
>
> *– l'autre le 25 septembre, de nouveau à Beaufort, où l'on retrouvait les laissés pour compte des deux autres foires.*

Il arrivait, en effet, qu'une vache ne trouvât pas preneur parce que son propriétaire ne voulait pas la céder au-dessous du prix qu'il avait fixé. Il devait donc traîner sa vache d'une foire à l'autre, en prenant le risque de retrouver les mêmes maquignons réticents et ricaneurs. Les transactions intéressaient les voisins et l'on ne pouvait garder secret le prix de la vache, même si le prix avoué, quand il était médiocre, n'était pas le vrai prix. Un jour, j'ai entendu un vieux paysan à la voix âpre, au ton cassant, la tête coiffée du béret basque sans âge des anciens chasseurs alpins, demander à sa voisine si elle avait bien vendu sa vache à la foire d'Hauteluce. Eh ! non, on ne l'avait pas vendue, « *mais au fond, on n'avait pas vraiment envie de la vendre* », répondit-elle. Et le vieux de tonner, d'une voix impitoyable : « *Si vous ne vouliez pas la vendre, pourquoi l'avez-vous menée à la Foire ?* » Le patois, langue sonore, donnait à sa réplique le caractère sans appel de la voix du bons sens. Et, de fait, l'échange s'arrêta là. Il était difficile de reconnaître qu'une bête était invendable, puisqu'elle n'avait pas trouvé preneur...

Le vieux n'avait pas posé la question tout de suite. Il avait, d'abord, tourné autour du pot, comme je l'ai souvent constaté dans les conversations. Il existe une forme de curiosité paysanne qui a sa formulation sinueuse : ne pas avoir l'air de dire, de questionner, mais le dire quand même, tout en feignant de ne pas attacher de l'importance à la réponse... avant de l'avoir obtenue. Les vieux Beaufortains pratiquaient volontiers la litote qui, selon le dictionnaire Robert « *consiste à atténuer l'expression de sa pensée pour faire entendre le plus en disant le moins. Ex. ''Ce n'est pas mauvais'' pour ''c'est très bon''.* »

Un jour, où je passais devant une maison où l'on buvait « de la gnôle », je m'entendis interpeller (en patois) :

> – « *Lexis (Alexis), viens beau*[2] *t'asseoir un moment !* »
> *Moi : –* « *Oh ! Merci bien, j'ai pas bien le temps.* »
> *L'autre : –* « *Allez, t'es pas bien pressé. Viens prendre un verre de ''Cavite''*[3] ! »
> *Moi : –* « *Non merci, vraiment, sans façon.* »
> *L'autre : –* « *Ah ! Je te croyais pas si gôgnard. Mais, c'est qu'il en fait des gôgnes*[4]. *C'est dans les écoles que t'es devenu gôgnard ? C'est les curés qui t'ont rendu comme ça ? Faut pas les écouter. Ils en boivent bien eux, de la gnôle, et du vin blanc, et du bon ! Alors ? Ça fait pas de mal, la gnôle. Ça réchauffe. C'est bon pour les maladies...* »
> *Moi : –* « *C'est bien pour vous faire plaisir, parce que c'est vous...* »

Ainsi parlait-on. Le vocabulaire de tous les jours comportait des locutions propres, qui n'étaient pas forcément les mêmes dans telle commune voisine.

---

2. « Viens beau » : expression patoise souvent employée dans la conversation courante. Signifie : « Ce serait gentil si tu venais t'asseoir ».
3. « Cavite » : d'aquavit : gnôle : marc de pomme.
4. Faire des gôgnes : faire des manières.

# Nos jeux, nos joies et nos peines

## Les Cueillettes, le cidre

Nos plaisirs étaient simples et nos joies sans problèmes : quelques pommes de terre cuites entre deux pierres dans les Bois du Darbelloz ou du Crozat et la soirée d'été était illuminée. Avant, il y avait les préparatifs de l'expédition, l'attente, l'imagination. Partir aux champignons, aux framboises, aux fraises, autant de moments d'une totale plénitude, tout cela dans le silence des sapins et les odeurs de la forêt. Avec de la chance, on pouvait surprendre un lièvre, apercevoir un renard... ou, à titre exceptionnel, un chamois. Il y avait le secteur des coqs de bruyère, au vol si caractéristique, celui des marmottes qui sifflaient pour annoncer l'arrivée des intrus. La chance, là aussi, pouvait permettre d'en apercevoir devant leur trou. En revanche, les écureuils n'étaient pas rares et leurs acrobaties d'une branche à l'autre faisaient partie de nos agréments agrestes. [5]

A Noël, nos galoches mises à la cheminée accueillaient les dons de l'Enfant Jésus *(le Père Noël, trouvaille incontestable de la société de consommation, n'existait pas)* : une orange entourée de beau papier brillant, des papillotes, parfois avec pétards, faisaient véritablement notre bonheur. Nous allions tous à la Messe de Minuit et, au retour, le pâté tout frais, fabriqué à la mort du cochon, récompensait notre persévérance. Le retour dans le froid et le sommeil, à toute allure, creusait les estomacs. Je me souviens de ces montées dans la neige où je marchais en dormant à moitié, comme un automate butant sur le chemin. Pour les Rameaux, les parrains et les marraines devaient offrir une *« rioute »* [6] à leurs filleuls. J'en ai longtemps bénéficié et pu ainsi agrémenter mes petits déjeuners et mes goûters, grâce à la générosité de mes parrain et marraine. J'ai reçu

---

5. Parmi les images fugaces, j'ai le souvenir de la belette au poil marron-beige avec tache blanche – appelée en patois « moutâle » – sautillant et disparaissant dans un trou, et de la blanche hermine, aussi véloce que la belette... La recherche des cristaux de roche dans le massif d'Outray ressemblait à une ruée vers l'or. Il s'agissait de trouver quelques belles pierres claires et pures et, en cherchant bien, nous finissions toujours par découvrir quelques pépites !

6. La rioute est une sorte de brioche « anisée » en forme de collier ovale, d'une grandeur variable selon le prix. Une « grosse rioute » peut atteindre 50 cm dans sa longueur.

aussi des écus de cinq francs qui me donnèrent l'illusion d'être riche. A Pâques, les cloches s'envolaient pour Rome et le chocolat faisait son apparition dans nos gourmandises. Après, il y avait les fruits de la terre, les cerises d'abord. Le plaisir de monter sur un cerisier, comme sur tout arbre fruitier, est sans égal. Manger sur l'arbre les cerises par petites poignées ou tête par tête, lentement, relève de la liberté quelque peu sauvage qui caractérise mon enfance en pleine nature. J'ai beaucoup mangé de cerises. J'en ai cueilli des paniers entiers pour ma mère, pour notre dessert. J'en ai cueilli aussi en grande quantité pour fabriquer un Kirsch dont la teneur en alcool réveillait son bonhomme, moins fort toutefois que le génépi que je cueillais sur des pentes impossibles, avec des edelweiss. (Pourquoi l'edelweiss était-elle toujours cachée en des lieux difficiles à atteindre, raides sinon dangereux ? Le Génépi, en vigueur, aurait réveillé un mort, selon ma mère !

A l'automne, les autres fruits : pommes, poires, prunes, pêches (plus rares) étaient appréhendés sur les arbres. Nous attendions les pommes dites « du mois d'août » tous les ans : rouges, juteuses, parfumées. Nous en mettions de côté pour l'hiver, mais arrivait aussi tous les ans le moment du cidre, avec les pommes et les poires à cidre. On secouait les arbres, on remplissait des sacs et on allait concasser tout cela sous la meule de notre voisin, lourde pierre ronde qu'il fallait mettre en route en poussant à deux, chacun une barre de bois pour entraîner la roue. On poussait avec les deux bras ou avec une épaule : rude sport où l'on s'essoufflait, une fois de plus... Une fois broyées, touillées, les pommes et les poires passaient sous le pressoir, enfermées dans une toile, comme un gruyère. On serrait la vis jusqu'au moment où le premier jus apparaissait, frais, sucré, rafraîchissant, délicieux. On le goûtait avec le bout du doigt, on en buvait un verre et on pressait jusqu'au moment où plus rien ne sortait. Le cidre bourru réjouissait les papilles de tous, à la maison. On le savourait notamment avec des châtaignes grillées. Plus tard, il deviendrait piquant puis plus acide. Nous remplissions des tonneaux et nous pilonnions soigneusement dans une petite cuve le « marc » résiduel jusqu'au moment où, en hiver, l'alambic tirerait la quintessence de cet amas fermenté sous forme d'eau de vie (d'Aquavit), la « *cavite* » disait-on en patois.

L'eau de vie de pomme *(la gnôle)* a conduit à la tombe plus d'un Beaufortain et je ne parle que de ceux que j'ai connus ! Nous distribuions cette *« gnôle »* dont nous ne buvions pas. Nous en gardions quelques litres pour offrir aux amateurs de passage et je me souviens en avoir utilisé pour me faire des grogs en rentrant d'une journée de ski ou quand une méchante grippe m'était tombée dessus[7]...

Les joies étaient nombreuses, mais les peines de la vie pastorale existaient...

La vache qu'on aimait bien et qu'il fallait vendre, les cabris si gracieux qui devaient prendre le chemin de la boucherie comme les petits agneaux joueurs, autant de déchirements pour le berger, mais qu'y faire sinon garder sa peine en silence et se résigner ? *« Ne pas trop s'attacher »*, disait-on.

Des manifestations collectives, festives, il me reste les déguisements du Mardi-Gras. On essayait, pas toujours avec succès, de deviner les voix contrefaites et les visages sous les masques. On disait : *« Faire Cametran »* pour désigner les déguisements. On faisait *« Cametran Viu » (« Cametran le Vieux »).*

## Le 14 Juillet – les chasseurs alpins

Le 14 juillet me conduisait au chef-lieu où la fanfare jouait *« les Allobroges »* et deux ou trois marches, sans cesse répétées. Le mât de cocagne savonné et glissant permettait au vainqueur de s'adjuger un saucisson enveloppé de papier d'argent. La course aux sacs remportait un succès certain qui ne le cédait en rien aux concours consistant à enlever par les lèvres, la bouche, la langue, une pièce collée à une poêle à frire dûment noircie. C'était, au sens propre, de l'argent gagné au noir ! Mais, autant la fanfare communale me paraissait manquer de rythme, autant celle des Chasseurs Alpins du Septième Bataillon *(le 7)* cantonné à Albertville, faisait forte impression sur mes jeunes années. Au retour des manœuvres d'été, le bataillon faisait assez souvent étape à Beaufort, et cette *« invasion »* entraînait un certain remue-ménage dans le bourg. Les Chasseurs Alpins faisaient alors partie intégrante du paysage savoisien et, plus

---

7. C'était un désinfectant... et un médicament universel, aussi bien pour l'extérieur que pour l'intérieur !

Ma sœur aînée, debout, appuyée sur un bâton, avec la tante Marie à genoux : bonnet blanc, caraco, jupe longue, tablier, c'est la tenue quotidienne.

L'auteur, en compagnie de son chien « Mousse », au bord du lac de la Girotte.

L'âne, le chien But et les trois frères faucheurs...

L'école, la chapelle des Curtillets. Les Prés, plus haut...

Le clocher d'Hauteluce. Au fond, le Mont-blanc...

La serrure et la clef du grenier...

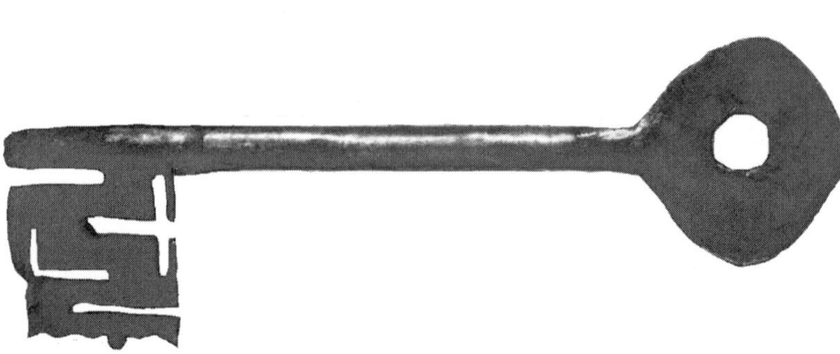

Le hameau des Prés sous la neige...

Notre maison sous la neige...

Labour aux Villes-Dessus : une pause...

Les vaches à l'alpage

‌d de neiges éternelles.

Une « belle » beaufortaine, en grande tenue, devant l'église : berres blanches, châle et robe de soie...

L'école, la chapelle, au fond le Grand Mont.

Labour avec les mu

Bijou » et « L'ami ».

Depuis la colline des Prés : une vue de Beaufort...

profondément, de l'existence même de la population. *Diables Bleus, Diables Rouges,* ils étaient revenus chargés de gloire et d'exploits de la guerre de 14. Et déjà longtemps auparavant, il y avait eu le combat de Sidi-Brahim, qui devait donner son nom à leur pas redoublé favori. Leur béret (leur tarte) était leur auréole, la cape-pèlerine leur conférait un « *look* » original, propice aux succès féminins. Les conscrits de Beaufort, pour la plupart, étaient incorporés à Albertville, Annecy, Chambéry ou Grenoble, très près et très loin en même temps.

Tous ces bataillons, commandés par des officiers jeunes, rivalisaient d'esprit de corps. Je crois bien que c'est à l'âge de dix ans que j'ai vu pour la première fois, une fin de journée d'août, le « 7 » descendant du Cormet de Roselend, manœuvres d'été faites, défiler à pas accéléré derrière les cors de chasse et les clairons qui pétaient le feu et rompre les rangs sur la place de la Mairie. Les cuivres et les tambours résonnaient dans la cuvette de Beaufort et versaient, sans aucun doute, l'héroïsme au cœur des citadins. J'aurais volontiers emboîté le pas à ces marcheurs infatigables mais je me suis contenté de leur accorder la plus grande considération. J'ai toujours, depuis, gardé un faible pour les musiques militaires ; je veux dire que, sans avoir une âme de grognard, un coup de buccin ne m'a jamais laissé de marbre. Quand j'ai dû, comme tout le monde, défiler au pas cadencé, la musique m'a donné des jambes, ce qui n'était pas toujours inutile. Peut-être le vieux fonds guerrier des Allobroges sommeillait-il dans mon atavisme familial, à moins que le rythme rapide des pas redoublés n'ait entraîné un réflexe immédiat de mise au diapason, ce que je crois tout compte fait. Mais, au-delà des cadences, il m'a toujours paru que le brassage militaire (à l'époque le service était de deux ans, plus tard de dix-huit mois) avait des effets apparents sur le comportement des jeunes paysans incorporés. Physiquement, ils s'épanouissaient, s'affinaient, apprenaient une autre forme de souplesse. On les voyait revenir changés, moins empruntés dans leur corps, plus souples... Pour le reste, ils rencontraient d'autres hommes de leur âge. Ce frottement social qui les enlevait de derrière la queue de leurs vaches ne pouvait que leur ouvrir l'esprit, même si la leçon qu'ils rapportaient était : « *Dans l'armée, faut pas chercher à comprendre* » et si les histoires d'Adjudant et de Caporal Chef meublaient leurs souvenirs...

## *La marche*

La marche était notre unique moyen de déplacement et donc la seule façon de nous rendre d'un point à un autre. J'ai fait ma première incursion en moyenne montagne une après-midi, en galoches, à l'âge de sept ans : j'ai suivi mon frère et un cousin et nous nous sommes retrouvés à la Croix d'Outray, à 2 400 mètres, après avoir franchi la rocaille et les rochers avec l'agilité de nos âges.

Grimper était un plaisir libérateur. Atteindre le sommet, se retourner, constater que la pente était plus rude que l'on ne pensait, voir au loin, réveiller les marmottes, les coqs de bruyère, apercevoir les oreilles d'un lièvre, assommer une vipère à coups de canne, constituaient les temps forts de ce que nous appelions une excursion, c'est-à-dire une randonnée.

Je n'ai pas compté le nombre de fois où je suis monté sur certains sommets comme le Grand-Mont ou la Montagne d'Outray, ou bien ai effectué telle traversée. Je peux toutefois affirmer qu'avec un de mes frères, nous étions des marcheurs inusables, à cadence rapide, franchissant les distances à toute allure, sans dire mot, par longues étapes, pendant plusieurs jours. Les montagnes du Beaufortain ont comme trait commun d'offrir chacune un point de vue sur le Mont-Blanc. Le Mont-Blanc est toujours là, inchangé et toujours nouveau, toujours plus haut que les autres. Le Mont-Blanc inspirait crainte et respect à mes compatriotes beaufortains. On n'allait pas s'y frotter[8] ! Il y avait chez ces gens qui ne quittaient jamais leur vallée – certains leur maison – un sentiment possessif à l'égard des montagnes, de leurs montagnes, des bois de sapins, de tout leur environnement comme on ne disait pas alors et comme nous disons maintenant. Ces montagnes, elles étaient à eux, elles étaient belles, et leur beauté justifiait l'attachement à leur vie dure. Ils se méfiaient du touriste qui les abordait sans équipement, sans prudence, ignorant qu'en une heure, le temps peut passer du ciel bleu à l'orage et la température devenir fraîche, voire froide. Beaucoup ne souhaitaient pas partager leurs montagnes et leurs forêts et considéraient tout étranger à la vallée comme un intrus...

---

8. Une exception notoire : Roger Frison-Roche est un enfant du Beaufortain, est-il besoin de le rappeler ?

Travailleur indépendant par excellence, qui ne demande rien à personne, le paysan montagnard tenait sans doute sa fierté de sa communication personnelle avec la nature : sa vie intérieure résidait dans son dialogue secret avec les sommets et les bois. Et il abandonnait volontiers sa charrue et ses travaux pour aller faire un tour par là-haut, façon de s'investir dans son milieu naturel, comme nous disons en 1991. Pour moi, toutes ces années-là furent riches en marches, grimpées, randonnées diverses, souliers ferrés aux pieds et grosse canne à la main.

## *Ma deuxième grande peur*

L'hiver, je n'avais pas, contrairement à l'été, d'équipier pour mes escapades, et je ne pouvais pas emmener mon chien. J'ai eu des skis de frêne vers l'âge de quatorze ans et j'ai pris l'habitude, contraint et forcé, des chevauchées solitaires commençant vers neuf heures et finissant parfois à la nuit. Je chaussais mes skis à la porte de la maison et les posais le soir au retour. J'ai appris tout seul à monter, à descendre, avec un nombre de chutes incalculable, mais il y avait une telle « rage de la neige », un tel goût de la glisse, que toute chute me paraissait faire partie des risques du métier. Mon manque de technique sûre, à l'époque, me conduisait à me méfier des grandes vitesses et à choisir la sécurité et la prudence. Cette réserve (savoir jusqu'où aller trop loin) m'a évité les ennuis inhérents à la pratique du ski : je n'ai jamais eu d'accident, rien que des « bobos » bénins. Mais, j'ai le souvenir très vif de ce que j'appellerai ma « deuxième grande peur » un jour de 1938, aux vacances de Noël, où je décidai d'aller voir ce qui se passait au col des Saisies. Le temps était un peu couvert mais je pensais, je voulais qu'il s'éclaircisse. Je pris la direction d'Hauteluce, traversai le village où je ne rencontrai personne et entrepris la montée à travers champs, fonçant sans m'arrêter. Dans mon sac à dos, j'avais de l'eau, un peu de vin et un peu d'eau de vie pour le cas où... Ma mère me rappelait toujours avant mon départ : *« As-tu pris de la gnôle ? »*

Hauteluce, à l'époque, en dehors de l'église et de son clocher, c'était un hôtel et trois cafés. Seul le dimanche apportait de l'animation : on venait à la messe de loin et, comme à Beaufort, on buvait le vin chaud l'hiver et le vin froid l'été... le blanc et le rouge... Le plateau des Saisies, les Pémonts, étaient plongés dans une solitude totale, dans un grand silence blanc. Un seul chalet-hôtel... tenu par un Autrichien. Comme à Val-d'Isère, ce sont des gens venus d'ailleurs qui allaient lancer le ski et sentir venir la poussée irrésistible, alors peu perceptible, de l'industrie de la neige. Sans m'en rendre compte, le temps autour de moi changeait à toute vitesse et je fonçai tête baissée dans le brouillard pour arriver à un col devenu insaisissable. La neige se mit à tomber dru, le vent se leva brusquement, un vent qui me coupait le souffle, un vent de tempête. Où étais-je, de quel côté aller ? Brusquement, je me suis senti perdu, déboussolé, incapable de m'orienter, de retrouver ma direction. Le brouillard brouille toutes les pistes... On ne sait plus où on est ni où on en est... et tous les sapins se ressemblent... Je n'ai pris ni vin ni gnôle, ni quoi que ce soit. Il y eut quelques minutes d'angoisse, comme je n'en avais jamais connues. Brouillard, vent, neige, c'était la tourmente, avec les flocons qui m'aveuglaient. Et le froid... Mais ce n'était pas mon jour, même si ma respiration était haletante et si je n'en menais pas large. Où aller ? De quel côté diriger mes skis ? Instinct d'indigène, je décidai de me lancer dans la pente que je croyais la bonne et... qui était la bonne ! L'autre versant m'aurait sans doute conduit à une situation où tout était possible. Parti du bon côté, je finis par apercevoir, dans une trouée de brouillard, le clocher d'Hauteluce, éternel signal de ma jeunesse. Le temps était moins sombre. Epuisé, j'allai reprendre mon souffle et et me remettre d'aplomb au café Favre-Lamartine, près de l'église, où il y a toujours une horloge étonnante. Ce fut ma première grande peur, disons, d'homme. J'en ai eu d'autres mais je n'ai jamais oublié celle du col des Saisies où j'ai bien cru ma dernière heure venue. J'en ai gardé une méfiance sans restriction à l'égard du brouillard qui, en montagne plus qu'ailleurs, est un danger permanent. Le brouillard brouille les pistes et les points de repère, on ne se retrouve plus, on perd ses marques, on s'égare, on ne sait plus où aller... Depuis, je suis revenu bien des fois au col des Saisies. J'ai assisté, d'une année sur l'autre, au massacre d'un site unique, conduisant chaque hiver à une « *chienlit* » qui donne envie de fuir, quelque chose qui n'est ni fait ni à faire, un conglomérat d'immeubles sans qualité, un bric-à-brac où l'odeur du mazout, des frites, des vapeurs d'essence, fait penser à la réflexion d'Haroun Tazieff sur les stations-champignons surgies en Savoie et en Haute-Savoie, un peu partout : « *faites par des gougnafiers pour des gougnafiers* ». Faire, à deux mille mètres d'altitude, les mêmes immeubles en hauteur qu'à Vénissieux, Sarcelles ou la Courneuve, face à la Grande Motte, au Mont-Pourri, au massif de Bellecôte, est une aberration qui a conduit à la destruction de sites qui auraient dû rester inviolables et donc inviolés[9].

Le développement des vallées alpines était tout à fait concevable avec une autre architecture ou avec simplement un peu d'architecture novatrice sans être de pastiche. Les styles très variés des maisons, la qualité des villages anciens, l'architecture sarde d'Annecy et Chambéry, sont là pour signifier où est la qualité et l'animation. Car, comme par enchantement, les habitants fuient les ensembles neufs pour les quartiers piétonniers anciens des deux capitales savoyardes. Un test qui vaut tous les sondages... Quand on voit ce qu'un Maurice Novarina[10] a pu faire, a su faire à Passy, à Tignes (l'église), à Grenoble, Annecy – pour ne citer que ces villes –, on se dit qu'une architecture forte qui aurait cadré avec un environnement superbe aurait pu faire naître en pleine montagne des lieux de splendeur et d'imagination, comme à Roselend dont j'ai célébré le barrage. Hélas, hélas, hélas ! De grands noms qu'il vaut mieux ne pas citer auront contribué à créer de mauvais HLM là où paissaient les chèvres et les vaches, dans la sérénité des espaces dominés par les plus belles chaînes accessibles aux hommes qui ne sont pas des surdoués de la haute altitude...

## *Les veillées*

> *« La Marion sur son pommier*
> *Qué se ginginnavé... »*
> *(Chanson en patois racontant l'histoire de la Marion qui se dandinait sur un pommier et dont un bossu passant par là tomba amoureux)*

---

9. On pense au lac de Tignes, à Flaine, à la Vallée de Belleville, réalisations repoussoirs où l'on a bafoué l'architecture comme à plaisir... Les Jeux Olympiques d'hiver auront lieu en 1992 au col des Saisies pour les épreuves de ski de fond... On peut craindre le pire mais on peut espérer le meilleur ! Surtout depuis que l'enfant du pays Franck Picard a donné à la France la seule médaille d'or du ski français en 1988.

10. Maurice Novarina est né à Thonon.

On chantait la Marion, à l'époque...

Les soirs d'hiver, les veillées étaient longues. Les femmes tricotaient, cousaient, ma mère filait. Mais on lisait aussi. « *Le Nouvelliste de Lyon* » auquel nous étions abonnés, passait entre les mains des uns et des autres : il y avait toujours un feuilleton et on se disputait le numéro du jour pour connaître la suite de ce qu'on avait lu la veille. La « *Veillée des Chaumières* » a meublé bien des soirées successives, et les romans de Delly ont procuré des émotions et des rêves. Je ne lisais ni les feuilletons, ni les « *Veillées* », ni Delly, mais j'ai passé de bons moments avec « *Le Chasseur Français* »[11] qu'un voisin nous apportait : le catalogue annuel constituait un volume important, une somme commerciale unique en son genre. Je m'intéressais aux bicyclettes, lourdes machines inusables, et surtout aux petites annonces matrimoniales, répertoire inégalable d'offres et de demandes dont l'humour involontaire rendait la sottise sympathique...

Mais nous recevions aussi des visites. On s'invitait, on allait les uns chez les autres. Là où il y avait des filles, les garçons venaient d'eux-mêmes. Et puis, il y avait les soirées spéciales, par exemple celles où il était nécessaire de grouper une main-d'œuvre assez nombreuse, vingt ou trente personnes, pour casser des noix et préparer la fabrication de l'huile, qui était fort prisée. L'huile de noix était notre huile, comme dans la plupart des foyers. Casser des noix s'appelait « *gremailler* », mot évocateur du bruit que font les noix quand ont les broie. On parlait, on riait, tout en cassant les noix. Tout cela finissait par une collation, et parfois par un quadrille ou une polka piquée au son du violon ou de l'accordéon ou des deux réunis... C'est à l'occasion de ces soirées animées et laborieuses que la convivialité de cette époque me paraît s'être exprimée avec le plus de naturel et de spontanéité. Au cours de ces veillées, comme dans les repas de noces, les diseurs ou diseuses de monologues, les conteurs ou conteuses d'histoires en patois ou en français, les chanteurs, étaient sollicités et ne se faisaient guère prier pour se produire dans un répertoire généralement préparé pour la circonstance. Pas de bonne soirée, pas de noce sans ambiance et donc sans amuseurs... « *On en poussait volontiers une* » selon l'expression

11. Et le catalogue de la Manufacture d'Armes et Cycles de Saint-Etienne.

d'alors, sans qu'il soit nécessaire d'être particulièrement poussé. Il y avait quand même ceux qui se faisaient prier, qui faisaient des « *gôgnes* »[12]. Les vieilles chansons du terroir tenaient le coup. « *J'irai revoir ma Normandie* », « *La Paimpolaise* », « *Le Credo du Paysan* », « *La Chanson des Blés d'Or* », étaient des valeurs sûres pour les chanteurs à voix et suscitaient au bon moment l'émotion de l'auditoire. J'entends et je revois tel chanteur, sur lequel on comptait et qu'on ne manquait pas d'inviter, entonner les premières mesures des « *Blés d'Or* » :

> « *Mignonne, quand le soir, descendra sur la terre,*
> *Et quand le rossignol viendra chanter encore,*
> *Quand le vent soufflera sur la verte bruyère,*
> *Nous irons écouter la chanson des blés d'or.* «

C'est presque du Ronsard !

Naturellement, il y avait toujours, dans le tas, un spécialiste de la grivoiserie pour placer ses histoires ou ses chansons un peu lestes, relancer la soirée et réchauffer l'ambiance. Les militaires de retour au Pays rapportaient les derniers succès (ou présumés tels) recopiés dans un cahier de chansons.

Notre vieille chatte, qui aimait les escapades nocturnes, attendait que tout cela soit fini pour surgir d'un recoin où elle nous avait attendus après nous avoir suivis à distance... Les soirs d'été, nos cousins de Paris (*les Parisiens,* disions-nous) nous apportaient l'air de la Capitale, je veux dire quelques bouffées d'une vie différente que nous avions du mal à imaginer. Adepte convaincu du naturisme, le chef de famille, que nous appelions le cousin Léon[13], prenait des bains de soleil tout nu, au grand dam des esprits chagrins qui le traitaient de nudiste ! Sa fille fumait – nous étions dans les années 1925 ! – et grâce à elle, j'ai pu entendre pour la première fois « *Du*

12. Faire des « gôgnes » : en patois, faire des façons, des manières, avoir l'air de refuser ce dont on a envie.

13. Léon Vibert-Guigue, fonctionnaire, journaliste, historien et poète était un esprit curieux de tout, aimant Paris autant que les montagnes de Beaufort et la forêt de Fontainebleau. Il a été un précurseur en matière de camping et de cyclotourisme. La pratique de la bicyclette devait lui coûter la vie puisqu'il fut tué, en août 1944, par un camion américain dans une rue de Paris, sans témoins. Il m'avait écrit un jour, pour me conseiller de venir à Paris, comme lui : « J'aimerais mieux laver de la vaisselle à Paris que d'être sous-préfet de Romarantin ou de Château-Gombert. » J'étais déjà, avant de recevoir sa lettre, dans les mêmes dispositions que lui ! Un rocher porte son nom en forêt de Fontainebleau. Ce n'est que justice !

*Gris* » créée par Damia, et ce chef-d'œuvre qui s'intitulait « *Le trompette en Bois* », ainsi que d'autres rengaines de ces années-là lancées par Mistinguett. En dehors de l'apport des touristes, les chansons à la mode parvenaient à la campagne de différentes manières, par différents canaux. Dans les foires, un accordéoniste et une chanteuse à voix proposaient le texte imprimé des chansons qu'ils interprétaient devant un cercle de curieux difficiles à réchauffer et encore plus à convaincre. Les militaires rapportaient les rengaines à la mode recopiées sur un cahier de chansons dans les longues soirées de la caserne. Le fait est que quel que soit le mode de diffusion, la plupart des chansons faciles à retenir, celles notamment où l'émotion coulait à pleins bords, finissaient toujours par atteindre le Beaufortain. En dehors des récits de guerre – et tout dépendait de l'assistance – les plus vieux, les anciens, racontaient volontiers des histoires de gabelous et de contrebande. Avant la guerre, existait une zone, « *la zone* » : allumettes, tabac, sucre, sel, figuraient parmi les denrées à risques mais d'usage courant quoique clandestin, qui traversaient les cols, les forêts, par des itinéraires secrets, avec des passeurs. Les gabelous, les « *Gapians* » dont c'était le métier, se mettaient en travers et certaines soirées étaient remplies par le récit de quelque bon coup que tel contrebandier avait réalisé... Tel ancien douanier pouvait aussi avoir beaucoup à dire et le disait... A l'époque, le braconnage subsistait, il y avait des chasseurs à l'année (chamois, marmotte, renard) mais la suppression de la zone avait par le fait même mis fin à la contrebande et aux contrebandiers. Une sorte de légende dorée rappelait ces temps révolus. J'ai vu des « allumettes de zone » inutilisées demeurant comme un symbole d'une époque révolue.

Le « *cas Mandrin* » ne se confond pas avec celui de l'homme de guerre. L'aura de Mandrin, traduite en chansons, restait diffuse, mais le courage de ses derniers instants, sa fierté, avaient impressionné les esprits. On parlait communément de « *la bande à Mandrin* » pour désigner des individus suspects de vols divers, de rapines plus ou moins bien organisées, bref, de personnages de sac et de corde. Mandrin était donc bien considéré comme un bandit de grand chemin, ne répugnant pas aux exécutions sommaires. Mais, en même temps, il y avait autour de lui une aura de bandit d'honneur, de bien-aimé, victime de la police française dont la réputation était des plus mauvaises. Mandrin avait été « surpris » dans une « opération de commando » par les argousins du roi de France qui avaient violé la frontière du duché... Il lui en était resté le prestige du hors-la-loi que l'on redoute mais dont on admire la tenue face au bourreau...

## *Les mariages*

Le particularisme d'une commune à l'autre, voire d'un village à l'autre, était encore très vivace. Arêches, Villard-sur-Doron, Queige, Hauteluce, Beaufort étaient administrativement un canton. Quelques kilomètres (huit pour la plus éloignée de ces cinq communes) les séparaient. Mais les distances, sur le plan des relations, des particularismes, évoquaient l'infini, si le mot n'est pas trop fort. Fernand Braudel, une fois de plus, apporte la caution de son autorité indiscutable : *« Si la notion de frontière entre petits pays nous est (devenue) étrangère et paraît totalement artificielle... dans l'esprit des ruraux, elle vit encore, sans aucune ambiguïté. C'est très précisément dans le paysage de leurs activités quotidiennes que les agriculteurs peuvent tracer ces limites : au-delà du petit cours d'eau, passé le bois, au bas du coteau, c'est un autre pays qui commence ». (Hervé Fillipetti* cité par Fernand Braudel dans *« L'identité de la France », p. 41).*

On parlerait aujourd'hui, avec la dévaluation des mots et leur emploi excessif[14] alliés à la pauvreté du vocabulaire courant, de *racisme* des uns contre les autres. Un Beaufortain qui « fréquentait » une Hautelucienne se faisait estourbir par les prétendants du secteur. Un voisin en fit l'expérience à ses dépens : nous le vîmes un jour arborer un visage marqué par les coups de poing reçus dans une bagarre qui était, en fait, une agression contre l'intrus venant chasser sur les terres d'autrui. Le malheureux faisait la cour à une jolie blonde qu'il épousa finalement, malgré l'opposition des Hautelucien indignés par cet « enlèvement » nuptial... Le mariage d'un « veuf » ou d'une « veuve », le mariage d'une commune à l'autre pouvaient donner lieu à des « charivaris » nocturnes (sonnailles de

14. Deux exemples significatifs : « déporté » employé pour caractériser les déménagements d'entreprise... dans un même secteur géographique !, « génial » devenu un adjectif banal...

vaches, bruits divers, sirènes) destinés à sanctionner publiquement la trahison de celui ou de celle qui se rendait coupable d'un tel lâchage. Les chahuts cessaient quand les intéressés désintéressaient les faiseurs de bruit !

J'ai vécu trois mariages, trois souvenirs dont deux, à l'époque, tristes. Deux sœurs qui partaient, le troisième étant le mariage de mon frère aîné en 1935. La première était celle qui m'avait sorti du fumier et était ma seconde mère : elle en avait la tendresse et la générosité totale. Elle partait loin, très loin : à Ugine, à vingt-cinq kilomètres ! Autant dire au Pôle Nord ou au Sahara. J'étais jaloux de mon beau-frère : *« N'est-ce pas que tu m'aimes plus que lui ? »* lui disais-je. J'avais cinq ans et ce fut sans doute ma première grande peine... le premier déchirement en tous cas. Je garde le souvenir de repas pantagruéliques, de deux jours de festins plantureux. Les mariés furent emmenés en traîneau décoré, mulets harnachés comme des chevaux de fiacre. Le beau-père portait gibus et queue-de-pie. Ma mère avait choisi une robe de cérémonie, avec châle assorti. Tout le monde, hommes et femmes, était habillé. Le respect des convenances s'imposait sans discussion et n'était transgressé par personne. Plus tard (j'avais treize ans) une autre sœur épousait un Beaufortain d'un autre hameau, sur le même versant, mais c'était plus qu'un changement de milieu familial. Le matin, le fiancé, accompagné par les garçons d'honneur et ses frères, vint frapper à la porte. A questions convenues, réponses convenues :

– *« Peut-on entrer ? »*

– *« Qu'est-ce qu'on peut faire pour votre service ? » - « Où allez-vous ? »*

Rapidement, on trouvait la fiancée, toute préparée à cet impromptu. On buvait le café, et tout le monde se mettait en route à pied, par le sentier des Curtillets où, une fois de plus, les mulets emmenèrent la mariée à la mairie. Après, pour aller à l'église, on fit cortège, selon les usages établis. Les costumes du Beaufortain connurent ce jour-là beaucoup de faste. Presque toutes les femmes de plus de trente ans portaient berre blanche, châle chatoyant, robe de cérémonie. J'ai le souvenir de quadrilles endiablés au cours desquels les danseuses traçaient des arabesques en soulevant leurs jupes encombrantes, et les danseurs suivaient les commandements du violoniste : *« En place pour le quadrille ! », « Balancez vos dames ! »*

La valse, reine des danses en ce temps-là, distinguait les meilleurs et les meilleures. Les autres faisaient tapisserie... comme toujours [15]. Les festivités furent moins longues mais durèrent toute la nuit. Chansons, monologues, bal au violon et à l'accordéon, c'était vraiment la noce [16] ! Bien des mariages avaient lieu la mariée étant déjà enceinte. La régularisation se faisait rapidement pour éviter le déshonneur. Les enfants « naturels » étaient nombreux, et cette situation ne datait pas d'hier. Une étude du XVIIIe siècle impute à Beaufort un record en la matière. Etre enceinte pour une fille se disait en patois *« aller à la foire »*. Bien des filles « allaient à la foire », au grand dam des personnes vertueuses qui ne pouvaient que déplorer ce relâchement des mœurs...

## *Les enterrements*

Les rites funèbres étaient des plus rigides et observés par tous. *« A l'occasion de la mort, le respect des convenances, clef des relations sociales de l'époque, se manifestait sans restriction. »*

La veille au soir, toutes les cloches sonnaient et l'on savait qu'un tel ou une telle, la Joséphine, la Céline, la femme à César, Auguste ou la fille à Florimond serait enterré(e) le lendemain et qu'il faudrait y aller. Les faire-part étaient rares, pour ne pas dire inexistants dans les familles paysannes. Le bouche à oreille fonctionnait à plein, on recevait la mission de faire la commission et cette technique de communication était des plus efficaces. Et puis, lorsqu'on se rencontrait sur le chemin, aux champs, on se disait : *« Y a-t-il des nouveaux (nouvelles) ? »* et la réponse tombait : *« X est mort, on l'enterre demain, après-demain, à telle heure. »*

Et les villages, les hameaux, étaient au courant et, encore une fois, le glas de la veille alertait tout le monde. Deux jours de veillée funèbre, de visites, de prières avec chapelet et litanies diverses, invocations aux Saints, précédaient l'enterrement. Généralement, une femme disait les prières, les autres répondaient. Les hommes se

15. Les danseurs peu doués pour la valse et ne tenant pas la cadence étaient accusés de « brasser la polente » !

16. On dansait aussi au son de l'harmonica qu'on appelait « la musique à bouche ! »

contentaient souvent d'une brève apparition. Comme pour la mort du Christ, seules les saintes femmes étaient là. Tous ceux qui venaient s'entendaient offrir un café, voire un verre de vin et, la nuit, une collation était servie à ceux qui étaient venus assister à la veillée du mort. Après le silence de la chambre où se trouvait le cercueil, les uns et les autres éprouvaient le besoin d'une détente. La conversation s'engageait, on évoquait le disparu, on racontait et on finissait par plaisanter pour oublier, sans aucun doute, le constat qui s'imposait : tout le monde meurt mais ceux qui étaient là étaient vivants et la vie devait reprendre le dessus. Il fallait chasser les images tristes même si, qu'on le veuille ou non, tout cela donnait à réfléchir... quant à l'échéance finale. Venait le jour de l'enterrement (on ne disait pas sépulture, mot savant pour gens des villes). Quand on avait dit « l'Absoute » et la messe, chanté le « Dies Irae » et le « Libera Me » (chants admirables entre tous, et par le texte et par la ligne musicale), le cortège se dirigeait vers le cimetière pour la mise en terre. Il n'y avait pas de condoléances, les gens défilaient devant la tombe et sortaient. Les participants, notamment la parenté, étaient invités dans un café choisi à une collation à base de gruyère, de vin et de café. Là aussi, les convenances commandaient et personne ne s'y dérobait. Les enterrements civils étaient des plus rares. Par contre, il n'était pas rare que tel ou tel mécréant, tel « Rouge » qui n'aimait pas les curés, n'entrât pas à l'église et aille au café d'en face d'où il pouvait surveiller la sortie de la messe et reprendre sa place dans le cortège en allant au cimetière. En fait, les enterrements auxquels j'ai pris part m'ont toujours paru se dérouler dans la dignité et le silence même si, durant le parcours, tel bavard ne pouvait retenir sa langue. Le hameau, le village, la commune, les parents, les voisins, constituaient un réseau de solidarité une communauté naturelle qui s'imposait d'elle-même à tous ses membres, au-delà des rivalités, des jalousies et des intérêts qui reprendraient leur place après... Les cercueils créaient une unanimité d'un moment. Les hommes s'habillaient, les femmes portaient généralement des vêtements sombres, et à cette occasion on constatait que la famille rassemblait les lointains cousins, fidèles aux liens du sang et au culte des aïeux. Le deuil était rigoureusement porté pendant la durée imposée par les usages. On célébrait la « neuvaine », c'est-à-dire qu'une nouvelle cérémonie avait lieu neuf jours après. On célébrait également l'anniversaire des sépultures. Les femmes étaient vêtues de noir. Les hommes portaient brassard et cravate noirs. Le vent de l'après-guerre a soufflé sur les enterrements comme sur d'autres usages, et les chants latins de l'office des morts ont été remplacés par des chants qui font regretter les messes basses et le silence qui les caractérisent... De quoi mourait-on, car le taux de mortalité était celui de l'époque ? Les vieux, de vieillesse, mais l'espérance de vie était plus courte. Les jeunes, de tuberculose, de pneumonie mal soignée, de pleurésie ayant mal tourné, de coups de froid. Il y avait les accidents du travail, les morts subites dues aux accidents cardiaques, maladies très répandues dans les milieux campagnards, le cancer, l'alcoolisme qui tuait des hommes de quarante ans. La route commençait, malgré la rareté des voitures, à faire des siennes... On se suicidait aussi. Je n'ai d'ailleurs souvenir que d'un mode de suicide : la pendaison. En effet, parmi les images qui m'ont suivi toute ma vie, figure celle d'un pendu que j'avais bien connu, avec lequel j'avais travaillé, très précisément labouré, lui conduisant les mulets, moi tenant la charrue. Muletier chez ma tante, Alphonse (qu'on appelait « *Phonse* ») était un colosse qui se tenait droit comme un I et pratiquait un laconisme de monosyllabes et de questions de pluie et de beau temps. Coiffé à l'année, comme tant d'autres, d'un béret de chasseur alpin délavé et chargé d'une crasse accumulée par les ans, « *Phonse le Taciturne* » mâchait en permanence une grosse chique de tabac gris. De temps en temps, à l'image de ses collègues muletiers, il crachait en toute sérénité. Bon zigue, sans lecture, sans amour, sans rien, on l'aurait pris pour une sorte de primate n'ayant ni besoin, ni manque, ni sentiments. Allez savoir ! Sans amour ? Quand on l'a trouvé au bout d'une corde, sous le balcon – *la galerie* – d'une grange appartenant à ses anciens patrons, il a bien fallu se poser la question : Pourquoi ? Alors, on a parlé d'un amour contrarié, d'un refus de mariage. Sous ses dehors d'homme fort, le muletier était fragile, et cet homme de cinquante ans avait craqué et plaqué une existence brusquement sans perspectives. On s'est souvenu, à l'époque, que son frère, plus grand encore et plus vigoureux aussi, un géant marié et père de deux enfants, avait choisi la même fin. Ces deux hommes capables de soulever des gruyères de quatre-vingt kilos, des barriques de même poids, s'étaient donné la mort comme des faibles, déprimés et désespérés. Et personne n'y comprenait rien... D'autres suicides eurent lieu, rares, toujours par pendaison, pas seulement d'hommes. La pendaison, châtiment royal sous la Royauté, correspondait à une mort propre et simple pour des gens simples. « *Difficile de changer d'avis lorsque la corde soutient le pendu* », comme dit le proverbe. C'est pourquoi les suicides par pendaison réussissent toujours... Pour ma part, le spectre d'Alphonse sous la grange reste un souvenir de ces années-là, et bien souvent lorsque je suis passé par là, j'ai revu mon bonhomme au grand béret, véritable symbole du colosse aux pieds d'argile, qui avait résolu, pour en finir, de se détruire, selon l'expression du patois d'alors. Mais une pendaison était, malgré tout, un événement banal ne créant pas un choc émotionnel d'une grande portée. Un homme que la vie n'avait pas gâté avait, disait-on, des raisons d'en finir. Il était seul, il ne laissait personne derrière lui, alors... c'était presque une délivrance...

En revanche, j'ai le souvenir de deux drames de la jalousie qui secouèrent la vallée, quoique d'une façon inégale. L'assassinat à coups de hache, par un violent, de son épouse et de son enfant frappa les esprits par sa sauvagerie incroyable et déclencha toutes sortes de commentaires dont les échos me sont restés en mémoire. On en fit même une chanson, chantée et vendue sur les foires, comme si le Boulevard du Crime s'était installé dans le Beaufortain. L'homme fut condamné à une peine de réclusion et revint plus tard, à sa sortie de prison, vivre paisiblement aux côtés d'une autre compagne que le sort de sa congénère n'avait manifestement pas découragée. Un autre drame passionnel conduisit une femme à mettre le feu à la maison de son amant, qui brûla et fut détruite. Condamnée, la coupable recouvra elle aussi, plus tard, la liberté... Dans les deux cas, les mauvaises langues déclarèrent qu'avec un avocat de talent, on pouvait tout se permettre et s'en tirer à bon compte. Les optimistes rétorquèrent que tout péché mérite miséricorde et que l'oubli doit recouvrir les erreurs, fussent-elles tragiques... Le débat sur ce thème est toujours ouvert et ne sera sans doute jamais clos... tant qu'il y aura des assassins, tant qu'il y aura des hommes, tant qu'il y aura des femmes... et tant qu'il y aura des juges, des jurés et des avocats.

## *Le sort des vieux*

Les vieux sans famille, sans ressources, impotents, allaient finir leurs jours à l'hospice qui tenait lieu de maison de retraite, de résidence pour personnes âgées. Les autres mouraient chez eux. Le maintien à domicile, problème de notre époque urbaine où le troisième âge chevauche le quatrième, allait de soi. Certes, on mourait plus tôt, en général, mais il y avait quand même quelques « beaux vieillards » – hommes ou femmes – qui ne se décidaient pas à partir pour l'autre monde, et qui restaient à la maison, patriarches intouchables et respectés. Vieillesse et considération constituaient alors le fonds de la civilisation paysanne. Le devoir d'assistance faisait partie des obligations des enfants envers les parents. Seuls les « moins que rien » s'affranchissaient de cet impératif, transmis dans les familles de père en fils et qui faisait partie de « l'air du temps ».

## *La « physique »*

Jean Delumeau, dans un grand livre, a décrit la peur en France au XVIIe siècle. J'ai plus d'une fois assisté à des controverses passionnées autour de phénomènes anormaux considérés comme surnaturels, évoquant la magie des puissances obscures, voire le diable, le tout classé uniformément sous le nom de « physique ». La « physique », c'était le mystère, celui qui « faisait de la physique » était doué d'un pouvoir maléfique tenant de la sorcellerie. Je n'ai jamais connu, même de nom, quelque sorcier que ce soit, mais des compères astucieux sachant faire marcher les « gogos ». J'ai souvent entendu des récits de phénomènes inexpliqués mais qui posaient question : maison hantée, vaches attachées dans le même lien de fer qu'on ne pouvait détacher, assiettes projetées contre les murs, *« sargogues »*, danses de spectres jamais vus mais toujours entendus, bruits divers qui ne s'arrêtaient pas. Une crainte latente existait, même si ceux qui en parlaient n'étaient jamais les témoins directs de ces inquiétantes bizarreries. Beaucoup les traitaient par le scepticisme, mais bien des femmes et aussi des hommes jouaient à se faire peur et y croyaient.

On a quand même bien ri quand, dans une maison prétendument hantée où, toutes les nuits, le premier étage, occupé par un beau-frère veuf, retentissait de bruits de chaînes qui terrorisaient la belle-sœur couchée au rez-de-chaussée, un calme parfait s'instaura quand la femme quitta le rez-de-chaussée pour le premier étage. L'usage d'un même lit chassa les fantômes et le silence remplaça les bruits suspects...

CHAPITRE VII

# *Images éparses d'un autre temps...*

## *A – Les achats de vêtements*

Les achats de vêtements, de linge, avaient lieu à Beaufort, le chef-lieu, dans les magasins, c'est-à-dire les merceries (au nombre de trois) mais aussi aux foires du 25 mai, du 3 et du 25 septembre où il y avait les bancs – les « *banstes* » –, c'est-à-dire les tréteaux des marchands ambulants qui faisaient les foires du département. Dans les premières années, Albertville exerçait une forte attraction et on prenait l'autocar pour aller s'habiller et être à la mode. La Samaritaine et le Bon Marché, qui éditaient des catalogues, recevaient aussi des commandes par correspondance, notamment de robes ou de manteaux. On achetait aussi du tissu et on avait recours aux couturières qui travaillaient à façon. J'ai connu les derniers colporteurs qui passaient à domicile et que l'on voyait arriver de loin avec leur baluchon imposant, même s'ils essayaient de ne pas se faire repérer afin de ne pas trouver porte close. Je me souviens plus spécialement de l'un d'entre eux qui terrorisait ma pauvre mère et ma sœur aînée. Je veux dire que ce camelot-né possédait un tel bagout, un tel culot, qu'une fois enveloppé dans les filets de sa dialectique, on ne s'en évadait qu'en achetant, et on achetait beaucoup plus qu'on ne le souhaitait. Il fallait donc se cacher, ne pas ouvrir la porte, fuir le commis voyageur diabolique, ses draps, sa toile, ses tissus, ses serviettes, son fil à coudre et j'en passe... Le ballot porté par cet homme était lourd mais l'appât du gain était tel qu'il n'hésitait pas à monter tout ce fourbi par le chemin pierreux, en mouillant sa chemise à coup sûr... même l'hiver, car sa propre personne pesait son poids. La disparition des colporteurs, après 1945, a marqué la fin du XIXe siècle et l'entrée dans l'économie de marché qui progressa, dans la vallée comme ailleurs, à pas de géant. La fin des couturières a suivi celle des colporteurs... Les « fringues » ont conquis les Alpes et il n'y a plus de vêtements spécifiques pour le plus grand nombre, je veux dire les moins de quarante ans... Sauf en hiver, les enfants et les écoliers sont habillés comme en ville : l'uniformisation des vêtements va de pair avec l'uniformisation des mœurs...

## *La pauvreté et la faim*

J'ai vu aussi disparaître les derniers pauvres contemporains de ces années-là. Nous avons les « nouveaux pauvres ». J'ai connu quelques vieux pauvres, et je revois une vieille femme sans âge, trimbalant je ne sais combien de sacs, de « *tâques* », qui passait chaque année, à l'automne, pour faire sa provision de tommes de Savoie. Nous l'appelions « *Bourta Faïn* »[1] « vilaine faim », « méchante faim » car son entrée en matière était toujours la même : elle arrivait en déclarant qu'elle avait une « *bourta faïn* », une « méchante faim ». Ma mère lui donnait à manger, la lavait, l'habillait et remplissait ses sacs de pain et de tommes. Elle repartait avec des mercis plein la bouche, qu'elle avait fort empâtée, des promesses de prières et des bénédictions. Une année, on ne la vit plus et nous avons pensé qu'elle était morte, peut-être de faim, car elle disait vrai. Elle avait faim, toujours faim... Je ne l'ai jamais oubliée : elle symbolise pour moi, encore aujourd'hui, l'extrême dénuement, l'extrême misère avec, dans la déchéance, une dignité comme n'en ont pas les clochardes de nos villes... Il est vrai qu'elle ne buvait pas... Mais elle m'a appris ce que pouvait être la faim.

## *Les maladies et les soins*

En ce temps-là, la « dépression » n'existait pas, comme dénomination, naturellement. On parlait plutôt d'anémie. L'anémie était responsable de nombreux méfaits, pensait-on. La tristesse existait, la mélancolie, tout ce qu'on a baptisé stress plus tard devait hanter des jeunes et des moins jeunes, voire des vieux (il y avait des

1. « Bourta steta, biau minon » : chatte laide, beau minet. Ce dicton, souvent cité, n'était pas un compliment quand il s'appliquait aux femmes, à l'évidence !

suicides), mais les faiblesses ne pouvaient être que physiques et non pas psychiques. La philosophie paysanne est à base de résignation. Il fallait savoir endurer, souffrir jusqu'au moment où le recours au médecin pour soulager et pour guérir s'imposait car on avait trop mal et on craignait le pire. Les analyses étaient inconnues. Sur ce point comme sur d'autres, la guerre a considérablement fait évoluer la médecine dans les coins les plus reculés. On se soignait, du moins le croyait-on, d'une façon empirique. J'ai absorbé maintes rations de quintonine[2] car lorsque j'arrivais en vacances, ma pâleur et ma sveltesse étaient considérées comme des signes incontestables d'anémie dangereuse, annonciatrice de la tuberculose. La tuberculose – la phtisie, comme on l'appelait souvent – faisait partie des grandes craintes collectives. On redoutait d'être « poitrinaire » et d'être obligé de prendre le chemin du sanatorium. Les années 30 sont la grande époque des sanatoriums, des sanas. La Haute-Savoie en comportait plusieurs : Flumet, La Giettaz, Passy, entre autres. Altitude moyenne, grand air, soleil, telles étaient les thérapeutiques d'alors. La tuberculose faisait peur car on en mourait, à tout âge, mais souvent très jeune.

Les paysannes qui m'avaient vu naître et grandir effrayaient ma mère par leurs réflexions sur ma « maigreur » et elle en concluait que son devoir était, toutes affaires cessantes, de me fortifier... avec du fortifiant. D'où la quintonine et, plus tard, des comprimés, des cachets fabriqués par les usines du Rhône qui donnaient un coup de fouet au petit maigrichon et amélioraient son apparence. La Jouvence de l'Abbé Souris, remède souverain contre les maladies de la femme, en tous cas contre les méfaits de l'âge, figura longtemps sur la table de nuit maternelle. Les boissons du dernier recours, quand on se trouvait mal, étaient l'Arquebuse et la Chartreuse dont les petites bouteilles si caractéristiques étaient enfouies dans une armoire hors de portée des enfants. Quand on avait un fort rhume, une toux opiniâtre, qu'on respirait mal, qu'on se sentait pris par une grippe insidieuse, les ventouses apportaient leur vertu souveraine pour dégager les bronches oppressées. Le coton thermogène qui brûlait la peau, les cataplasmes à la moutarde, les sinapismes,

2. Il y avait de l'alcool dans ce remède miracle dont la radio faisait la « réclame », comme on disait, à longueur de journée, en même temps que celle de la « Boldoflorine, la bonne tisane pour le foie ».

figuraient parmi les remèdes qu'on employait communément avant d'appeler le médecin, auquel on ne faisait appel qu'en dernier ressort.

Dans mon enfance, le Docteur était un enfant du pays d'un âge déjà avancé et qui était en même temps dentiste, voire pharmacien. Il le fallait bien puisque pour « aller au dentiste », il fallait prendre l'autocar et parcourir vingt kilomètres. Les remèdes devaient être aussi commandés à Albertville et transportés par le car de service. Le médecin était donc, au sens propre, un « arracheur de dents ». Je l'ai vu opérer sans anesthésie et extraire une dent à ma mère dont le teint indiquait suffisamment les souffrances intolérables. Que faire, si ce n'est se livrer à la poigne vigoureuse de l'homme à tout faire, du guérisseur universel. On avait mal, mais le soulagement à terme était garanti ! Dans l'immédiat avant-guerre, un jeune médecin apporta un peu d'air frais, des méthodes mieux adaptées et acquit rapidement une influence, une réputation qui s'étendit dans tout le canton. Quand on ne pouvait pas « aller au médecin », le médecin venait vers soi, mais il fallait aller le chercher à dos de mulet. Le destin d'un médecin de campagne est d'être beaucoup plus qu'un guérisseur : conseiller, oracle, arbitre, confesseur, le médecin est probablement l'homme qui a, par profession, vocation à être administrateur, maire, parlementaire, en tous cas un être choisi par ses patients. Pour les entorses et autres accidents sans fracture, on recourait volontiers au rebouteux, qu'on appelait le « rhabilleur ». On allait donc se faire « rhabiller » par le manipulateur miracle qui, d'un seul coup, supprimait la douleur dont on n'avait jamais pu encore se débarrasser. Grand était l'ascendant des rhabilleurs... Généralement, le rhabilleur opérait dans une arrière-salle de café. Il n'y avait naturellement pas de tarif imposé, chacun était censé libre de sa contribution. Apparemment, le guérisseur n'y perdait pas... Quand il n'y avait plus rien à faire, restaient la prière, les cierges, Saint-Antoine de Padoue, Notre Dame de Myans et le pèlerinage à Lourdes... Les femmes stériles pouvaient prier la Vierge, Notre Dame de la Vie à Saint-Martin de Belleville. J'ai souvent entendu parler de la grippe espagnole, qui fit des ravages, emporta mon grand-père, une tante, et cloua toute la famille au lit. Un voisin, valide, venait apporter de la nourriture. La grippe espagnole fut la grande calamité publique fatale de l'après-guerre. On l'évoquait comme la peste noire, le choléra et autres catastrophes contre lesquelles on ne peut rien...

## *B – Images significatives*

### *Passage d'un colon d'Algérie*

Parmi les souvenirs qui vous suivent, parce qu'ils pèsent lourd et vous marquent pour toujours, figure une conversation fortuite avec un personnage, je dis bien un personnage, qui passait par là... C'était l'automne, je faisais je ne sais quel travail au bord du chemin avec mon frère, lorsqu'apparut notre homme, portant chapeau, longue barbe et veste de chasseur d'où émergeait un animal que je n'avais jamais vu et qui était un blaireau[3]. Le chasseur était un ancien colon revenu d'Algérie, ayant vendu ses biens pour acheter des terres dans la grande banlieue de Lyon.

Comment tout cela vint-il ?

Les oreilles grandes ouvertes, j'ai entendu le vieux baroudeur évoquer ses débuts en Algérie avant la guerre de 1914 et se raconter. Il était arrivé sans un sou, n'ayant que son courage, sa santé et la volonté de s'en sortir. On lui avait attribué des terres dans le Bled, c'est-à-dire des cailloux sous le soleil, et il avait d'abord cherché de l'eau en creusant çà et là, jusqu'au moment où il avait trouvé. Il était descendu dans le trou, il avait vu l'Arabe qu'il croyait son ami lui jeter des pierres, pousser de la terre pour l'ensevelir, l'enterrer, le tuer. Et j'entends encore la voix de cet homme répéter, en patois de Beaufort : « *Mais, on avait un courage !* », « *Mà on avà un corrazde !* » Des larmes coulaient sur ses joues et dans sa barbe. Stupéfait, je voyais ce vieux « dur » pleurer en évoquant sa peine, ses souffrances, ses travaux forcés... Plus tard, dans les années 60, j'ai pensé au vieux Charles (tel était son nom) qui avait quitté l'Algérie au bon moment, je veux dire avant d'en être chassé sous l'opprobre...

3. Le blaireau, en patois, est le « tachon ». Le chasseur avait donc tué un tachon.

## *Le meunier et son moulin ensablé (ou le beurre et l'argent du beurre...)*

Un jour de l'année 1938, les Aciéries d'Ugine décidèrent, pour des raisons que j'ignore, d'ouvrir les vannes du lac de la Girotte et de faire baisser le niveau du lac. Telle fut, du moins, la version qui circula... On parla aussi d'un début de fissuration du barrage. Allez savoir ! Toujours est-il que l'affaire fit grand bruit, comme avaient fait grand bruit les milliers de mètres cubes d'eau s'engouffrant dans le lit du Dorinet et débordant rapidement hors des berges. On parla d'eaux empoisonnées, de montres et de bijoux brillants devenus noirs ou ternes, de vaches contaminées soudain malades, le tout certainement amplifié, déformé, voire inventé. Toujours est-il que certains riverains en pâtirent quelque peu. L'un de ceux-ci, qui exploitait un moulin à eau, vit son chenal ensablé et demanda donc une indemnité aux Aciéries d'Ugine. Un expert fut désigné pour déterminer le « *Pretium Doloris* » et se rendit donc sur place pour constater l'ampleur du désastre. En fait, il y avait peu de sable à enlever mais enfin, le moulin ayant été hors d'état de fonctionner pendant quelques jours, l'expert proposa une indemnité que le meunier accepta... à condition qu'on lui laissât le sable. J'ai encore dans l'oreille et sous les yeux la voix et le visage de l'expert, honorable Professeur de Mathématiques du Lycée de Chambéry, me racontant, avec un rire qu'il ne pouvait contenir, et en mimant la scène, ce fait divers qui pourrait être un apologue : l'argent du beurre, ça ne se refuse pas, à condition de garder le beurre. Les Beaufortains étaient parfois appelés « *Flocabeurre* »[4], c'est-à-dire « avaleurs de beurre »... par les autres Savoyards. Il me semble que l'histoire du meunier est assez caractéristique du comportement des hommes de ces vallées... en ce temps-là !

---

4. Floquer, en patois, est synonyme de « happer ». Le chien « floque » (happe) sa nourriture... la saisit, l'avale bruyamment et avec vivacité !

## *Le plaisir d'habiter*

### *Deux grandes dates : 1927 – L'électricité arrive*
### *1935 – L'eau est à la porte*

L'installation de l'électricité en 1927 a changé notre vie. L'électrification des campagnes (appellation officielle) fut une des bonnes réalisations de la IIIe République, même si les choses furent longues à venir. Dans notre petit monde des Prés, les esprits en étaient fort remués et il y avait les « pour » et les « contre ». Comme toujours, les « contre » estimaient que les choses étaient bien ainsi et que l'on s'éclairait très bien avec les lampes. Et puis, n'avait-on pas toujours fait ainsi ?

Les « pour » ne soupçonnaient pas tout ce que la Fée Electricité allait leur apporter et combien elle allait changer leur vie. Car, jusqu'alors, comment s'éclairait-on ? La lampe à pétrole était l'élément de base. Lampes de plafond, lampes à pied, nous avions de fort belles lampes, souvenirs de famille, cadeaux de mariage des ancêtres, elles étaient précieuses à tous points de vue. Il y avait aussi les bougies, les lampes à bougie, les *« croijus »*, petites lampes à huile. Pour l'extérieur, les écuries, les déplacements de nuit, on se servait ou de lanternes portatives à bougie ou de lampes à pétrole dont les vitres étaient protégées par des armatures de fer. Nous avions aussi les lampes à acétylène pour les travaux disons obscurs. Leur odeur était dissuasive.

L'électricité, c'était les poteaux dans les champs, danger pour les vaches, danger pour tous, c'était de l'herbe en moins, disaient les opposants. Bien plus tard, quand il fallut faire le tracé de la route, des querelles sans fin, entraînant des ruptures dans les familles, s'élevèrent, avec ce côté inexpiable qu'ont les « guerres civiles », les oppositions rentrées, les histoires paysannes de partage ressassées et jamais apaisées. La route, l'électricité, oui, pourquoi pas, à la rigueur, on n'arrête pas le progrès, mais les poteaux seraient tellement mieux à côté ! Quant au tracé de la route, c'était toujours dans le champ du voisin qu'il devait passer.

L'âpreté des points de vue est difficilement perceptible de l'extérieur. Pas de quoi fouetter un chat, souvent, mais de quoi faire tourner en bourrique un maire ou un ingénieur des Ponts et Chaussées ! J'ai le souvenir très vif de l'installation de l'électricité. Je revois l'entrepreneur-artisan perçant les murs épais avec beaucoup de mal et faisant passer ses fils comme il pouvait ! Selon les normes actuelles, de telles installations étaient un défi à la sécurité. Pourtant, il ne s'est rien passé, sauf qu'il a suffi de toucher des boutons pour s'éclairer et de brancher des bouilloires pour avoir de l'eau chaude. Fini le feu au fourneau perpétuel. Finis les fers à repasser au charbon de bois, fini le Moyen Age. Pour moi, j'ai commencé à lire sans problème dans mon lit, et je m'en souviens comme d'un bonheur sans prix.

Et puis, en 1934-1935, il y a eu l'amenée d'eau aux portes de la maison, près du four. Grande date. Cette eau, il fallait aller jusqu'alors à 400 mètres à peu près, au « *bachal* » où elle arrivait par une rigole en bois, directement du sol. Il y avait un bassin de ciment et, de part et d'autre, les « *boutes* », ces petits édicules, ces chalets miniatures où l'on gardait la crème au frais dans des chaudrons de cuivre, les « *parolets* ».

Ma mère allait tous les jours écrémer. C'est avec cette crème que nous faisions le beurre, que nous battions le beurre. Je me souviens avoir trempé mon index et l'avoir léché. C'est bon la crème fraîche au bout des doigts. Je me souviens aussi y avoir trouvé une souris, un rat, y avoir vu une vipère (les vipères aiment l'eau... !) mais c'était quand même l'exception ! Ce qui n'était pas, hélas, l'exception, c'était la corvée quotidienne : tous les jours, il fallait aller chercher l'eau, il fallait « aller à l'eau » (c'était l'expression). Quand j'étais un petit garçon, on m'envoyait chercher de l'eau fraîche avec un petit bidon de deux litres. Devenu grand, je pouvais, comme mes frères et sœurs, prendre ma part du transport d'eau. Nous prenions deux seaux d'une dizaine de litres pour équilibrer, en quelque sorte, l'effort, le répartir, éviter d'être déporté à droite ou à gauche et, sur le dos, nous portions une « *bouille* » d'une quinzaine de litres servant au transport du lait, tenue par des courroies. Très lourde, très contraignante, sans souplesse, la « *bouille* » pleine ! Le dos souffrait. Comme le chemin était en pente, en mauvaise pente, la montée se faisait avec les seaux pleins, l'effort était rude. Nous étions essoufflés en arrivant, obligés parfois de nous arrêter pour reprendre haleine. L'eau était ensuite versée dans d'autres seaux, sur des rayons, à la cuisine. Un pochon de cuivre appelé « *casse* » servait à la puiser. Nous buvions à même la « *casse* ». C'était un bon moment ! Cette eau était d'une grande pureté et toujours fraîche, même pendant les chaleurs de l'été. Mon frère avait repéré la source (la végétation était plus verte et l'eau surgissait souvent en temps de pluie) et l'endroit où il fallait capter, creuser, assez haut pour que la pente soit suffisante. Nous avons creusé (lui surtout), fait une longue tranchée, posé les canalisations. Il a fabriqué un bassin de ciment, construit une nouvelle « *boute* » – cave à lait – à dix mètres de la maison. Ma mère n'a plus eu à se fatiguer avec le transport de l'eau, nous avons pu nous laver plus facilement. Ce fut une grande victoire de l'hydrothérapie ! L'eau, l'électricité, deux éléments essentiels du plaisir d'habiter. Deux victoires de la modernité !

Se laver ! Au fait comment se lavait-on ? Tous les jours, dans une cuvette. Le samedi, les pieds et le reste dans un baquet. Et puis, une fois le bassin installé, l'été on a pu (les hommes) se laver de pied en cap, à l'eau fraîche, et c'était bon, le soir, après une journée de sueur et de poussière... la salle de bains ne vint que bien plus tard ! Se laver ne dépend pas essentiellement des installations et commodités. Avant tout, comme pour l'entretien du corps par l'éducation physique quotidienne, c'est affaire de volonté. Est sale qui veut !

## *Le grenier aux trésors*

C'est dans un grenier qui existe toujours que j'ai découvert des trésors de lecture, à ma sortie du collège. Dans le Beaufortain, dans les vallées montagnardes des deux Savoie, les greniers sont parfois intégrés à la maison – comme dans ma maison natale – mais, plus souvent, jouxtent les maisons, élégants comme des maisons de poupée, avec une cave au rez-de-chaussée et une pièce au premier, accessible par un balcon[5]. Depuis longtemps, « *mon grenier* » avait été transformé en bibliothèque, avec un lit et il devint pour moi un lieu de travail, de recueillement unique où j'ai vécu des heures exaltantes, hors du temps, dans le silence de la découverte. Mon cousin – le « Parisien » – avait accumulé des collections du « *Matin* »,

5. Acheter un de ces greniers est devenu depuis longtemps un snobisme de plus en plus difficile à satisfaire...

de « *L'illustration* » des années 1925, de « *l'Auto* », du « *Miroir des Sports* » et du « *Petit Journal* ». J'ai dévoré tout ce papier et, notamment, les journaux de la guerre dont les comptes rendus et les éditoriaux relevaient souvent du bourrage de crâne. J'ai compris, grâce à ces lectures, par la suite, l'exaspération des combattants lorsque, venant en permission, ils lisaient les incroyables commentaires destinés à soutenir le moral de l'arrière. Je ne crois pas que la littérature guerrière soit jamais allée aussi loin dans l'ineptie, la désinformation et la sottise. Heureusement, il y avait aussi les belles voitures des années 1925, les Delahaye, les Voisin, les Talbot, les Chenard & Walker, les De Dion Boutton, les premières courses, les premiers rallyes avec les chauffeurs vêtus de manteaux de peau et coiffés de serre-tête avec d'énormes lunettes, reliant Paris à Deauville ou à Nice, les concours d'élégance et les futilités de l'époque, marquée par la fin du cauchemar et le rattrapage de la frustration. C'est là aussi que j'ai trouvé les cahiers de ma tante Eugénie, la maîtresse d'école dont j'ai célébré les qualités d'écriture. Et puis, il y avait les livres... J'ai lu « *La Garçonne* » de Victor Margueritte, qui avait fait scandale et qui serait, sans doute, illisible aujourd'hui, « *Monsieur Godeau Intime* » de Marcel Jouhandeau et j'ai eu la révélation de Paul Morand, c'est-à-dire d'un grand écrivain français. Je revois la couverture de « *Lewis et Irène* » qui commence par une scène d'enterrement où deux des assistants, trouvant le temps long dans le cortège, décident de jouer au tennis-barbe. Ils sont à égalité (40 partout) lorsque l'un d'eux a une illumination : « *Le mort portait la barbe !* » et c'est ainsi qu'il peut crier « *jeu !* » et gagner la partie ! Julien Green, avec « *Mont-Cinère* » était là aussi. Ce fut notre première rencontre... Jacques Chardonne, Delly, Paul Bourget, Andrée Viollis, Germaine Acremant, Paul Arène, Henry Bordeaux, Abel Hermant, Maurice Constantin-Veyer, Josef Konrad, Jacques de Lacretelle... d'autres, oubliés et disparus, me passèrent dans les mains et contribuèrent à me « brancher » quelque peu sur une littérature dont mes maîtres du collège ne m'avaient, cela va sans dire, jamais parlé, ce dont je ne leur garde pas rancune. J'ai oublié les uns et les autres ! Mais, je n'ai pas oublié « *Haulte Plainte* » d'Emily Brontë qui devait devenir célèbre sous le nom de « *Les Hauts de Hurlevent* », pas davantage l'impression que me procura la lecture des livres consacrés à la guerre, « *Les Croix de Bois* » de Roland Dorgelès, « *A l'Ouest Rien de Nouveau* » et « *Trois Camarades* » d'Erich Maria Remarque. Je lus aussi « *Ubu Roi* » que j'allais, plus tard, voir au théâtre et qui fait partie de notre patrimoine hexagonal. Pour moi, tout était attirant et méritait le coup d'œil : comment résister à des livres entassés sur des rayons, tous nouveaux, tous inconnus, qu'on peut prendre, remettre en place, reprendre, selon l'humeur du moment ?

CHAPITRE VIII

# *L'Eglise et l'Ecole dans l'Entre-Deux-Guerres*

Dans les années 30 – en fait, jusqu'à la guerre –, l'Ecole et l'Eglise disposaient, dans les campagnes, d'une sorte de monopole à deux sur des cerveaux à l'état vierge. Il s'agissait d'éveiller à la vie de l'esprit des garçons et des filles, commençant leur scolarité à six ans, en sollicitant leurs facultés de raisonnement, en développant leur mémoire – l'école privilégiait le « *par cœur* » à juste raison –, en mettant un crayon et une plume dans des mains qui avaient surtout tenu un petit bâton de berger. Le Maître ou la Maîtresse – l'enseignement fut le premier secteur d'activité auquel les femmes eurent accès de plein droit – devait d'abord faire appréhender les mots français, la syntaxe par l'oreille, à des enfants dont la plupart n'entendaient que le « parler patois » quotidien dans la maison familiale. Le curé voyait arriver, plus tard, des enfants qui savaient lire et écrire, et son message s'adressait, donc, à des cervelles qui avaient déjà reçu et enregistré les empreintes du concurrent laïc. Lui aussi imposait le « par cœur » : pas de première communion sans un catéchisme où les réponses étaient récitées, en quelque sorte, à « livre ouvert ».

Mais peut-on parler de concurrence, au sens idéologique, sans déformer la réalité de l'époque ? L'apprentissage de la langue, de l'expression orale, par l'enrichissement du vocabulaire, c'était autant l'affaire du curé que celle de l'instituteur. Les sermons du dimanche avec leurs redites, leur monotonie, entraient dans une oreille pour sortir, sans doute, par l'autre, mais des mots, des phrases se glissaient en douceur, qui pourraient réapparaître, le moment venu, après avoir fait leur chemin, en silence, dans les têtes des auditeurs passifs. Instruction, éducation – on ne parlait pas de culture dans l'agriculture ! – ces deux mots abstraits disposaient d'un grand pouvoir de signification là où l'on savait peu et où l'on en avait conscience avec regret et humilité. Aussi était-il bien naturel que l'homme à la soutane noire et le maître laïc soient entourés de la considération des uns et des autres, sans distinction ni discussion, sauf cas très particulier. L'implantation progressive dans les foyers de la radio, puis de la télévision, ont fait perdre « des parts de marché » de plus en plus importantes aux représentants des forces spirituelles, avec la fatalité inexorable des phénomènes de société qui submergent la ville et la campagne, les rapprochent, les unifient dans une vague immense de massification à laquelle nul ne résiste...

C'est seulement lorsque ce nouvel état de fait devint évident, que l'on prit conscience de l'étendue des pouvoirs que le curé et l'instituteur détenaient jusqu'alors dans leurs zones d'influence communes. Leur auréole pâlit et se fana au fil des ans, tandis que les « étranges lucarnes » étendaient leur emprise sur les enfants et les parents, sans qu'il soit possible de mesurer avec exactitude l'impact de ce spectacle permanent à domicile dans le tréfonds des vallées montagnardes. Le paysage audiovisuel, comme nous disons, n'a pas fini de modifier profondément les comportements des uns et des autres, là où la solitude et le silence régnaient depuis des siècles. Les villages et les hameaux perdus ne méritent plus leur nom ; ils ne sont plus coupés du monde de l'image et de l'ordinateur. Ni l'Eglise, ni l'Ecole n'ont vu venir les choses à temps. N'ayant pu précéder, elles ont, donc, bien du mal à suivre...

## *L'Ecole*

> *« Aucune éducation ne transforme un être humain : elle l'éveille. »*
>
> *Maurice Barrès* - « Leurs Figures »

Je suis allé à l'école à l'âge de six ans, âge scolaire de l'époque. Est-ce idéalisation a posteriori ? Effet d'une mémoire qui n'a retenu que les bons souvenirs et oblitéré les mauvais ? A moins qu'elle ne les ait transformés. Je crois être allé à l'école avec empressement (sauf les premiers jours) et j'irai jusqu'à dire que j'ai eu une certaine joie à apprendre, notamment l'Histoire, celle des grandes dates, de Vercingétorix à la Guerre de 1914 et la Géographie, ses départements et ses sous-préfectures. L'Ecole est toujours là mais elle a cessé d'être un lieu où souffle l'esprit puisqu'elle est devenue un logement banal. Avec la chapelle (XIXe siècle) dédiée à sainte Brigitte, sa voisine, elle faisait des Curtillets un vrai village auquel rien ne manquait, même si la chapelle connaissait une activité cultuelle des plus réduites. Une route non goudronnée reliait les Curtillets au chef-lieu ; les maisons témoignaient de l'aisance certaine de l'époque de leur construction : le milieu du XIXe siècle. Les Curtillets pouvaient alors passer pour un village typique de l'architecture paysanne dans le Beaufortain, avec le village de Boudin, au-dessus d'Arêches, classé à juste titre comme site protégé. Je dois en tout cas à l'école des Curtillets d'être entré en sixième et d'y avoir fait bonne figure (cela étant dit sans trop de vanité rétroactive !). Le certificat était alors le couronnement de l'enseignement primaire. Avoir son certificat était un honneur, en tous cas une fierté. Ne pas l'avoir signifiait qu'on « n'avait pas appris ». « *Il apprend bien* » tel était le verdict quand les gamins allaient en classe et progressaient normalement. En 1991, lorsque j'entends les commentaires des médias annoncer que le nombre des illettrés va sans cesse croissant et atteint des proportions inégalées, je me dis non pas que la République n'a pas besoin de savants, mais que le paradoxe est grand, qui met les bons élèves à la tête de l'Etat pendant que la piétaille patauge dans les marais de l'ignorance. Je me dis aussi que grande fut notre chance à nous autres, petits garçons nés au derrière des vaches, d'être éveillés à l'activité intellectuelle par des institutrices – des maîtresses – qui nous apprirent à lire, écrire et compter [1]. Dans mon école, comme dans toutes les écoles primaires ou autres, il y avait des cerveaux difficiles à entrouvrir, mais je peux affirmer que tous ces petits bergers ou bergères qui quittaient l'école pour aller faire les foins ou garder les vaches, étaient capables d'écrire une lettre sans faire beaucoup plus de fautes d'orthographe que bien des bacheliers des années 80. J'ai déjà célébré mes grands-parents mais, comment ne pas rendre hommage à l'admirable éducatrice que fut mon homonyme et cousine, Madame Vibert, comme tout le monde l'appelait avec respect. Elle a diffusé le savoir, l'instruction à des centaines d'élèves pendant des années, amenant tout son monde au couronnement de la scolarité qu'était le certificat. Pendant les deux ans qui ont précédé sa retraite, j'ai vu cette femme de soixante ans

1. Et aussi à mettre les accents : l'aigu, le grave, le circonflexe bien compliqué à écrire et à placer au bon endroit... et les points d'exclamation, les points de suspension pleins de sous-entendus. Après les points, ou plutôt avant, les virgules, et le point-virgule, impossible à caser et qui semble avoir disparu dans l'écriture contemporaine. On ne sait plus qu'en faire.

arriver tous les matins à pied, avec son cabas rempli de livres et de cahiers, son fichu noir sur la tête en hiver, son chapeau de paille au printemps, bottines à boutons aux pieds, et commencer immédiatement son magistère. Elle montait tous les jours par le chemin de la Rochette, qui méritait bien son nom, pendant une bonne demi-heure, dans les pierres et les âpretés d'une pente rugueuse. Quand neige il y avait, elle foulait la neige, elle affrontait le mauvais temps pour être à l'heure et accomplir ce qu'on appelait du beau nom de « devoir d'état ». Bref, pour « bosser », elle « bossait »... et grâce à elle, nous avons appris à « bosser » ! Pédagogue hors pair comme le sont souvent les vieux professeurs qui ont beaucoup vu et beaucoup retenu, énergique mais maternelle, elle utilisait la gifle et le coup de pied au derrière avec dextérité mais à bon escient. Personne ne pipait mot, remarque étant faite que les « arguments frappants » ne constituaient pas sa méthode d'enseignement habituelle mais une sorte d'activité de complément. Comment faire entrer dans les calebasses crâniennes hermétiques et gélatineuses ce qui pour elle constituait le minimum du savoir, sinon en giflant le malade récalcitrant et récidiviste. Elle ne manquait pas non plus, grâce à un don d'ubiquité sans faille, l'esprit fort qui, dans son dos, faisait le malin... Les droits de l'enfant n'en paraissaient pas bafoués pour autant car « l'air du temps » autorisait le recours à la manière forte sans que les populations soient rameutées et s'insurgent contre l'autoritarisme de la maîtresse. *« Nous avons changé tout cela »*, comme il est dit dans Molière. Après cette femme d'exception et d'Ancien Régime, j'ai vu arriver une grande fille à lorgnons, un peu voûtée, myope, timide, rougissante – la trentaine – à laquelle je dois sans doute d'aimer l'Histoire. Elle savait nous raconter le passé avec talent et intelligence, mais aussi enseigner la Grammaire et l'Orthographe. Après la manière forte, nous avions la souplesse. Quelques grands élèves en profitèrent pour lui faire des misères et la chahuter quelque peu, mais rien à voir avec ce que l'on peut entendre ou lire actuellement sur l'atmosphère de certains établissements à l'égard des professeurs du sexe dit faible. Il est vrai que nous apprenions par cœur les leçons de Morale et d'Instruction Civique, que nous recopiions sur nos cahiers avec beaucoup de sérieux. Le fossé entre la morale laïque et la morale religieuse n'était, dans ce domaine également qu'apparent dans les conséquences des deux enseignements. Certes, entre les deux, Dieu faisait la différence... Il y avait ceux qui croyaient au

Ciel et ceux qui n'y croyaient pas, mais les comportements généraux, les réflexes nationaux, procédaient des mêmes orientations. L'Ecole et l'Eglise se complétaient parfaitement pour l'essentiel. Deux livres constituaient, à l'époque, le fonds de lecture des Ecoles Primaires : *« Le Tour de France par deux Enfants »* et *« Sans Famille »* d'Hector Malot. J'ai, comme beaucoup d'autres, accompagné André et Julien dans leur périple hexagonal, et j'ai souffert avec les héros de *« Sans Famille »*. J'ai pu constater à plusieurs reprises que ces lectures restaient dans les mémoires des vieux paysans, comme les grandes dates de l'Histoire et les noms des Départements, avec leur chef-lieu et leur sous-préfecture appris par cœur. On aurait sans doute scandalisé ces instituteurs de notre enfance en leur annonçant qu'un jour viendrait où des esprits très distingués prétendraient enseigner l'Histoire sans faire référence aux grandes dates qui scellèrent notre Destin National. Vu de loin, le mérite de mes maîtresses me paraît d'autant plus digne d'estime que les filles et les garçons qui leur arrivaient pour la première fois chaque année ne parlaient et n'entendaient parler toute la journée dans leur famille – il faut le redire – que le patois de Beaufort, langue bien vivante à l'époque quoique non écrite... Plus d'un nouvel élève ne connaissait que son nom et son prénom... J'ai souvenir d'un garçon dont la seule réponse à toutes les questions de la maîtresse était : *« Français »*. Sauf erreur de mémoire, il a appris à lire et à écrire comme tout le monde, c'est-à-dire en se servant de son ardoise, de son crayon d'ardoise pour commencer (on effaçait grâce à un chiffon mouillé, sinon on soufflait et on crachait... si nécessaire !), ensuite en apprenant les pleins et les déliés avec le porte-plume trempé dans l'encrier que chacun avait devant son pupitre. Nous avions souvent les doigts pleins d'encre mais les taches sur le cahier valaient une réprimande... et une mauvaise note ! Mais, à quoi jouions-nous, que faisions-nous pendant les récréations ? Les billes – nous disions *« les gobilles »* – tenaient une grande place dans nos distractions : les billes simples – si je peux dire –, les billes nobles en verre, les « agates » et, au sommet de la hiérarchie, les boulons, les gros boulons qui ressemblaient à de petites boules. On jouait aussi « à chat » (perché), aux barres, que nous appelions les grandes barres. L'hiver, sur la neige gelée, on se lançait dans des glissades avec nos galoches ferrées. C'était du bon temps pour pas cher, encore que les galoches s'usaient vite à ce jeu-là... Les batailles à coups de boules de neige, les bousculades dans la neige faisaient partie de notre paysage d'écoliers. Le patois, langue concrète, avait un mot particulier pour désigner les chutes en avant, les culbutes : ce mot – francisé – était « *cu(l) perché* ». « *Cupercher* », cela signifiait dans le français traduit du patois : faire la culbute cul par-dessus la tête. « *Attention, Mademoiselle* » dit un jour un garçon à une charmante touriste quelque peu aventureuse, « *Attention, si vous continuez, vous allez cupercher !* » Le mot « *cupercher* » devrait figurer dans le dictionnaire de l'Académie Française car il dit bien ce qu'il veut dire.

## *L'Eglise*

Le jeudi, jour de congé scolaire, nous allions au catéchisme et nous recevions des bons points si nous avions appris par cœur la leçon imposée. J'ai, naturellement, été enfant de chœur, servi la messe, porté les cierges, manié les burettes et, d'une façon générale, fait le nécessaire. L'Eglise jouait un rôle essentiel dans la vie des citoyens de Beaufort, dans notre vie. L'église est, pour l'extérieur, restée strictement identique à ce qu'elle était alors, au centre du bourg qui s'appuyait sur elle comme sur un point fort. La décoration surchargée du chœur entourait un « autel privilégié » ; ses statues, ses stalles, sa chaire en ébène, avec les Pères de l'Eglise à l'expressionnisme appuyé, en faisaient un exemple assez caractéristique du Baroque du XVIIIe siècle. Beaufort, du fait de son développement limité, n'a pas connu l'urbanisme sarde que l'on trouve à Chambéry, Annecy, Aoste, capitales régionales : des rues avec des arcades propices à l'animation commerciale, à la flânerie des piétons quel que soit le temps. Les « villes nouvelles » françaises ont oublié les principes de cet urbanisme simple destiné aux habitants dont on trouve à Turin une application des plus remarquables. Le « patchwork » des métropoles périphériques de la région parisienne et d'ailleurs explique pour une bonne part l'attrait des citadins de toutes origines pour les vieux villages aux pierres inusables qui défient le temps. Il est vrai que d'autres se retrouvent par milliers dans les immeubles collectifs des bords de mer où le soleil et l'eau font tout passer... Tous les grands événements passaient par l'église, en particulier les mariages et les enterrements. Rares étaient les non-baptisés, rares étaient ceux qui ne faisaient pas leur première communion ou qui ne se mariaient que civilement. De même, quand on mourait, avant le cimetière, une messe ou une absoute étaient des usages quasiment sans exception. Bien sûr, il y avait les « rouges » et les « calotins » (Beaufort votait à droite), le radicalisme anticlérical avec ses représentants, mais c'était plus le fait des fonctionnaires, des « intellectuels » que de la grande masse paysanne. Pour les fêtes – Noël, Pâques, le 15 août (l'Assomption) –, l'église était pleine, aussi bien la nef et le chœur que les tribunes réservées aux hommes. Les places étaient attribuées et numérotées après paiement d'une redevance annuelle. Du haut des tribunes, les hommes placés au bord lorgnaient volontiers la gent féminine répartie sur deux niveaux. Ces vues plongeantes permettaient d'écouter d'une oreille distraite les sermons du curé, qui sentaient le réchauffé, et ceux du vicaire qui abordait souvent pour la première fois un auditoire difficile parce que blasé et sans motivation véritable. A l'époque, l'éloquence religieuse existait encore et la prédication, aujourd'hui disparue comme forme de communication, vivait ses derniers beaux jours. Pour les fêtes, un prédicateur extérieur était souvent invité et y allait de son homélie plus ou moins stimulante. Pendant plusieurs années, le 15 août donna l'occasion au Chanoine Joseph Garin, auteur d'une « *Histoire de Beaufort* » et curé d'une paroisse à Paris, de secouer tout son monde par des harangues vigoureuses et sans concession. « Il a bien parlé », disait-on. On remarquait, vues d'en haut, les toilettes des femmes du chef-lieu, des estivantes, les costumes locaux – souvent très riches, voire somptueux, avec robes de soie, châles brodés, berres blanches – que portaient encore les vieilles paysannes. Le maintien de certaines d'entre elles évoquait les Dames de la Cour : très dignes, élégantes, elles savaient marcher et donner du lustre à ces vêtements déjà folkloriques que la guerre de 1939 allait frapper de disparition progressive... De même, les processions des Rogations – pour obtenir un climat favorable – et de la Fête-Dieu au cours de laquelle les enfants jetaient des fleurs, spécialement des pétales de roses, ont cessé d'être... mais elles constituaient des cérémonies fort importantes à l'époque. Pas question de travailler dehors le dimanche, sauf en cas de mauvais temps prolongé, pour rentrer les foins et les seigles. Seule une autorisation publique du Curé, en chaire, pouvait permettre d'enfreindre cette interdiction. A la sortie de la messe, sur la place de l'église, le garde-champêtre battait tambour pour rameuter la population et procéder à la lecture des avis et communiqués du maire ou du sous-préfet d'Albertville. Les enfants, dont j'étais, s'approchaient du héraut municipal. Je me souviens d'un grand gaillard à la moustache tombante – *Ah, les belles bacchantes !* – et au parler rocailleux, qui n'admettait pas la réplique et qui n'aimait pas qu'on se moquât de ses « avisses » comme il disait. La nuit, le même garde-champêtre faisait des rondes pour détecter d'éventuels débuts d'incendie. Il découvrait surtout, heureusement, des amoureux disséminés ici ou là, désireux d'échapper aux regards indiscrets et d'avoir la paix. *« J'en vois des choses ! »* disait le garde... Sans doute, sans doute... Après la messe, tout le monde s'égayait dans les rues mais beaucoup, surtout l'hiver par les grands froids, s'attablaient devant des pots de vin chaud à la cannelle, rouge ou blanc. Les buveurs au gosier sans cesse asséché commençaient la tournée des cafés qui finirait par les conduire à un état d'ébriété plus ou moins accéléré et plus ou moins accentué. Chaque dimanche avait ses ivrognes habituels ou nouveaux et le vin chaud ne manquait pas de rendre émotives les femmes qui en abusaient. La majorité, les courses faites, rentrait à la maison et entamait la montée vers les villages perchés tout autour. Les routes étaient rares, les voitures se comptaient. Les paysans, même les plus aisés, avaient des mulets ou des juments mais pas d'auto. C'étaient les dernières années du monde des ancêtres... celui du moteur à crottin, comme on disait.

## *L'entrée au collège : la rupture avec mon milieu*

*« – Dis-moi, Yvan, mon fils, Dieu existe-t-il ?*

*– Non, père, Dieu n'existe pas.*

*– Mais alors, tout est permis. »*

*(« Les Frères Karamazov » – Dostoïevski)*

Péguy a raison : tout est joué avant douze ans. Lorsqu'un jour d'octobre 1927, sur le point d'avoir onze ans, j'ai franchi le portail, que je trouvais rébarbatif, du collège de Saint-Paul-sur-Isère, mon destin a connu sa première grande rupture et pris une orientation qui devait décider de tout le reste. L'entrée au collège, c'était l'adieu à la condition paysanne, c'était les premiers pas vers un inconnu qui se préciserait au fur et à mesure que les années s'ajouteraient les unes aux autres. Mais la chance de faire des études, d'apprendre, m'était échue : je ne pouvais, à l'époque, en mesurer le caractère exceptionnel. On peut en situer l'importance par le nombre des bacheliers reçus en 1935 : 15000 *(J-B Duroselle – « le Déclin » P. 19).* J'étais parmi les élus de cette année là ! Que de fois, revenant pour les vacances dans mon « pays » d'origine, n'ai-je pas entendu de la part de tel ou tel : *« J'aurais bien voulu apprendre et avoir de l'instruction ! »* Ce privilège qui m'était réservé constituait, d'une certaine façon, une injustice. Mon frère aîné avait dû rester à la terre pour assurer la subsistance de tous et avait remplacé mon père dans la conduite de l'exploitation familiale, mais il disposait de toutes les capacités intellectuelles qui lui auraient permis de vivre une autre vie, moins dure, moins accablante, moins contraignante tous les jours de l'année et de jouir des avantages que procure la culture à ceux qui peuvent en bénéficier. Plus encore qu'à notre époque, la plus grande des inégalités ne résidait pas dans le fait d'être pauvre ou riche à la naissance, mais dans la possibilité ou l'impossibilité de forcer le destin par l'effort intellectuel, la valeur ajoutée dont bénéficiaient ceux qui pouvaient, comme j'ai pu le faire, passer le seuil d'un collège, d'un lycée ou de toute école du cycle secondaire. Bien sûr, à toutes les époques, des hommes et des femmes qui n'ont pas fait d'études ont brillamment réussi. Tant mieux ! Mais, pouvoir quitter l'école de son village, le « primaire » pour le « secondaire », n'avait, dans ces années-là, pas de prix. Cinquante ans après, les chances sont, sans doute, mieux réparties. Elles ne l'étaient pas dans l'entre-deux-guerres... et le fait d'être ou ne pas être bachelier constituait une ligne de démarcation au-delà de laquelle le diplôme constituait bel et et bien le laissez-passer indispensable. J'ai aimé les romans de Giono, le Bas-Alpin, et de Marcel Aymé, le Franc-comtois, qui n'ont comme point commun que le monde agreste et terrien, et une certaine façon de l'exprimer et de le faire s'exprimer. Mais je n'ai jamais pu supporter *« l'hymne du retour à la terre »* comme un retour à l'âge d'or, ni les films prétendus réalistes sur la condition paysanne. J'ai trop vu la peine des hommes et des femmes, j'ai trop assisté à la fatigue des corps pour que les descriptions, les fictions portées à l'écran ne me donnent pas envie de fuir. Tout cela sonne faux et ne passe pas, quel que soit le talent des metteurs en scène. Pour citer des exemples qui ne sont pas médiocres, le film italien *« Padre Padrone »* m'a paru plein de qualités, mais j'ai abandonné l'interminable « *Arbre aux sabots* » à l'entracte, agacé par un vérisme artificiel, évocateur de réalités qui avaient fait mal à ceux qui les avaient vécues. Dans le genre « choses vues », seuls les deux films de Georges Rouquier, « *Farrebique et Biquefarre* », me paraissent avoir trouvé le ton juste qui rend bien compte de l'âme paysanne, complexe et généreuse, même si les Corréziens, comme les Savoyards, sont près de leurs sous. Avares ? Oui, souvent, mais surtout avares de paroles, ce qui rend si difficile la mise au point de dialogues dénués d'artifices et qui ne soient pas uniquement des mots d'auteurs qui se voudraient réalistes ou drôles. Le collège était à trente kilomètres environ de Beaufort mais je prenais mes distances avec mon passé et mon milieu d'une façon bien plus accentuée que ce petit nombre de kilomètres... Je coupais, par la force des choses, les ponts avec tous mes amis d'enfance, mes camarades de l'école des Curtillets et du catéchisme. J'étais un des leurs, mais rapidement nous nous sommes éloignés les uns des autres, nous sentant devenir étrangers par nos préoccupations à tel point que, lorsque nous nous rencontrions pendant les vacances, nous ne trouvions plus rien à nous dire sinon des banalités sur le temps où la santé. J'avais pourtant gardé mon patois (je ne l'ai en partie perdu que beaucoup plus tard, faute de pratique) mais la difficulté de communication due à nos vies désormais divergentes ne cessa de s'accroître. Mais ce qui était l'essentiel (la vie des champs) pour ceux qui étaient restés était devenu pour moi l'accessoire,même si je tenais ma place sur le terrain comme avant... pendant les vacances. Saint-Paul était situé à l'entrée de la Tarentaise devenue, depuis, la grande vallée du ski et des sports de montagne après Chamonix. A l'époque, le ski balbutiait encore et les « planches » qu'on avait aux pieds méritaient bien leur nom : lourdes, sans carres, mal fixées à des chaussures inadéquates, elles n'avaient pas encore fait l'objet des études et expérimentations qui devaient en modifier progressivement l'usage et la configuration dans les années d'après-guerre. J'ai détesté l'état de pensionnaire et, les premiers mois, j'ai pleuré en silence et ravalé ma peine, le soir, dans mon lit, ressassant mes souvenirs de berger et de petit sauvage peu doué pour une vie en collectivité rythmée par des rites et des horaires immuables : lever à 5 h 30, toilette à l'eau froide (les douches étaient hebdomadaires), messe quotidienne, dans le sommeil du matin, étude, classes entrecoupées par les récréations où le jeu de barre, chat perché, la balle au chasseur étaient censés apporter la détente indispensable, coucher à neuf heures. Pas de sortie dans les familles pendant le trimestre. Le jeudi et le dimanche, promenade en rang au départ, libres ensuite, mais toujours groupés, cela va sans dire. J'ai souvenir de quelques itinéraires non dépourvus de charme où l'on pouvait ramasser des pommes et des poires, des noix ou des châtaignes, mais ils devenaient assez rapidement banals et perdaient de leur agrément comme tous les sentiers battus. J'ai entendu beaucoup de sermons, de prêches, beaucoup trop, généralement mal préparés et n'apportant que des affirmations péremptoires là où il aurait fallu des certitudes lumineuses et nuancées. Les professeurs étaient de tous âges, d'une grande conscience professionnelle, souvent bon pédagogues. Français, latin et grec étaient convenablement enseignés. Plus faibles me paraissent avoir été les langues et les disciplines scientifiques, maths et physique, qui n'étaient d'ailleurs pas mon fort. Mais, justice et hommage soient rendus aux deux professeurs de musique qui se succédèrent au cours de ces années : un vieux, remplacé par un jeune. Je dois au plus jeune d'entre eux, ancien élève du Conservatoire de Paris et vocation tardive, organiste passionné, d'avoir entendu mes premiers disques de 78 tours. Il s'était acheté un gramophone – ainsi appelait-on le tourne-disque de l'époque des phonographes – de la marque Pathé. C'était un petit meuble ouvragé, que je trouvais luxueux et joli à regarder. Le son était bien un peu nasillard, mais la « *Danse Macabre* » et « *Le Cygne* » de Saint-Saëns, joué au violoncelle, faisaient quand même bonne figure auprès des jeunes ignorants que nous étions. Et j'ai encore dans l'oreille la voix des moines de Solesmes, chantant matines comme eux seuls savaient le faire, dans leur abbaye silencieuse. Nous écoutions nous aussi, dans un silence qu'il faut bien qualifier de religieux, psalmodier les thèmes grégoriens venu du fond des siècles...

Solfège, chant, orgue, étaient d'un niveau fort honorable. La chorale, dont je faisais partie, se produisait à l'extérieur, en différentes circonstances, fêtes, cérémonies avec « messe à trois chevaux » (un officiant, un diacre, un sous-diacre) et nous apportions la partie chantée qui rehaussait, à coup sûr, une liturgie parfois chancelante. J'ai gardé depuis une petite flamme de reconnaissance aux deux maîtres de chapelle qui, à travers Haendel, Bach, le Chant Grégorien, les Psaumes – souvent magnifiques –, m'ont engagé pour la vie dans le monde de la musique et de toutes les joies profondes qu'il est seul à procurer. J'ai pu constater par la suite combien l'enseignement officiel négligeait les Arts dits libéraux et combien les agrégés faisaient peu de cas, pour ne pas dire plus, de leurs collègues professant le Dessin, la Musique et, d'une façon générale, tout ce qui n'avait pas de cœfficient dans les examens, à commencer par le sport ! Mais depuis aussi, je n'ai jamais pu supporter les chants d'église qui se voulaient « dans le vent » alors qu'ils n'étaient que de médiocres et laborieuses cantilènes pseudo-modernes... Cinquante ans après, rien n'est changé. La musique n'a toujours pas la place qu'elle mérite dans l'enseignement selon la bonne mesure !

J'ai quitté « l'institution Saint-Paul » (tel était le titre officiel) au bout de cinq ans, faisant le mur, même si je suis passé par la grande porte, pour aller prendre le train qui m'emmenait pour toujours loin de ces bâtiments à l'intérieur desquels je n'avais jamais été à l'aise ni en harmonie avec ce que j'entendais répéter à longueur d'année. Un différend avec le Supérieur, dû à une promesse non tenue, entraîna mon départ non autorisé. Je claquai la porte du bureau directorial et je partis à la gare. Je ne suis jamais revenu et je ne suis jamais revenu sur mon refus de réintégrer l'établissement malgré les promesses, sollicitations, voire menaces diverses. une page était tournée dans mon parcours scolaire : la mauvaise foi m'avait conduit à cette solution radicale. J'ai envie d'écrire aujourd'hui : malheur aux éducateurs qui ne disent pas la vérité et qui croient trouver refuge dans les sinuosités de la dialectique issue de feu saint Ignace ! L'habileté n'est pas une méthode d'éducation, en tous cas, pas chez ceux qui font référence au Christ et à l'Evangile. Je passai une demi-année sabbatique, m'abonnai aux cours par correspondance de l'Ecole Universelle dont la publicité d'alors se réduisait à la phrase célèbre : *« Je n'ai qu'un regret, c'est de ne pas avoir connu plus tôt l'Ecole Universelle »*. Pierre Dac, plus tard, se tailla un beau succès en la mettant dans la bouche d'un condamné à mort auquel on demandait s'il avait des regrets à exprimer... au pied de la guillotine et qui répondait par la formule précédente. Au mois d'octobre suivant, j'entrai au collège Notre-Dame de la Villette, près de Chambéry, où je passai les deux années décisives la Rhétorique et la Philosophie, selon la formulation de l'époque. En définitive, l'enseignement religieux du collège que je quittais n'était pas destiné à ceux qui devraient affronter la haute mer, mais présentait des faiblesses et des lacunes structurelles qui ne pouvaient conduire, dans certains cas, qu'à un rejet total et définitif. Par comparaison, mon nouveau collège me parut un havre de liberté et d'enseignement « ouvert ». Tout de suite je fus sensible à l'ambiance différente. Je trouvai le ton au-dessus, une vitesse de croisière supérieure, des professeurs globalement meilleurs, le souci de préparer les élèves à l'examen sanctionnant les études : le bac, le fameux bac en deux parties, de la section classique dans mon cas. Je n'ai pas changé d'avis, bien des années après. La Villette était une « boite » qui faisait honneur à l'enseignement libre. Le sport y tenait une large place, phénomène rare à l'époque. La préparation à l'existence était mieux axée sur les problèmes réels et, surtout, le collège disposait d'un professeur de philosophie exceptionnel dont Jean Guitton – mon autre futur professeur de philosophie – devait me dire : *« C'est un prêtre intelligent »,* ajoutant : *« C'est rare ! »* C'était d'abord un homme d'une grande science théologique, ayant fait ses études à Rome, mais d'une gaieté et d'un enthousiasme communicatifs, tout le contraire d'un théoricien, dont le langage passait bien la rampe car il parlait notre langue sans jamais tomber dans la trivialité à laquelle il aurait pu, par instants, succomber, sous prétexte d'être plus près de nous. Monarchiste convaincu, admirateur de Joseph de Maistre dont un portrait ornait son bureau, je lui dois d'avoir découvert *« Les Soirées de Saint-Petersbourg »* et *« Les considérations sur la France »* qu'il me donna comme livres de prix avant mon départ. Ce sont deux grands livres, peu lus, souvent décriés, écrits d'une plume romaine, dans la prose sobre du XVIIIe siècle, superbement maniée par le Savoyard « réactionnaire » que fut leur auteur. Chassé de son pays par la Révolution,nul mieux que Joseph de Maistre n'a su exprimer l'ambiguïté de la situation de la Savoie sous le régime sarde, à la fin du XVIIIe siècle : *« Des gens (les Savoisiens) qui tiennent à la France par la langue, à l'Italie par le gouvernement et qui ne sont pour ainsi dire d'aucune nation »* (Joseph de Maistre, par Henri de Maistre, Perrin, août 1990). Ambassadeur du duc de Savoie à la Cour de Russie, Joseph de Maistre est, avec saint François de Sales, l'écrivain qui honore le plus la Savoie, par la pensée et par le style [2]. Sur ma lancée, je lus tout de suite après les deux ouvrages de son frère Xavier : *« Le voyage autour de ma Chambre »* et *« Le lépreux*

2. Sans oublier la comtesse de Boigne, dont les mémoires sont un régal...

*de la cité d'Aoste* », deux bons livres écrits en mineur, ce qui n'est pas péjoratif... D'autres professeurs, parmi les plus jeunes, étaient loin de partager les mêmes options et étaient plutôt attirés par la Démocratie Chrétienne, dont les journaux – « *La Vie Catholique* » (Directeur Francisque Gay) et « *Le Petit Démocrate* » (Editorialiste, Georges Bidault) leur apportaient informations et argumentation. Vives, en effet, voire véhémentes, étaient les controverses qui animaient la salle des professeurs ou autres lieux, lorsque l'actualité – et c'était souvent le cas – suscitait la discussion et exacerbait les divergences. Les murs, pourtant épais, les portes, pourtant solides, du vieux collège, laissaient passer les échos sonores des échanges souvent passionnés qui opposaient les points de vue. L'ironie dévastatrice et le sens de la réplique du professeur de philosophie avaient souvent le dernier mot. Charles Maurras, pour les catholiques dits de droite, et Marc Sangnier *(Le Sillon)*, pour les catholiques dits de gauche, étaient les chefs de file, les inspirateurs de ces deux écoles de pensée. Les retombées intellectuelles en sont toujours vivaces et, apparemment, aussi irréductibles qu'il y a cinquante ans. Faut-il rappeler que Francisque Gay et Georges Bidault devinrent ministres, après 1945, sous les couleurs quelque peu oubliées du Mouvement Républicain Populaire (M.R.P.). Mais par dessus tout, l'Abbé était un esprit libre, un homme de grand bon sens, sachant créer la confiance en soi et donnant une image roborative de la Foi Chrétienne, tout le contraire d'un « cul béni ». Je n'en veux pour preuve que la visite aux Charmettes (le pélerinage de Jean-Jacques) qui, traditionnellement, conduisait ses élèves, la veille du baccalauréat, dans le vallon proche du collège. Nous faisions à pied, naturellement, le parcours qui nous mettait en présence de la maison de la singulière Madame de Warens. La maison blanche aux volets verts, au versant d'une colline, dont a parlé Jean-Jacques, c'était sûrement les Charmettes : « *Je voyais maman, j'étais heureux* » écrit notre homme dans « *Les Confessions* ». On le comprend. Les Charmettes ne pouvaient que contribuer à son bonheur. Tout opposait notre maître à l'auteur du « *Discours sur l'Origine de l'Inégalité parmi les Hommes* » qu'il prenait pour un sophiste et un imposteur, et d'abord pour sa théorie fondamentale. Mais l'homme, l'écrivain existaient, et son influence considérable au XVIIIe siècle avait pesé lourd sur les événements de 1789. Par la suite, cette influence ne s'était pas démentie et le Genevois, Savoisien de passage, avait continué à exercer un grand empire sur nombre de théoriciens et d'intellectuels convaincus de la bonté naturelle de l'homme et de la nocivité de la société. Le débat n'est pas clos, c'est le moins que l'on puisse dire. Je tiens donc pour une preuve d'éclectisme méritoire et de tolérance cette visite aux Charmettes, à la veille d'un examen qui déciderait de nos orientations futures. Après Jean-Jacques, les philosophes amateurs que nous étions allèrent se détendre chez le curé d'Apremont dont le souvenir est resté très vif dans ma mémoire. C'était un personnage pittoresque, une sorte de force de la nature, dont les talents de prestidigitateur nous étaient connus car il était un des invités habituels du collège, les jours de fête. Il cultivait lui-même une petite vigne, et son vin blanc quelque peu râpeux nous fit oublier Jean-Jacques et ses amours. D'autant plus qu'il nous raconta une histoire de fossoyeur digne de Clochemerle, qui était de ces années-là. « *Il ne faut pas prendre les enfants du Bon Dieu pour des canards sauvages* », est-il écrit dans le livre de Gabriel Chevallier. Le fossoyeur municipal, anticlérical irascible, avait troublé une sépulture (celle d'un beau-frère) conduite par le curé, sous prétexte que le dit beau-frère ne voulait pas d'obsèques religieuses. Il s'en était pris avec violence, au bord de la tombe, au curé qui, pour mettre fin à la situation devenue intolérable, avait fini par le pousser, d'un coup d'épaule, dans la tombe où le perturbateur fut contraint de subir les dernières prières, du fond de son trou... Mimée par le curé, acteur né, la scène avait pris les proportions d'une confrontation épique évoquant les défis héroïques d'une Guerre de Troie à l'échelon communal. Pendant ce temps-là, nous ne pensions pas à ce qui nous attendait le lendemain, et je n'ai jamais oublié le curé d'Apremont, son vin blanc et son fossoyeur !

Comment faire un bilan sans parti pris de cet enseignement qualifié de confessionnel par les « laïques », c'est-à-dire, pour les plus sectaires d'entre eux, de rétrograde ? Quelques éléments simples surnagent sans contestation dans mes opinions de 1991, dans une sorte de classement final de ces années essentielles. J'ai appris pour la vie à me lever tôt car je pense que c'est dans cette partie de mon existence que mon cycle biologique personnel a pris forme pour ne plus me lâcher. J'ai appris à patiner sur la glace, à jouer au ping-pong, à pratiquer le football en équipe, et tout cela revêt maintenant les couleurs de l'âge d'or ! J'ai appris aussi, pour le restant de mes jours, à ne pas gaspiller le pain, à respecter le pain.

Nous étions punis – mis au pain sec et au banc d'infamie – pour gaspillage du pain... c'est-à-dire pour un morceau de pain traînant en bout de table. Ce respect du pain caractérise cette époque et, d'une façon générale, tous les établissements d'enseignement. Nous appartenons à la civilisation du pain qui était alors, comme l'étalon-or, un prix de référence. Il faudra attendre 1978 et un certain Raymond Barre pour que le prix du croissant se substitue à celui de la baguette de pain comme nouveau symbole du coût de la vie. Nous avons aussi appris à céder notre place aux femmes, aux vieilles gens, partout. Cela nous différencie à coup sûr, irrémédiablement, des nouvelles générations que je qualifierai de « générations assises ». « *J'y suis, j'y reste !* » semblent penser de jeunes éphèbes, le train bien carré sur une banquette pendant que de vieilles femmes restent debout dans les transports en commun. Qu'est-ce que ça peut leur f... ? Ils n'en ont rien à cirer ! Et puis, pourquoi céder leur place puisqu'elle est déjà occupée[3] ?

D'une façon générale, nous avons appris, de toutes les manières : famille, collège, à ne pas gaspiller, à prendre soin des choses, à éteindre l'électricité. Je n'ai jamais pu m'empêcher, signe évident du syndrome du maniaque, d'éteindre les lumières chaque fois que je trouvais l'éclairage excessif. J'éteins, j'éteins !

Je dois sûrement aux concours de récitation, au « par cœur » pratiqué systématiquement, une mémoire qui a rempli son rôle sans défaillances... notables ! Oui, nos professeurs ont eu bien raison de nous obliger à apprendre des milliers de vers, passant des sonnets de Ronsard et du Bellay aux poèmes de Rutebœuf, François Villon l'admirable, et de Pontus de Thyard à des scènes entières du Cid, d'Horace, de Polyeucte, de Cinna, de Britannicus et d'Esther, d'Athalie et des Plaideurs, sans oublier Andromaque, Mithridate et le Misanthrope et d'autres pièces de Molière. Je ne parle pas du père Hugo, appris à profusion, de tous les Romantiques, de Verlaine, mais pas de Rimbaud[4]. Je n'aurai garde d'oublier Virgile et Horace,

3. C'est la réponse qu'aurait faite un jour dans le métro de New-York, l'acteur-auteur comique américain W.C. Fields, à une dame qui lui demandait de lui céder sa place : « Je voudrais bien, mais vous voyez bien qu'elle est déjà occupée ! »

4. Je n'étonnerai personne en disant que j'ai plus entendu parler du Père de Foucauld et de sainte Thérèse de l'Enfant Jésus que, précisément, de Rimbaud et de Baudelaire, poètes maudits ! Par contre, Villon et Verlaine faisaient partie des poètes « qu'on apprenait par cœur ».

« *L'Illiade et l'Odyssée* ». Bref, nous avons rempli nos calebasses crâniennes et le temps ne les a pas complètement vidées ou taries. Alors, si la Culture, c'est ce qui reste quand on a tout oublié, il nous reste la Poésie... et pour moi, ce sont vraiment de beaux restes ! Parmi ces « restes » ou si l'on préfère, ces « acquis », je dois mentionner la langue de Dante que j'ai apprise comme on apprenait à l'époque les langues vivantes, c'est-à-dire d'abord et avant tout, la Grammaire et la Littérature. J'ai parfois regretté de n'avoir pas été initié, comme tant d'autres, à l'anglais, devenu le langage universel, mais quoi, l'italien est une langue admirable, chantante, poétique, latine s'il en est... Grâce à elle, j'ai pu sans trop de peine, aborder les textes d'une littérature très riche et converser, au hasard de mes voyages dans ce pays qui est le musée du monde, mais aussi, plus qu'un musée, un pays de créateurs en tous genres, architectes, artistes et écrivains, sans parler du cinéma ! Nous avons fait nos Humanités, et leurs lumières ont éclairé nos routes pour la vie. Vive le latin ! Vive le grec ! Grâce à la Bible, à l'Histoire d'Athènes et de Rome, à la Mythologie, on entre dans un musée, on visite une cathédrale avec un monde de souvenirs dans la tête[5]. Jusqu'aux Impressionnistes, presque toute la peinture est inspirée par l'Histoire Ancienne, païenne ou religieuse. On aborde donc les tableaux, l'art roman ou gothique avec une autre « problématique » ! Loin de moi la pensée de réserver nos musées et nos églises aux seuls visiteurs ayant appris le latin et le grec ! Cela ferait peu de monde... Mais on est bien obligé de constater – sans faire preuve d'un chauvinisme qui risquerait d'être taxé de rétrograde – que la chute de la culture religieuse, le recul de la culture gréco-latine, liées l'une à l'autre pendant des siècles, privent les futures générations d'une perception enrichie des œuvres d'art disséminées dans les églises et les musées du monde entier. On est non moins obligé de constater que la Grèce antique poursuit nos auteurs contemporains les plus célèbres et leur a valu des succès sur les scènes de nos théâtres : Jean-Paul Sartre, avec « *Les Mouches* », Jean Anouilh, avec « *Antigone* », Jean Giraudoux, avec trois pièces souvent reprises : « *Electre* », « *la Guerre de Troie n'aura pas lieu* », « *Amphitryon 38* ». Les mythes, les légendes

5. Les tapisseries sont aussi pour une grande part inspirées par l'Ancien Testament et l'Histoire Ancienne.

de Rome et d'Athènes, n'ont pas fini de fournir de la matière première aux auteurs et aux metteurs en scène. Maria Callas, sauf erreur, a joué une seule fois au cinéma, et c'était pour incarner le personnage de Médée ! Il n'est pas jusqu'à la télévision qui n'ait recours aux vieux mythes d'Athènes et de Rome pour essayer de faire rire, fut-ce avec des bouffonneries médiocres inspirées des amours de Zeus ou autres occupants de l'Olympe ou des Enfers... Il est vrai que Offenbach avait montré la voie avec « *La Belle Hélène* » dont la musique est toujours aussi pimpante cent ans après sa création, tandis que le texte continue à bien passer la rampe. La notion de « Devoir d'Etat » est aussi, sans doute, un des legs précieux de l'enseignement reçu, avec le sens du Sacré qui a disparu dans les propos de nombre de prêtres contemporains tellement soucieux d'être « dans le vent » qu'ils en oublient de parler de Dieu qu'ils sont censés représenter... Ajoutons-y le culte de la terre et des morts,la place faite à l'Histoire et le respect de la parole donnée quelles qu'en soient les conséquences.

Ainsi, dans la malle où j'entassais pour la dernière fois mes vêtements et mes blouses sales de pensionnaire, il y avait un double fond. En surface, des interdits, des tabous, des inhibitions. Au-dessous, un faisceau solide et cohérent de vérités de bon sens, valable en toutes circonstances et par tous terrains. Pour l'essentiel, l'enseignement reçu devait « tenir la route » car il ne ressemblait en rien à une Vulgate obscurantiste et aseptisée, mais plutôt à un code de comportement utilisable quel que soit l'état du ciel. La religion enseignée par l'Abbé Carret était sûre d'elle-même, salubre comme l'air des montagnes de Savoie, mais fondée sur un fonds de philosophie, comme il était normal de la part d'un professeur et d'un théologien. La Charité, c'était l'amour du prochain, c'est-à-dire de ceux qui vivaient avec nous, le respect des pauvres, l'obligation de leur donner à manger, de vêtir ceux qui avaient froid, d'aider ceux qui souffraient dans leur corps et ne pouvaient se soigner. En 1935, on ignorait les mots « Sécurité Sociale », même si les « Assurances Sociales » ont été créées ces années-là. Programme sans ambitions ? Non, programme à portée de main de chacun, qui n'avait rien à voir avec la convivialité tiers-mondiste propre à fabriquer les bonnes consciences. Les missionnaires qui passaient parfois nous parler de leur action, ne manquaient jamais de souligner les bienfaits apportés aux populations d'Afrique et d'Indochine par la civilisation française et l'enseignement de l'Evangile. Nous avons donc quitté le vieux collège avec ces images. Mais l'héritage de fond que nous emportions les uns et les autres, quel que soit notre classement final, pour nos études futures et pour notre vie entière, reposait sur les Humanités, sur lesquelles il faut bien revenir, pour conclure. Que signifiaient donc ces Humanités qui nous faisaient ressembler à des mandarins ? C'était, essentiellement, le culte des idées générales, clairement définies, clairement exprimées. C'était la recherche du style précis, du mot propre, le « *bon français* » que l'on nous demandait de « *rendre* » dans nos traductions, qu'il s'agisse des langues mortes ou des langues vivantes. Remplacer des « hellénismes » ou des « latinismes » par des « gallicismes » dans les versions ou, en sens inverse, dans les thèmes, constituait un exercice de gymnastique intellectuelle profondément formateur. C'est grâce à mes professeurs de Lettres des deux collèges, que j'ai découvert les rythmes poétiques, la musique des vers, car ils ne cherchaient pas à décortiquer les alexandrins pour les mettre en charpie, mais seulement à essayer de faire apprécier leurs qualités poétiques. Pour prendre un exemple connu, *Booz endormi « vêtu de probité candide et de lin blanc »* enchantait nos oreilles et les notations mélodiques du Père Hugo nous semblaient de bonne venue.

*« Un frais parfum sortait des touffes d'asphodèles,*

*« Les souffles de la nuit flottaient sur Galgala ».*

Peu nous importait de savoir quel était le parfum exhalé par les asphodèles dont nous ignorions l'existence, et que Galgala n'existerait jamais sur aucune carte, puisque l'auteur était l'inventeur de ce lieu imaginaire dont le nom sonnait bien...

J'en ai voulu ensuite à mes professeurs de Faculté de se comporter en grammairiens critiques, bourrés de références et de me gâter ainsi mon plaisir. Les emprunts, les imitations, je n'en avais que faire. Je n'avais pas envie de disserter mais de me laisser bercer par la beauté des rythmes et le charme des mots qui filaient doux... Pour en finir avec le collège aux murs sombres, mais à l'atmosphère éclairée, je dirai que l'Abbé qui devait quelques années plus tard en devenir le Supérieur et donner toute sa mesure, est le premier homme que j'ai admiré. Le besoin d'admirer n'a d'égal que le plaisir qu'on a à le faire. Plus tard, je dus bien constater qu'au cours d'une existence humaine, peu d'hommes sont dignes d'admiration. Jean Guitton, que je citerai souvent, souligna un jour dans l'un de ses cours, combien la rencontre d'un homme exceptionnel peut être capitale pour celui qui se trouve sur son chemin. C'est une réflexion profonde et d'une portée incontestable. Ce n'est qu'après leur disparition que le rayonnement des êtres de grande dimension prend toute sa valeur. Que l'on songe, par exemple, à ce qu'était un Raymond Aron pour ceux qui, l'ayant lu, ont pu le voir, l'entendre, l'approcher, le rencontrer... Mais dans le parcours des études dites supérieures les retombées les plus profondes sont sans doute celles qui échappent à l'analyse, au recensement, en quelque sorte.

Les impondérables peuvent peser lourd. Pas plus que d'autres, je n'ai dû échapper à ce modelage imperceptible où la disponibilité le dispute à l'adhésion... pendant les longues années où l'on est sous influence... dans le circuit fermé que constitue l'état de pensionnaire.

## *Le 6 février 1934 au collège*

Je pensais surtout à l'échéance prochaine du Bac lorsque le 7 février au soir, à 18 heures, notre Supérieur, ancien combattant comme beaucoup de nos professeurs, nous parla avec gravité, dans sa causerie quotidienne – c'était la lecture spirituelle – de ce qui s'était passé la veille à Paris : de nombreux morts – 22 –, des centaines de blessés, ce n'était pas rien. Les propos du Supérieur étaient sévères et indignés. Je me souviens d'avoir essayé de me faire une opinion sur ce qu'on appelait l'affaire Stavisky. Tout cela était assez hermétique pour un garçon de 18 ans, pensionnaire qui plus est, mais enfin il y avait eu mort d'homme suspecte, scandale financier, du louche et de la boue. La politique révélait un monde singulier, dans lequel un spéculateur sans scrupules mais plein d'entregent, recevait à sa table des élus ou des hommes influents susceptibles de lui conférer respectabilité et crédibilité, en attendant d'être convaincu d'escroquerie à grande échelle. Tous ces invités perdirent d'ailleurs la mémoire lorsque l'homme apparut pour ce qu'il était[6]. Notre professeur d'Histoire nous lut le compte rendu des débats à la Chambre des députés, au terme desquels le « fusilleur » Daladier qui avait fait tirer sur les anciens combattants fut sommé de s'en aller. Ce qu'il fit d'ailleurs... en attendant de revenir et d'accomplir son dernier parcours politique. Pour notre professeur, l'affaire Stavisky ressemblait beaucoup à l'affaire de Panama qui figurait à notre programme. *« A bas les voleurs ! »* criaient les manifestants du 6 février, *« A bas les chèquards ! »* lançait-on cinquante ans plus tôt à la Chambre des députés. Dans les deux cas, l'argent de la corruption avait servi à obtenir l'appui d'hommes politiques. De grands noms – Ferdinand de Lesseps, constructeur du canal de Suez et Gustave Eiffel, l'homme de la tour – y perdirent – momentanément ! – leur réputation. Le tribunal les condamna à des peines de prison... et puis le temps fit son œuvre...

Bien sûr, l'importance de l'émeute et de la fusillade de la place de la Concorde sur les événements ultérieurs ne pouvait qu'échapper à des collégiens disciplinés mais attentifs et intrigués par tout ce tumulte. Nous assistions pourtant à notre premier scandale politico-financier, c'est-à-dire à un phénomène dont il existe des exemples sous tous les régimes[7]. Nous assistions aussi, pour la première fois, à *« l'appel au vieillard »*[8] qui devait se répéter à différentes reprises, dans la suite des années, chaque fois que les choses se mirent à aller très mal. Gaston Doumergue, ancien président de la République, retraité à Tournefeuille, fut rappelé à 74 ans pour calmer le jeu. Ce qu'il fit pendant quelques mois, avant de regagner sa commune au nom prédestiné. C'est lui qui répondit à des journalistes à propos de

---

6. Notre professeur d'Histoire nous cita le titre devenu célèbre de l'article de Paul Morand : « Nous voulons des cadavres propres ». Le « Canard Enchaîné » annonça à ses lecteurs, dans un titre non moins célèbre, que Stavisky s'était suicidé d'une balle qui lui avait été tirée à bout portant. L'hebdomadaire « Gringoire » qualifia le jeune député de la Savoie, Pierre Cot, de « galopin sanglant » ! Telle était la tonalité de la presse de ce temps-là.

7. Après la III$^{e}$ République, la IV$^{e}$, puis la V$^{e}$ ont connu leurs scandales, leurs « affaires ». Un point commun réunit les Républiques, quel que soit leur numéro d'ordre : la faculté d'oubli de ce qu'on appelle « l'opinion publique », entité aussi insaisissable en profondeur, malgré les sondages répétés, que la « conscience universelle », volontiers invoquée lorsque les Etats constatent leur impuissance face à des situations qui les dépassent. Mais l'opinion publique, comme la conscience universelle, font souvent la sourde oreille lorsqu'on les appelle au secours.

8. L'expression est de René Rémond – « Notre-Temps », Fayard 1988.

son âge, avec l'accent chantant du Sud-Ouest : « *Il y a des vieux qui sont jeunes et des jeunes qui sont vieux* ». La formule sert encore et a toutes les chances d'acquérir l'immortalité des vérités premières toujours bonnes à dire...

CHAPITRE IX

# *L'éloignement de mes bases enfantines*

Au mois de juillet 1935, lorsque les épreuves du bachot furent terminées et que je regagnai Beaufort, je ne compris pas tout de suite que je venais de franchir une étape importante de ma vie... J'eus l'impression que ce titre de bachelier me conférait une sorte de respectabilité, d'auréole de savoir auprès de mes compatriotes et que j'avais cessé d'être tout à fait l'un d'entre eux. Depuis des années, il n'y avait pas eu de bachelier dans la commune et le bouche à oreille ne manqua pas de fonctionner[1]. La nouvelle, celle qu'on se répétait, c'était *qu'Alexis des Prés, « le fils à l'Angélique », avait brillamment passé ses examens,* comme on disait. Certains me voyaient avocat – le barreau a toujours fait l'objet d'une grande considération dans les campagnes où l'on respecte celui qui sait parler –, d'autres me voulaient médecin. Bref, il était sûr que je ne resterais pas au pays. Ma mère n'envisageait pas sans réticence, ou plutôt sans inquiétude mon départ vers une grande ville, vers *La Ville.* Elle avait, après son mariage, effectué son voyage de noces à Lyon et le souvenir lui en était resté très agréable, mais le mouvement urbain l'avait étourdie... Ce qu'elle craignait, c'est que, comme un de ses frères, mon oncle Joseph, instituteur et ancien maire, je ne devienne un esprit fort, un athée... La ville symbolisait pour elle la solitude pour son dernier fils, celui qu'elle avait allaité le plus longtemps, mais surtout les tentations, les dangers de toutes sortes... Et, de fait, le départ vers Lyon marquait l'éloignement des bases de mon enfance et de mon adolescence.

Dans les deux collèges qui m'avaient accueilli, j'avais été fortement encadré, surveillé, protégé, et quand je mettais le nez dehors, je voyais les montagnes de Tarentaise, et plus tard, au-

1. A l'époque, seul l'enseignement primaire avait cours dans les communes rurales. « On allait au Certificat » puis, éventuellement, on abordait le « Primaire Supérieur » (dans les sous-préfectures ou les préfectures) sanctionné par le Brevet Elémentaire. Les élèves doués pouvaient ensuite entrer par concours dans une Ecole Normale d'Instituteurs d'où l'on sortait après trois ans en passant le Brevet Supérieur, dont le renom était certain. Par contre, les élèves entreprenant le cycle secondaire étaient rares, d'où le côté exceptionnel du Baccalauréat, qualifié de « peau d'âne » (quand on l'avait obtenu !).

dessus de Chambéry, la Croix du Nivolet, la Dent du Chat ou le Mont Granier. J'étais toujours sur les terres de mes ancêtres, autant dire à portée de main de mon foyer natal. Lyon, c'était loin, c'était l'inconnu, d'une certaine façon, le mystère...

Quand j'étais au collège, ma mère pouvait imaginer ma vie de tous les jours. Au contraire, la Capitale des Gaules avait des allures de Babylone redoutable. Et il est vrai qu'une fois installé sur les bords de la Saône et du Rhône et devenu un piéton sans cesse en état de marche, je me mis à aimer la vie urbaine et je devins un « bourgeois » au sens de l'Ancien Régime, c'est-à-dire « habitant d'une cité » et non pas, comme l'a dit André Siegfried, « celui qui a des réserves ». Tel n'était pas le cas puisque je devais connaître, comme la plupart des étudiants, les fins de mois difficiles, les budgets étirés, mais aussi les joies des premiers salaires,la chemise qu'on choisit, la cravate qui vous plaît, le costume que l'on peut commander enfin à sa taille et dans le tissu qui paraît vous aller, bref acheter en se faisant plaisir. Mes années de collège n'avaient pas marqué ma rupture avec mon environnement humain ; simplement, mes voisins, ma parenté, mes camarades de l'école des Curtillets m'avaient vu grandir mais continuaient à me parler en patois pour la plupart, même pour ne rien dire. Brusquement, je constatais que progressivement le patois convivial était abandonné et que l'on me parlait en français, par crainte de paraître, en quelque sorte, ignorer que désormais j'appartenais à une autre catégorie sociale. J'étais, sans le vouloir, devenu un Monsieur de la ville, ce que précisément le patois beaufortain appelait un « *monchu* » avec une pointe d'ironie. Le « *monchu* » était souvent moqué car on disait qu'il faisait des manières, plus précisément des « *embarras* » dans le langage local. Je n'avais jamais oublié l'histoire de ce « *gandin* » racontée par ma mère, élevé à la queue des vaches et revenu au pays en disant qu'il ne savait plus parler patois. Entré dans une écurie, il avait mis le pied sur le « *racle* » qui servait à ramasser le fumier des vaches, et avait reçu le manche en pleine figure : son patois lui était revenu sur le champ : « *M... !* » avait-il dit, « *J'avais pas vu le racle !* » Je n'ai jamais oublié l'histoire du racle même si j'ai perdu mon patois, plus tard, faute de le parler. Mais il est sûr que l'enfant sauvage que j'avais été, qui fuyait volontiers la société des hommes pour les longues randonnées avec ses chiens, allait devenir amoureux de Lyon, de ses rues, de ses magasins, de la vie urbaine pour le restant de ses jours. J'ignorais alors que ma vie professionnelle future me permettrait de participer activement à la construction de villes nouvelles, de désigner des architectes et des urbanistes et que, pendant des années, je prendrais des décisions qui conduiraient à modifier les paysages urbains et à marquer ces paysages pour des années. Pour employer le langage du sport, j'abordais la troisième mi-temps de ma jeunesse. La première avait été l'enfance et l'école primaire, la deuxième le collège, la troisième serait la plus courte en durée mais non en densité. Je ne savais pas où tout cela me conduirait, pas plus que tous ceux de ma génération, mais j'y allais, à la fois heureux, confiant, et par moments saisi d'effroi devant la montée des périls. Qu'il fut bon de ne pas trop penser au lendemain et de vivre au jour le jour en découvrant le monde inconnu de la ville aux deux fleuves...

## *Le lycée du Parc*

*Bien sais si j'eusse étudié*
*Au temps de ma jeunesse folle,*
*Et à bonnes mœurs dédié,*
*J'eusse maison et couche molle,*
*Mais quoi, je fuyais l'Ecole,*
*Comme fait le mauvais enfant,*
*En escrivant cette parole,*
*A peu que le cœur ne me fend.*
*(François Villon)*

En juin 1935 donc, ayant rejoint la cohorte des bacheliers ès Lettres, il fallut décider de la suite et des perspectives envisageables. Pour l'Abbé-Philosophe, pas d'hésitation : il fallait entrer en Première Supérieure (en Hypokhâgne), et le lycée du Parc à Lyon[2] où un autre ancien élève m'avait précédé, était tout indiqué. Il fallait préparer l'Ecole Normale Supérieure et on verrait bien ! L'Ecole Normale attirait alors les regards ; après la guerre, l'ENA[3] lui ravit la vedette, mais à l'époque, elle jouait les premiers rôles. Ainsi fut

2. Est-il besoin de préciser que le Parc de la Tête d'Or, tout proche, a donné son nom au lycée ?
3. L'Ecole Nationale d'Administration créée en 1945.

scellé mon destin : classé « littéraire », je devais faire des Lettres et pas du Droit, par exemple. Au terme d'une longue expérience professionnelle, je peux attester que, non seulement cette formation « littéraire » m'a été utile, mais même qu'elle m'a beaucoup servi. Je sais donc gré au Maître qui a pris la responsabilité de me diriger vers Lyon d'une main convaincante ! Hommage lui soit rendu à titre posthume !

Plus tard, je dus apprendre à lire un bilan, à gérer, à prévoir ; je présidai des conseils d'administration, je mis mon nez, sans cesse, dans les chiffres, comme tout chef d'entreprise responsable, mais ma formation de base ne fut jamais un handicap. Il ne faut pas confondre technique et culture : les techniques s'acquièrent, mais elles ont tout à gagner à s'insérer dans les fondements de l'humanisme, qui tempèrent et corrigent ce qu'elles peuvent avoir de desséchant et de prétentieux. L'ironie est un bon remède à l'impérialisme des ingénieurs et des spécialistes en tous genres qui ne doutent de rien. Et l'ironie vient tout droit de Socrate et de la Culture Grecque... en passant par Voltaire et quelques autres... Et puis la formation dite « littéraire » apprend à communiquer, c'est-à-dire à informer, à expliquer, à convaincre. Il n'est pas de chef d'entreprise qui n'ait à « communiquer » souvent dans son entourage immédiat ou lointain. Sa tâche est plus facile si sa formation de base l'a entraîné à s'exprimer devant des auditoires variés ou à s'adresser à des interlocuteurs sceptiques ou sur leurs gardes, ou simplement curieux. Dans les premiers jours d'octobre 1935, je pris donc le train pour feue la Capitale des Gaules !

Mon premier contact avec Lyon eut lieu via la gare des Brotteaux, construite à une époque où les gares étaient à la fois fonctionnelles et monumentales et méritaient qu'on les considère comme des témoins d'une certaine architecture. A juste titre, la gare des Brotteaux a été classée et portera témoignage de la grande époque des Chemins de Fer[4]. Je ne pense pas l'avoir regardée avec des yeux admiratifs à mon arrivée. Je ne suis même pas sûr de l'avoir « vue » la première fois, tout entier absorbé que j'étais par le souci d'en sortir en trouvant un taxi pour emporter ma malle et mes valises.

---

4. Devenue en 1989, Centre de Vente, la gare a gardé son aspect extérieur d'origine. Pourvu que ça dure !

Le lycée du Parc « faisait neuf », et lorsque j'eus procédé à l'entrée dans les lieux, j'eus le sentiment d'une sorte de promotion : j'avais une chambre pour moi tout seul, je pourrais enfin prendre des douches à volonté, l'hydrothérapie n'étant pas en 1935 le point fort des collèges que j'avais fréquentés, ni des lycées dans les classes secondaires. J'accédais à l'échelon au dessus ! Mais aussi, en quittant le collège, je cessais de voir des professeurs en soutane noire, des dominicains vêtus de blanc, car à l'époque l'habit faisait bel et bien le moine ! Mes nouveaux professeurs me parurent bien habillés, manifestement soucieux de soigner leur mise, faisant appel à des tissus travaillés par de bons faiseurs. Le « sur mesures » l'emportait à coup sûr sur le costume de confection... et cet aspect vestimentaire ne manqua pas de produire quelque effet sur le nouveau venu que j'étais dans l'Enseignement Laïque.

La hiérarchie – *la « strass » comme nous disions* – était composée du Proviseur, du Censeur et du Surveillant Général. Le proviseur portait à l'année, me semble-t-il, une veste noire croisée avec pantalon rayé, un col blanc à bords cassés – le fameux col à manger de la tarte –, et cette façon de se vêtir constituait manifestement sa tenue de scène. Il se voulait Proviseur et s'habillait en Proviseur. Le censeur, lui, portait aussi un uniforme de Censeur : queue-de-pie, chapeau melon, pantalon rayé, chemise blanche et cravate gris perle adéquates. Il remplissait parfaitement son rôle d'intimidation face à des élèves dont les blouses grises accumulaient une crasse savamment entretenue au fil des semaines. Seul le surveillant général faisait figure de repoussoir avec sa barbe rousse, poivre et sel, ses ongles immenses, jaunis par la cigarette, et son costume fatigué qui paraissait signifier un mépris total de l'élégance universitaire de ses supérieurs. Nos prédécesseurs l'avaient baptisé sans pitié G.V. (gueule vérolée), à cause d'une tache lie-de-vin sur une de ses joues, mal dissimulée par une pilosité pourtant abondante. C'était un personnage destiné, dans la distribution des rôles, à jouer les empêcheurs de danser en rond, les têtes de Turc, les « méchants » intraitables. Redoutable et redouté, il était toujours là, dans la cour, dans les couloirs, comme un fantôme dont les apparitions inopinées surprenaient les « hors-la-loi » méditant quelque opération marginale. Telle quelle, la hiérarchie s'imposait sans problème : l'ordre régnait au lycée. Les bons élèves que nous étions jouaient le jeu et profitaient, sans mot dire, des quelques privilèges réservés aux classes préparatoires aux Grandes Ecoles. Je trouvais, pour ma part, le lycée « démocratique » plus facile à vivre que les collèges, où la discipline était toujours « invisible et présente », même dans ses moments de relâchement. Je me sentis devenir adulte, majeur et autonome ; désormais ma vie m'appartenait et j'avais à la conduire tout seul, sans tuteur, même s'il s'agissait d'une liberté dirigée.

Le lycée du Parc comprenait toutes les classes de préparation aux Grandes Ecoles et, en ce qui concerne la Première Supérieure – Cagne[5] –, rassemblait un certain nombre de « prix d'excellence », de « caciques » des lycées des Académies des régions de Grenoble, Besançon, Lyon, Montpellier, Marseille, Nice... plus quelques représentants, comme moi, d'institutions privées[6]. Je trouvai là des champions de la version grecque et du thème latin, de la dissertation et de l'exposé oral : nous avions gardé assez d'ironie pour ne pas nous prendre trop au sérieux et ne pas nous considérer comme l'élite absolue du Sud-est de la France... encore que, certains n'en doutaient certainement pas ! Je pris rapidement une leçon d'humilité en me mesurant aux champions qui m'entouraient mais je découvris aussi, avec émerveillement, cette classe si différente de celles que j'avais connues. Je dirais qu'elle fut pour moi la « Grande Classe », groupant des élèves de talent travaillant avec l'acharnement des « bêtes à concours », sans coupures, avec un seul objectif : entrer au 45 rue d'Ulm à Paris. Un certain nombre y parvinrent, devinrent de brillants agrégés et firent des carrières honorables et sans histoire au sein de l'Alma Mater. La vie a une façon à elle d'établir ses propres classements, qui ne confirment pas obligatoirement ceux de la scolarité ou de l'université. Il est plus d'un exemple où tel sujet exceptionnel semble avoir jeté toutes ses forces dans le concours de sa vie et donne ensuite le spectacle de la stagnation, tel le coureur de Marathon épuisé par son effort. Les fruits ne passent pas toujours les promesses des fleurs, comme ne disait pas Malherbe. Mais la classe, c'était avant tout les professeurs. Je considère encore aujourd'hui comme une chance rare d'avoir eu comme professeurs

---

5. Nous écrivions la cagne et non pas la Khâgne.

6. J'étais, toutefois, le seul de ma classe à venir tout droit de la campagne. La grande majorité de mes condisciples étaient issus de milieu universitaire ou scolaire, fils d'instituteurs ou de professeurs, voire de fonctionnaires. Pas un fils d'ouvrier, sauf erreur, un fils de boulanger, Pierre Charpy, qui devait acquérir après la guerre une réputation méritée de journaliste pugnace et talentueux.

des hommes aussi hors du commun que Vladimir Jankelevitch et Jean Guitton en philosophie et Henri Guillemin en lettres classiques. Je considère ce trio comme un tiercé gagnant.

> – « *Quand j'étais jeune, j'arrivais en classe sans notes, mains dans les poches, et je riais du tour de force* ».
>
> – « *Je conçois la Philosophie à l'image des Khâgnes, des Premières Supérieures. Les spécialistes de l'Enseignement Supérieur appellent cela des cours de Rhétorique, des cours oratoires. C'est possible. Mais je peux vous affirmer que les étudiants aiment beaucoup cela.* » *(V. Jankelevitch – Entretien avec Jacques Chancel).*

Eh oui, nous aimions cela, nous aimions rudement cela. Une voix unique, avec des inflexions à nulle autre pareilles, souvent haut perchée, mais se prêtant aux modulations de fréquence. Les improvisations bien préparées de « Janke » – comme nous l'appelions –, en forme d'arabesques phosphorescentes, donnaient à ses interventions toutes les apparences de la prestidigitation verbale que personne n'interrompait. Volontiers cynique avec nos condisciples de sexe féminin, au nombre de sept, le virtuose faisait des gammes mais, à travers les facettes de ce qui aurait pu passer pour de l'esbrouffe, avait quelque chose à dire : sa dialectique me faisait forte impression et me déroutait. Je crois, tout compte fait, que derrière cette façade du professeur sûr de lui et dominateur, se cachait la pudeur d'un timide. Quarante ans après, quand il comparut devant Jacques Chancel, Bernard Pivot ou Claude Mopomé, je retrouvai la manière, la voix à peine changée, l'indépendance d'esprit et le bonheur des mots. Bergson, Alain, avaient l'un et l'autre et entre autres, plus ou moins marqué cette génération et les « propos » restaient la forme d'expression favorite de ces professeurs qui se firent tous un nom.

Dès cette époque, me semble-t-il, la musique et le piano avaient pris une place chez Jankelevitch qui reléguait la Philosophie au rang d'une résidence secondaire que l'on aime mais qui n'est pas la principale : il faisait déjà des conférences en jouant du piano, notamment sur Fauré. La musique paraissait sa raison d'être, beaucoup plus que la philosophie, même s'il l'enseignait avec brio.

Nous passâmes de Jankelevitch à saint Jean Guitton[7]. Nous eûmes droit à d'autres formes de propos, du genre : « *De quoi voulez-vous que je vous parle ?* » Nous proposions un sujet, et suivait un quart d'heure d'un autre type de dialectique, qui nous démontra rapidement que le commentateur de Plotin apportait un style différent, plus proche de Socrate que des Sophistes mis en scène par Platon dans ses dialogues. Loin d'être éclipsé par la virtuosité de Jankelevitch, Guitton s'imposa rapidement à notre classe impertinente : je lui vouais la plus grande considération même si, par moments, l'ennui me gagnait à travers les méandres d'une certaine monotonie. Plus tard, je lus presque tous ses livres. Je dédie à tous les étudiants et à tous les parents de France cette définition de la dissertation par Jean Guitton : « *Dire qu'on va le dire, le dire, dire qu'on l'a dit* ». Une introduction, un développement, une conclusion. Qui dit mieux ?

Je dédie, aussi, aux parents, élèves, enseignants de toutes nations, à tous les détenteurs d'un certain pouvoir, cette définition de l'autorité, entendue dans la bouche du même Guitton. En 1923, le lieutenant Jean Guitton, normalien, agrégé de philosophie, faisait son service militaire dans la Ruhr. Il fut chargé des cours aux illettrés du régiment. Au cours d'un déplacement, pour des raisons que j'ai oubliées, il perdit le peloton des analphabètes dont il avait la charge, et ceux-ci durent se débrouiller seuls pour prendre le train, sous la conduite de l'un d'entre eux. Lorsque le lieutenant-philosophe les retrouva, il estima que le soldat qui avait pris la tête de ses camarades avait fait preuve d'autorité. « *Qu'est-ce que l'autorité ?* » demanda-t-il. « *Quelqu'un peut-il répondre ?* » Long silence. Enfin, une main se lève : « *Mon lieutenant, l'autorité, c'est quand il y a plus de chef et qu'un gars se lève et dit : Les gars, voilà ce qu'on va faire !* » On peut comparer la définition de l'illettré à celle du

7. « On a le droit de dire : peu importe le mathématicien, pourvu que la loi soit juste. Une telle distinction serait vaine dans le cas de la Philosophie. Il est, je crois, incontestable que l'élève n'accepte de bon cœur la vérité d'une proposition philosophique qu'à condition d'avoir accepté celui qui la présente ».(R. Aron – L'Enseignement de la Philosophie).

Dictionnaire Robert : « *Autorité : pouvoir reconnu d'imposer l'obéissance. Droit de commander.* A chacun de juger...[8]

Les cours de français d'Henri Guillemin – il enseignait aussi le latin et le grec – tenaient plus de la conférence anecdotique que de l'exposé magistral. Mais tout cela était vivant, prononcé sur un rythme vif, passionné, convaincant, avec de l'éclat dans le verbe et les images. Guillemin se voulait proche de nous : quelque peu désincarné, dans sa maigreur diaphane et sa physionomie osseuse, il « faisait » jeune : trente-trois ans, face à des garçons et des filles de seize à dix-neuf ans, l'écart était quasiment nul. Un grand frère, un pote dirait-on aujourd'hui. Nos camarades femmes devaient toutes être amoureuses de lui, peu ou prou. Vigny, Pascal, Chateaubriand, Rousseau, ses cours portaient en germe ses futurs livres, en tous cas ses études critiques, et naturellement Lamartine, sujet de sa thèse, dont il devint le spécialiste, le docteur, le glossateur en chef... Les « *Confessions* » de Jean-Jacques « racontées » par Guillemin me sont restées en mémoire. Je garde aussi le souvenir de la traduction en vers par Victor Bérard de l'Odyssée, qu'il nous lisait lorsque nous avions décortiqué le texte d'Homère. Grâce à Victor Bérard, l'Odyssée redevenait un poème et un récit d'aventures, et pas seulement un exercice grammatical. En fait, Guillemin, professeur consciencieux, préparait consciencieusement ses interventions, qui étaient souvent de remarquables « numéros ». On avait envie de dire : « *Bravo l'Artiste !* »

« L'artiste » devait faire, plus tard, les beaux jours de la radio de la Suisse romande comme attaché culturel à notre ambassade à Berne. Les dames de l'Helvétie furent subjuguées par son talent d'exposition. Jamais ennuyeux, Guillemin ! On lui pardonnera donc

---

8. Un jour, bien longtemps après, j'ai rencontré Jean Guitton à une vente du « Pen Club » et il me dédicaça deux de ses livres dont « Une Mère en sa Vallée ». Quelle ne fut pas ma stupéfaction de constater qu'il situait encore à sa place le médiocre élève de Philosophie que j'avais été ! Peut-être la Providence l'avait-elle aidé par une inspiration.

Jean Guitton, à 90 ans, a conservé toute son alacrité ! Au terme d'une extraordinaire prestation télévisée (Antenne 2, « Caractères », juin 1991) Bernard Rapp lui a dit : « Vous êtes un sacré vendeur ! »

Vendeur, notre Socrate chrétien ? Pour ma part ce soir-là, j'ai rajeuni de 50 ans et retrouvé le lycée du Parc...

son côté « Muckraker »[9] qui le conduisit successivement à mettre son nez dans les turpitudes de « l'indicateur » Alfred de Vigny et à prendre un plaisir évident à bousculer le pot de fleurs, je veux dire les idées reçues, et à descendre de leur piédestal Jeanne d'Arc, Péguy, Napoléon, j'en passe... et Jésus. L'affaire Jésus, c'est l'affaire de Guillemin !

Le Procureur Guillemin devint un redresseur de torts infatigable dont je lus les livres avec l'amusement de l'ancien élève qui retrouve les tics du professeur. Je veux rendre hommage au Guillemin qui nous permit, grâce à une cagnotte à laquelle nous cotisions tous, je crois bien, de nous révéler les livres qui en valaient la peine en les achetant pour que nous puissions les faire circuler entre nous. C'est ainsi que *« Le Voyage au Bout de La Nuit »* et *« Mort à Crédit »* nous firent connaître un certain Louis-Ferdinand Céline au bon moment... Eclectique en littérature, Guillemin achetait d'abord des auteurs, et, grâce à lui, nous ne sommes pas passés à côté des bonnes cuvées des années 1935-36... Je n'ai jamais trouvé, depuis, une atmosphère aussi libre, aussi ouverte, que dans ces classes de cagne où communistes, socialistes, démocrates-chrétiens, monarchistes d'Action Française, ligueurs, cohabitaient dans une tolérance tempérée par le souci constant de ne pas se prendre trop au sérieux.

Nous lisions les éditoriaux de *« L'Action Française »*, du *« Populaire »* et de *« L'Oeuvre »* – Maurras, Léon Blum, Marcel Déat –, les hebdomadaires *« Gringoire »*, *« Candide »*, *« Marianne »* d'Emmanuel Berl, *« Vendredi »* de Jean Guehenno et Martin Chauffier, les pages du jeudi de *« L'Action Française »* et la *« N.R.F. » (Nouvelle Revue Française)*[10]. Les titulaires des rubriques éditoriales étaient capables, chaque matin, d'écrire en une langue de qualité un article qui tenait debout. Il est très difficile, cinquante ans après, de faire percevoir la qualité rédactionnelle – toute question de fond mise à part – des éditoriaux d'un Maurras, d'un Léon Blum, d'un Marcel Déat. Tous les matins ou presque, ces trois-là et d'autres étaient à la une de leurs journaux respectifs... Tous tenaient la distance et

9. Les « Muckrakers », selon l'historien André Kaspi (« Les Américains »), ratissent le fumier, tête baissée, et ne voient rien d'autre. Les journalistes « muckrakers » sont des « fouille-merde », au sens propre.

10. Nous lisions aussi, à l'occasion, « Sept », hebdomadaire catholique contrôlé par les Dominicains et « Le Courrier Royal » qui défendait les couleurs du comte de Paris, lequel avait rompu avec Maurras et « L'Action Française »...

avaient le souffle qu'il fallait. Et on les lisait ! Cette époque est révolue et seules les chroniques de certains commentateurs à la radio peuvent évoquer ce journalisme de haut niveau, style mis à part, naturellement... Nous chantions « *La Jeune Garde* » et « *L'Internationale* » ou « *La Royale* » avec ceux qui y croyaient et militaient dans les Jeunesses Socialistes ou au Parti Communiste. Et si les controverses furent vives à propos de la guerre d'Ethiopie, des élections de 1936, par exemple, notre jeunesse et notre scepticisme n'empêchaient pas l'amitié entre adversaires passionnés. « *Le Canard Enchaîné* » gardait encore, à l'époque, un vieux fonds anarchiste et libertaire qui était pris en considération par les uns et les autres. Il réunissait alors quelques rédacteurs insolents qui rataient rarement leur cible... et le mercredi, il passait de mains en mains. En fait, nous n'avions pas de « vaches sacrées », pas plus en politique qu'en littérature.

Que sont devenus, en 1991, mes anciens professeurs du lycée du Parc ? Vladimir Jankelevitch est mort en 1985. Les auditeurs, les téléspectateurs ont pu, dans ses dernières années, être témoins des jaillissements de mots et d'idées, de l'alacrité de sa pensée, de sa férocité et de ses coups de patte, sur fond de scepticisme et de lassitude. Sa façon de parler de la Musique était unique, comme sa voix : incomparable... et inchangée...

Inchangée aussi, la voix de Jean Guitton qui, sans jeu de mots, est une voix de tête. Académicien, auteur, éditorialiste, peintre, Jean Guitton, comme ses deux collègues, démontre que l'esprit sauve le corps et que la vieillesse n'en vient pas facilement à bout. Guillemin, le professeur à la santé fragile, disait-on en 1936, est un octogénaire pugnace et toujours d'attaque, pour ne pas dire toujours à l'attaque[11].

Oui, au risque de me répéter, je crois que ce fut une grande chance de voir en action trois intelligences dans l'éclat de leurs trente ans. Il m'en reste une grande douceur et une grande lumière... et une grande reconnaissance...

---

11. Notamment à la télévision

Deux citations, une pour chacun des survivants, comme hommage de l'ancien disciple :

> *Jean Guitton – Chronique du « Figaro » – « Orthographe », 1986*
>
> *« Comme les plus grandes choses ont leurs racines dans les plus humbles et que la seule manière de changer l'univers est de faire chaque jour son devoir d'état, je propose d'enseigner l'orthographe ».*

Oui, Monsieur Guitton !

> *Henri Guillemin – « Le Monde » – 21 novembre 1986*
>
> *« Je puis attester, en connaissance de cause, qu'à Lyon, alors qu'à Paris l'on avait dès 1914 changé »Cagne« en »Khâgne«, nous avions gardé l'ancienne orthographe. Oui, en »Première Supérieure«, le travail était lourd si l'on était résolu à s'y employer pour de bon. Je n'ai jamais autant »bûché« que dans les trois années 1920-1923 passées au Lycée du Parc ».*

Dont acte, Monsieur Guillemin. Bûcheur comme élève, j'atteste que vous fûtes bûcheur comme professeur. Il vous en sera tenu compte !

La cagne nous entraînait au discours ; non pas à l'éloquence, mais à ce que les Grecs appelaient le « *logos* », la parole. L'explication de texte, la technique de l'exposé, de la « leçon », nous familiarisaient avec la parole en public, comme un athlète apprend à courir en courant avec et contre d'autres athlètes. Il fallait convaincre les professeurs et les « petits camarades » peu portés à l'indulgence, mais prêts à la mise en boîte et à la dérision. Je peux bien le dire : nous apprenions en réalité à parler avec assurance de ce que nous connaissions mal. Après la guerre, l'E.N.A. devait porter à la perfection les techniques de l'exposé oral destinées, en définitive, à faire illusion. Mais tous ceux qui ont suivi la filière « khâgnale » en sont sortis marqués pour la vie, comme un moule imprime ses dessins dans une matière qui se laisse faire. La vie professionnelle, la vie tout court, durcira les anciens Khâgneux, mais entre seize et vingt ans, ils constituaient une zone d'influence et d'intervention privilégiée. On ne peut échapper à ses maîtres...

## *Lyon la mystérieuse*

> *« Je vis, je meurs, je me brûle et me noie,*
> *J'ai chaud extrême en endurant froidure,*
> *La vie m'est et trop molle et trop dure,*
> *J'ai grands ennuis entremêlés de joie. »*
> *(Louise Labbé)*

Je suis resté à Lyon pendant quatre années scolaires, d'octobre 1935 à juin 1939. Mon avant-guerre, dans sa dernière partie, c'est donc Lyon et seulement Lyon, pour l'essentiel. Après l'Hypokhâgne, j'ai passé les quatre certificats qui composaient alors ce que l'on appelait la Licence ès Lettres Classiques : Français, Latin, Grec et Philologie. Licence d'enseignement, la Licence ès Lettres était le passage obligé pour tout candidat à un poste dans un lycée, et pour affronter l'Agrégation. J'ai préparé, plus tard, un diplôme d'Etudes Supérieures (l'équivalent de la Maîtrise actuelle) dont le sujet était : *« Le personnage d'Ulysse dans la Tragédie Grecque ».* Je ne l'ai jamais achevé et donc jamais soutenu, faute de conviction... et de nécessité ! Mais j'ai lu, à l'époque, tout le Théâtre Grec, plume à la main...

## *Lyon, ville ouverte*

Lyon la Mystérieuse, Lyon l'Insaisissable, Lyon l'Hermétique, on a beaucoup écrit, on écrira sans doute beaucoup encore sur Lyon. Pour ma part, descendu de mes montagnes et abandonnant les chemins rugueux et les sentiers glissants de mon enfance pour les trottoirs sans aspérité, je célébrerai Lyon, ville ouverte, à laquelle je dois mon initiation urbaine. Je débarquais dans un état de grande innocence, je veux dire, de totale ignorance sur bien des sujets, mis à part ceux que l'on m'avait enseignés. Mes connaissances étaient livresques, mais je n'avais jamais pris de taxi, je n'étais jamais monté dans un tram ou un autobus urbain, je n'étais jamais entré dans un lycée, même à Chambéry, sinon pour passer les épreuves orales du Bac. J'arrivais avec les idées reçues et les images toutes faites qui traînaient un peu partout dans la banalité des conversations. Que de fois avais-je entendu répéter : *la ville est triste, sombre, les Lyon-*

*nais sont peu accueillants. Comble des désagréments, le brouillard recouvre les bords du Rhône à longueur d'année.*

Il me fallut peu de temps pour découvrir qu'il n'y avait pas toujours du brouillard à Lyon ! Pour le reste, je ne mis pas beaucoup plus de temps pour me rendre compte que les Lyonnais, si divers selon les milieux, ne méritaient pas, quel que soit ce milieu, la réputation que leur avaient faite ceux qui ne les connaissaient pas et qui souvent n'étaient jamais venus à Lyon. Secrets, certes, les Lyonnais, mais non pas fermés. Tout de même, malgré mon ignorance, je connaissais le nom du maire, célèbre comme une institution, souvent cité dans le « *Nouvelliste de Lyon* ». Ancien professeur de Lettres au lycée du Parc – de Khâgne ! –, orateur à la voix de violoncelle, conférencier brillant, Edouard Herriot, dont les photos avaient popularisé la carrure massive – on savait que c'était une grande fourchette –, le chapeau rond, la pipe, incarnait en réalité une espèce en voie de disparition. La preuve en est que, dans notre petit monde du lycée, on aurait cherché en vain un radical-socialiste. Comment aurait-on pu être radical-socialiste à dix-huit ans ? La vérité est qu'il y avait, déjà à l'époque, un profond décalage entre le pouvoir politique, ce qu'on a appelé depuis la langue de bois, et les aspirations des jeunes générations, notamment la jeunesse intellectuelle.

Le tissu lyonnais, le maillage des rues, étaient des plus favorables au piéton, au marcheur sans cesse disponible, au flâneur, au badaud qui sommeille en chacun de nous [12]. Simple, direct, il était d'un accès facile au nouveau venu qui s'y retrouvait et se repérait sans se perdre en tâtonnements incertains. On pouvait aller des Brotteaux à Perrache en marchant droit devant soi, bifurquer, faire des crochets, on finissait toujours par atteindre l'objectif, si objectif il y avait. Car tel était bien l'avantage du piéton de Lyon : il pouvait marcher sans but, le nez en l'air, avoir l'âme vagabonde. Peu de voitures, une chaussée propre et, sauf au centre, une population éparpillée... La texture de la ville, solidement arrimée à ses deux fleuves et à ses collines inspirées – Fourvière, la Croix Rousse –, ne

---

12. Je dois à un camarade, Lyonnais de souche, batteur d'asphalte, la découverte des « traboules », phénomène proprement spécifique du cheminement clandestin... Les « traboules » sont des passages qui relient des groupes d'immeubles et qui ne sont connus que des initiés.

manquait pas de rappeler au promeneur qui prenait contact avec elle qu'elle était d'abord un site, un point de rencontre, et que son destin historique était lié à la confluence de la Saône et du Rhône, depuis le temps où Lugdunum avait été la capitale des Gaules. Il n'est pas de grande ville, il n'est pas de belle cité qui ne repose sur l'eau. Rome, Londres, Vienne, Budapest, Paris, New-York – on pourrait allonger la liste – ont leur destin lié à des fleuves, et leur nom, leur charisme, sont inséparables des cours d'eau qui les traversent et les baignent depuis des siècles [13].

« *Les rivières sont des chemins qui marchent et qui mènent où l'on veut aller* » a écrit Pascal. Génial raccourci qui exprime tout ce que l'eau peut apporter aux maisons des hommes rassemblées par les générations successives pour constituer les quartiers de la cité, façonnés par l'apport des migrations rurales, les invasions pacifiques de tous ceux qui viennent un jour d'espoir chercher le travail là où se crée le travail. Lyon fut donc, pour moi, la ville complète à laquelle il ne manque rien et qui m'apporta la révélation de ses richesses cachées, de ses trésors apparents, à travers ses rues, ses places, ses ponts, ses quais, dont la fréquentation ne coûtait rien.

Comme Valéry parlait dans son « *Cimetière Marin* » de « *la mer, toujours recommencée* », je pouvais dire : la ville, la ville, toujours recommencée. Je m'appropriais rapidement les principales artères mais aussi les petites rues, qui devinrent des cheminements familiers, pour ne pas dire des lieux de mémoire. Si la rue de la République, l'avenue Victor Hugo, la rue Auguste Comte, portaient des noms clairs et ne posaient pas de problème, je découvrais d'autres rues plus secrètes quant à leur appellation, et qui me faisaient rêver. La rue de l'Arbre Sec, la rue des Fantasques, la rue du Griffon, le pont de la Guillotière, la montée du Gourguillon, la rue Belle Cordière [14], et bien d'autres, interpellaient le nouveau venu, comme on ne disait pas alors. Que cachaient ces noms, qu'y avait-il derrière cette sémantique ? Si l'origine de ces noms de rues m'échappait, l'envie d'en savoir davantage ne me lâchait pas. En tous cas, ils entraient pour n'en plus sortir dans une mémoire susceptible, à l'époque, de beaucoup retenir.

---

13. Beaufort ne serait pas Beaufort sans le Doron...
14. La Belle Cordière était la poétesse Louise Labbé.

Lyon, c'était aussi les places avec leur statuaire, leurs bancs, les squares, la place Morand (devenue Charles de Gaulle), la place des Terreaux avec sa fontaine et l'Hôtel de Ville, chargé d'histoire, la place Carnot, la place des Jacobins, l'admirable place Bellecour, la non moins admirable place de Verdun, massacrée depuis, comme le quartier de Perrache, sans même l'excuse d'un urbanisme intelligent. La place du Pont, la place Croix Paquet, moins nobles, si l'on peut dire, mais comme les autres, signaux de reconnaissance pour les déambulations, les traversées, les hasards du déplacement. Les églises furent aussi une révélation pour le jeune rural avide de tout connaître après les vieilles métropoles de Moûtiers et de Chambéry. Manquaient les basiliques romanes : Saint-Jean et Ainay comblèrent le vide. Saint-Bonaventure et Saint-Nizier en firent autant pour l'art gothique. Les unes et les autres, insérées dans un environnement qu'elles embellissaient, faisaient corps avec leurs quartiers respectifs, sans oublier l'Hôtel-Dieu, grave et sombre, mais combien discret au cœur de la ville. Lyon m'apparut donc comme rythmée par les siècles, mais dans la vie quotidienne, l'image de la ville était inséparable de ses tramways et de ses trolleybus, les uns sillonnant la partie intra-muros, les autres desservant une banlieue qui devait constituer, plus tard, une communauté urbaine. Les communes périphériques me parurent d'abord pleines de mystère : Tassin la Demi-Lune, Ecully, Sainte-Foy où j'allais apprendre le patin à roulettes sur une piste prévue à cet usage. Je crois bien ne pas être entré, durant les quatre ans de mon existence lyonnaise, une seule fois dans une voiture particulière. C'est dire que je devins, comme tout le monde, un habitué des trams – les conducteurs s'appelaient des traminots –, du numéro 7 notamment, qui reliait les deux gares de Perrache et des Brotteaux et avait valeur d'institution. Le bruit des trams sur leurs rails fit partie de mon univers de nouveau citoyen. Le conducteur donnait le signal du départ par des coups de cloche autoritaires, klaxonnait si le passage n'était pas libre : « *En voiture, on part !* » Les voitures s'ébranlaient dans un tintamarre brinquebalant qui prenait de l'ampleur, s'enflait rapidement dans des crescendos accélérés, puis l'arrêt se profilait à l'horizon, le bruit retombait, les freins apportaient leur tonalité crissante, et tout repartait. Requiem pour les trams qui nous apportèrent tant de bons moments et nous aidèrent à voir la ville d'un autre œil en nous transportant pour pas cher. Comment ne pas évoquer, aussi, comme témoins de la couleur locale de ces années-là, les camions-citernes qui, la nuit, vidaient les fosses d'aisance des immeubles, non sans répandre des odeurs sui generis. Nous les appelions les « *pompes à merde* » et leur activité alimentait d'interminables plaisanteries chez les uns et les autres. Lyon, c'était aussi un glorieux et riche passé littéraire, un glorieux et riche passé commercial. Cette ville, que l'on disait et que l'on sentait fermée, avait été une ville européenne, ouverte à la Culture, aux Allemands, aux Italiens, imprimeurs, financiers... Le XVI^e^ siècle avait été le Grand Siècle de Lyon : éditeurs, imprimeurs, libraires, avaient marqué cette époque. Le Wurtembourgeois Sebastian Greiff était devenu Sébastien Gryphe. Il a été honoré par la ville, qui a donné son nom à une rue, comme elle a honoré Jean de Tournes, Sala, Perreal... Grâce à eux, Rabelais et son « *Pantagruel* » et les auteurs du cru – Clément Marot l'Hérétique, Louise Labbé, Pernette du Guillet et Maurice Scève – furent imprimés et lus et connus. Sauf erreur, c'est grâce à « *L'Introduction à la Poésie Française* » de Thierry Maulnier que j'ai découvert la « *Belle Cordière* » qui a aussi sa rue, et Dame Pernette du Guillet. Deux immortelles...

Les pensionnaires avaient droit à une sortie, le jeudi, pour aller consulter des livres à la bibliothèque de la ville ou à la Faculté des Lettres et, la première fois, je partis seul à pied et je cheminai par le cours Vitton, le pont Morand, la place des Terreaux, la rue de la République, la place Bellecour. Au-delà du pont Tilsitt, j'atteignis la bibliothèque, haut lieu de lecture et de rencontres estudiantines, où je devais passer bien des après-midi à travailler et à découvrir tant de livres que j'ignorais. En dehors des étudiants qui y donnaient volontiers rendez-vous à leurs petites camarades, des chercheurs insatiables, la bibliothèque servait de base de repli à des marginaux, voire des clochards, qui venaient, l'hiver, y chercher une chaleur qui faisait défaut sur les rives de la Saône et du Rhône. Parfois, ces messieurs sombraient dans un sommeil profond, ponctué de ronflements qu'il fallait interrompre par une bourrade. Le conservateur était un personnage étonnant, portant queue de pie et col blanc, baptisé Raspoutine par les étudiants, peut-être à cause de sa tenue et de sa barbe imposante. En rentrant, je continuai à muser un peu et, perdu dans mes pensées, je fus surpris, dans un des « passages » typiquement lyonnais, le passage de l'Argue, par l'invitation discrète mais parfaitement explicite d'une péripatéticienne de service en fin de journée, que mon ignorance et mon innocence n'avaient pas remarquée et, a fortiori, prévue... C'est ainsi que l'ancien élève d'un pieux collège découvrit la prostitution lyonnaise, fortement implantée dans le tissu d'une ville réputée puritaine et qui y prospérait comme le poisson dans l'eau. Plus tard, je m'aperçus que tel grand café de la ville, fréquenté par d'honorables bourgeois, comportait une banquette, voire deux, réservée(s) aux dames dites de « petite vertu » et que cela ne dérangeait personne... De temps en temps, les dames sortaient, faisaient un bout de trottoir et revenaient s'asseoir sagement à leur place ! Ainsi commença mon initiation urbaine : mes professeurs de La Villette ne m'avaient pas entretenu de ces misères et, tout compte fait, cela n'aurait rien changé !

Lyon dure au nouveau venu des montagnes de Savoie ? Non. Le boursier d'état que j'étais pouvait, avec peu d'argent se payer une place au cinéma, voir les nouveaux films, manger excellemment dans la Capitale de la Bonne Cuisine. Ces quatre années furent auréolées par la révélation des richesses insoupçonnées qu'une grande ville offre à ceux qui savent s'en servir... Théâtre, opéra. L'Opéra, c'était alors le Grand Théâtre, *Le Grand T.* Concerts, music-hall, sports, rugby à 15 et à 13, football, les grands stades, les courses hippiques où m'entraîna un condisciple passionné par les chevaux, tout m'est tombé dessus en peu de temps. Cortot, Thibault, Casals, Marguerite Long, Jouvet aux Célestins, je me suis jeté sur tous les spectacles à ma portée comme sur un festin où la boulimie empêche d'être jamais rassasié. De nombreux spectacles « descendaient » à Lyon et c'est ainsi, par exemple, que Dullin avec *« Volpone »* et Jouvet avec les nouvelles pièces de Giraudoux, me procurèrent mes premiers grands bonheurs de théâtre[15]. Nous prenions des places au « poulailler ». C'est ainsi que j'ai pu aborder la *« Tétralogie »* – chantée par de robustes Walkyries – et *« Carmen »* dont il doit rester des enregistrements avec José Luccioni et Lucienne Anduran, gloires oubliées.

Je mettrai dans les sommets de ces années la messe de onze heures à la cathédrale Saint-Jean où je me rendais avec un camarade pour entendre le merveilleux organiste qu'était Edouard Commette,

15. Gaston Baty et Marguerite Jamois m'apportèrent aussi un autre aspect du théâtre dit parisien. On parlait de « l'électricien Baty » pour brocarder ses mises en scène. Un des triomphes de Jouvet était « l'Ecole des Femmes » de Molière. Madeleine Ozeray fut une Agnès inoubliable.

que n'ont pas oublié les survivants de cette époque. La maîtrise était de premier ordre et cet office était, pour nous, un hommage à la Grande Musique auquel nous tenions. Lorsque l'officiant avait prononcé l'*Ite Missa Est,* la cathédrale se vidait et nous restions, mon ami et moi, souvent seuls à écouter le Maître improviser, jouer Bach, Schültz, Frescobaldi, Haendel ou d'autres, et faire résonner les voûtes de sonorités que nous trouvions sublimes. Sa belle tête blanche dominait le clavier et le temps ne comptait plus. Ces moments-là furent vraiment uniques. Il ne fallait pas passer à côté...

Nous imaginions Jean-Sébastien Bach – *l'auteur des Cantates à Saint-Thomas de Leipzig* – jouant lui aussi pour un petit nombre de fidèles et de disciples. Nous avions le sentiment d'être les privilégiés d'un grand bonheur. Nous découvrions que la nef de la cathédrale était une structure idéale pour accueillir les grands jeux de l'orgue. Les marches triomphales, les fugues remplissaient à pleins sons le vaisseau roman dont l'architecture révélait une acoustique que bien des salles de concert conçues par des ingénieurs spécialisés pourraient lui envier. Dans cette plénitude, la Musique affirmait son caractère sacré et l'au-delà semblait tout proche... Nous quittions la cathédrale sans parler et marchions en silence, comme pour prolonger les minutes exceptionnelles que nous venions de vivre, dans le recueillement et la joie intérieure.

CHAPITRE X

# *La chasse aux tapirs*

Sauf cas particuliers, le problème des fins de mois se posait à un grand nombre d'étudiants, avec plus ou moins d'acuité. Les bourses d'études étaient rares et, de toute façon, l'argent de poche que l'on gagne soi-même a une saveur particulière[1].

Nous étions donc à la recherche de « boulots » pour nous procurer ce *« superflu, chose très nécessaire »*, selon Voltaire, grâce auquel nous pourrions acheter une chemise, payer cinéma, théâtre, concerts, en bénéficiant des réductions généralement accordées au vu de notre carte, et de temps à autre, nous offrir un vrai repas lyonnais, chez *« Jacquemin »* ou chez *« Léon »*, hauts lieux, à l'époque, du bien manger et du bien boire. Je partis, donc, à la chasse aux tapirs, en proposant des leçons de français, de latin et de grec. Le latin était enseigné dans pratiquement toutes les classes et le grec tenait encore la route dans les lycées et les collèges privés. Il y avait tapir et tapir. L'important était de dénicher le bon tapir[2]. Quel était, donc, le bon tapir dont nous étions tous à l'affût ?

C'était celui chez lequel on allait tous les jours et qui vous assurait, par exemple, le repas du soir. Le couvert n'était pas à dédaigner. Avec un bon repas assuré, on pouvait gérer un budget alimentaire léger, tout en maintenant le bonhomme en forme. D'autres critères intervenaient : la rémunération – *le fixe* –, la famille et, enfin, le ou les tapirs eux-mêmes. Cette activité me permit de mettre mon nez dans différentes familles lyonnaises qui, chacune à leur manière, représentaient un volet, un aspect d'une population bourgeoise très diversifiée : rien de commun entre l'architecte en renom et sa femme, qui se voulaient agnostiques, et le pieux

---

1. Ma mère et mes frères m'aidaient de subsides précieux... Les chambres, à l'époque, se trouvaient généralement chez des femmes seules qui sous-louaient une pièce et permettaient l'utilisation de leur cuisine, voire imposaient le petit déjeuner. Seul point commun chez mes logeuses de ces années : « Surtout, ne m'amenez pas de femme ! » La femme à domicile, chez l'étudiant, était la hantise des vieilles filles qui m'hébergèrent ! Qu'elles reposent en paix !

2. Tapir : « Elève qui prend des leçons particulières dans l'argot de l'Ecole Normale Supérieure. » (Le Petit Robert)

industriel dont les trois fils étaient aux mains des Dominicains. Que dire du grand « *manager* » dont le fils fut mon élève par intérim, le titulaire du poste ayant eu la malencontreuse idée de tomber de cheval et de se casser une jambe, ce qui me valut d'aller tous les soirs, de cinq à sept, prendre en main les destinées d'un grand garçon de quatorze ans, élève du lycée Ampère et déjà fort affranchi. Pas commode d'être « l'entraîneur » quand la grand-mère assiste à la leçon (première surprise pour le nouveau prof) et se fait dire (deuxième surprise, à vrai dire énorme) : « *Mémé, tu m'em..., tu me fais ch... !* » par son chérubin de petit-fils. Je me demandais où j'avais atterri, tant ce langage n'était pas prévu et mon petit camarade ne m'avait pas prévenu... le traître ! Un incident de parcours, tout aussi imprévisible, me débarrassa de la présence incongrue de la grand-mère dont le gendre avait dit : « *Ma belle-mère est une personne respectable mais, de vous à moi, elle et sa fille m'em... et leur influence sur mon fils est des plus néfastes* ». Un soir, le jeune Robert, dit Bobby (je l'appelais ainsi, sa mère aussi mais, pour la « Mémé », c'était Bichon) arriva avec un devoir qui était un commentaire du sonnet de Verlaine : « *C'est la fête du blé, c'est la fête du pain... tout bruit...* ». La douairière se fit remettre le cahier et buta sur le « *Tout bruit* ». « *Voyons Bichon, cela n'a pas de sens ce que tu as écrit. ''Tout bruit'', il n'y a pas de verbe, tu as oublié le verbe !* » Le cruel Bichon, vachard comme pas un, se tourna vers moi pour trancher le débat. Je dus, avec beaucoup de circonvolutions, de sinuosités, expliquer que c'était le verbe *bruire* et non le substantif. Bref, je fis comprendre à l'honorable « Mémé » qu'elle s'était fourré le doigt dans l'œil et que son petit-fils avait transcrit correctement le texte dicté par son professeur. Je ne revis plus la grand-mère, sauf à 18 heures, pour le thé auquel Madame venait. On parlait livres, cinéma. Madame tenait salon littéraire, donnait des dîners du même type. Franchement sotte, maniérée, véritable précieuse ridicule, je compris pourquoi son mari était si sévère. Je compris aussi pourquoi un de mes prédécesseurs, ayant apparemment succombé à ses avances, bénéficiait d'une cote extraordinaire. Il y a dans tout répétiteur, un « *Julien Sorel* » en puissance : les femmes entre deux âges, qui veulent revenir au premier, et dont les maris travaillent trop, sont redoutables pour les jeunes professeurs qui courent le cachet et qui ne sont pas désagréables à regarder.

Tout autre était la famille dont les trois garçons fréquentaient les fils de saint Dominique. Aucun ne manifestait de l'intérêt pour la classe et les résultats, régulièrement médiocres, plongeaient le père dans des réflexions amères et des perspectives sombrement pessimistes. Comme dans le cas précédent, il était souhaitable que l'un des trois (normalement l'aîné) puisse prendre la suite et continuer à faire marcher l'entreprise familiale. L'usine avait été occupée, à Villeurbanne, en 1936, et depuis, le patron avait du mal et les choses n'étaient plus comme avant. Les affaires étaient mauvaises et je comprenais fort bien les soucis de cet homme de quarante ans qui se posait des questions. Il sentait le moment où les fils deviendraient des salariés dans une usine qui aurait changé de mains et dont ils ne seraient plus les maîtres. J'eus bien d'autres tapirs occasionnels dont je ne connaissais pas l'intimité familiale. Il fallut parfois avoir le courage de dire aux parents qu'il vaudrait mieux envisager une autre voie qu'une Grande Ecole hypothétique, à échéance lointaine, pour leur rejeton endormi et paresseux, que les études ennuyaient et qui ne manifestait aucune appétence pour quelque matière que ce soit... Ces moments de vérité étaient toujours difficiles à conduire... Tous les pères n'étaient pas de grands bourgeois, toutes les mères n'étaient pas ambiguës et n'évoquaient pas Madame Bovary. J'ai connu telle famille où les parents, jeunes et gais, devinrent des amis, chez lesquels j'ai écouté le premier disque de Charles Trénet. J'ai eu aussi des élèves travailleurs et intelligents auxquels trois mois de leçons particulières apportèrent le coup de pouce nécessaire pour passer de la quatrième à la troisième. J'ai même eu un élève de trente-cinq ans, sous-chef de bureau à l'Assistance Publique, auquel mes conseils ont permis de réussir à passer un concours indispensable. Son oncle, colonel en retraite, avait subi les atteintes du soleil du Sud marocain et tenait des propos loufoques sans importance... Grâce à sa tante et à mes modestes répétitions,il obtint le grade supérieur, se maria, et j'eus droit à ses remerciements certainement sincères et, j'ajoute, mérités, car je m'étais donné du mal, le malheureux n'ayant pas reçu des dieux de faveur particulière à sa naissance.

Grâce aux tapirs, quelques fenêtres se sont entrouvertes, donc, sur un monde qui n'était pas le mien. Ce furent des expériences d'une grande portée pour ma curiosité et ma formation générale. J'y acquis, sans doute, le minimum de vernis mondain nécessaire à quiconque doit affronter les milieux qui ne lui sont pas naturels... Mais, à coup sûr, c'est grâce aux tapirs que j'ai acheté ma première bicyclette.

## *Mon premier vélo*

Je fus, un jour, invité par la mère des trois élèves dont j'essayais d'assurer la charge, à passer un week-end dans leur maison de campagne de la grande banlieue lyonnaise : vingt-cinq kilomètres. « *Vous viendrez en vélo* » me dirent mes élèves. Hélas, je n'avais pas de vélo, mais je n'osai pas le dire. Un de mes amis me suggéra d'aller à la Foire aux Puces des Charpennes. Je trouvai là un vélo, sans garde-boue mais avec trois pignons, type demi-course, que j'achetai pour vingt francs de l'époque. Je partis avec et fis poser dérailleur à trois vitesses et garde-boue. Bref, j'eus ainsi ma première bicyclette et ma joie fut grande car ma vie en fut changée. Vêtu d'un pantalon golf, d'un blouson caoutchouté, dans la tenue du parfait cyclotouriste de l'époque, je pris la route et arrivai sans problème à la maison des tapirs. Je me sentais des ailes, c'était ma première sortie, sur ma première bicyclette ! – « *Mais c'est un clou !* » me dit l'aîné, sans méchanceté. Mon amour-propre en prit un coup, mais je ravalai mon humiliation en indiquant que je l'avais payé vingt francs et que pour ce prix là on ne pouvait être trop exigeant, etc. Mais, grâce à ce « clou », j'ai parcouru des milliers de kilomètres, car il eut la vie dure et me permit de rayonner sur les routes de Savoie, du Dauphiné, du Lyonnais, et de faire une traversée de l'Auvergne dont je savoure encore les étapes. Je découvris aussi rapidement que si le trajet Beaufort-Albertville était facile à accomplir, le retour exigeait du souffle et des jambes... même avec un dérailleur !

Si le bourgeois est celui qui, selon André Siegfried, a des réserves, les gagne-petit, coureurs de leçons, de cachets, pourrait-on dire, échappaient totalement à cette définition du Maître en Sciences Politiques. Nous avions nos périodes creuses, nos basses eaux, où l'on vivait au jour le jour dans l'attente d'une rentrée : les parents de tapirs n'étaient pas toujours ponctuels et il fallait alors prendre des mesures d'urgence d'économies à court terme. Un de mes amis, quoique fils de notaire, tirait le diable par la queue à certains moments, tout en professant qu'il ne fallait pas « *tirer sur la nourriture* ». Je me souviens des déjeuners que, en sa compagnie, j'ai pris à l'Armée du Salut, payant notre écot, mais à des tarifs sans concurrence. On pouvait, à l'époque, déjeuner fort convenablement pour deux francs cinquante, en prenant des tickets dans des restaurants pour employés divers du secteur tertiaire. J'ai mangé souvent, le soir, près de Perrache, dans un restaurant pour traminots, où qualité et quantité ne méritaient que des éloges. Pas de nappes, pas de serviettes, le patron servait lui-même, mais tenait à sa réputation en respectant le fameux rapport qualité/prix. Les conducteurs de tramways et autres constituaient une clientèle solide, homogène, mais à laquelle il convenait de ne jamais manquer et à laquelle il ne fallait pas en promettre. A l'Armée du Salut, j'ai vu de près les premiers « pauvres » comme on ne disait pas encore, les premiers exclus, comme on ne disait pas davantage. Et les images de ces êtres un peu hagards me sont restées. Mais mes premières rencontres avec la misère urbaine avaient déjà eu lieu, dans le cadre de la Conférence de Saint-Vincent de Paul, au lycée du Parc. Un de mes condisciples, archicube persévérant (il en était à sa troisième année), m'avait convaincu de l'aider et de l'accompagner dans ses visites aux familles déshéritées. C'est ainsi que j'ai découvert les quartiers des Charpennes et du Tonkin (rasés depuis et reconstruits), délabrés et insalubres, avec leur population type « quart-monde » : femmes abandonnées avec leurs enfants, pataugeant dans la boue ou le froid, chômeurs, alcooliques, malades, dans des baraques de bidonville, sur fond général de crasse et de saleté. C'étaient des familles jeunes, en général, qui ne pouvaient pas s'en sortir ! Les bonnes paroles aux malheureux n'ont jamais été mon fort mais, enfin, nous leur apportions, sous forme de bons, de quoi manger, se vêtir et se chauffer pour un temps. Le reste était vraiment littérature. Nous ne le faisions pas pour accomplir une B.A. mais parce qu'il fallait bien que certains le fassent, en payant un peu de leur personne. Que dire à ceux qui ont faim et dont les enfants sont sous-alimentés ? Rien, seulement leur donner la possibilité de calmer leur faim. La vue de cette misère ne manqua pas de faire avancer mes réflexions sur la « *condition prolétarienne* » de l'époque. Les foules en casquette que je vis défiler, cette année-là et plus tard, sous les bannières du Front Populaire, contribuèrent, elles aussi, à me faire entrevoir un monde inconnu, ceux qu'on appelait, déjà, les *Travailleurs*. A l'époque, il y avait une classe ouvrière... formée de manœuvres spécialisés, d'O.S. en majorité, auxquels 36 apporta, à coup sûr, espoir et illusions...

## *Lectures de ce temps-là*

Lorsqu'on fait des études de Lettres et qu'on se destine à les enseigner, il faut lire... beaucoup lire. Nous avons donc beaucoup lu, par curiosité, nécessité, obligation, mais surtout, par plaisir. Quels furent les auteurs contemporains qui comptaient dans ces années de l'immédiate avant-guerre, en dehors des auteurs « classiques » figurant aux programmes de nos examens ? De nombreux livres paraissaient chaque année, mais quelques auteurs dominaient, émergeaient, à des titres divers et connaissaient une faveur particulière auprès des lecteurs jeunes, plus sensibles à l'originalité de l'expression, ceux que l'on peut appeler les indépendants, les irréductibles, les inclassables. Henri Guillemin nous avait révélé le « *Voyage au Bout de la Nuit* » de Louis-Ferdinand Céline. Ce livre ne ressemblait à aucun autre et nous tombait dessus, en opposition complète avec tout ce que l'on nous avait appris dans nos classes successives. Victor Hugo avait prétendu avoir mis un bonnet rouge au vieux dictionnaire. Céline faisait beaucoup plus : il bouleversait la syntaxe et inaugurait une nouvelle façon d'écrire, nullement spontanée, très élaborée, même si l'invention verbale avait les apparences d'un jaillissement naturel. « *Le monde* », écrivait le provocateur Louis-Ferdinand Céline, « *est plein de gens qui se disent des raffinés et puis qui ne sont pas, je l'affirme, raffinés pour un sou. Un raffiné valable, raffiné de droit, de coutume, officiel, d'habitude, doit écrire au moins comme M. Gide, M. Vanderem, M. Benda, M. Duhamel, Mme Colette, Mme Fémina, Mme Valéry, les ''Théâtres Français''... pâmer sur la nuance... Mallarmé, Bergson, Alain... troufignoliser l'adjectif... goncourtiser... Merde ! enculagailler la moumouche, frénétiser l'insignifiance, babiller ténu dans la pompe, plastroniser, cocoriquer dans les micros... Révéler mes ''disques favoris''... mes projets de conférences...* ».

Il y eut d'autres pavés dans la mare, d'autres coups de tonnerre. Le catholique, le monarchiste Georges Bernanos lançait un pamphlet flamboyant contre Franco avec « *Les Grands Cimetières sous la*

*Lune* » et alimentait, à sa manière, la querelle franco-française à propos de la guerre d'Espagne. « *La colère des imbéciles remplit le monde* », écrivait Bernanos. Etait-ce bien celle des imbéciles ?

André Gide fit sensation en publiant son « *Retour de l'U.R.S.S.* » qui lui valut les insultes du Parti Communiste, car, contrairement sans doute à ses espérances, l'auteur, alors au sommet de la célébrité, se montrait critique et très réservé dans ses jugements sur la Patrie du Socialisme.

Tout à fait à part, Marcel Aymé tranchait par son originalité exceptionnelle, son merveilleux, la sobriété d'un style qui portait la marque du génie français. Franc-comtois au visage impavide, Marcel Aymé décrivait alors, avec un humour qui n'appartenait qu'à lui, le monde de la terre qu'il avait connu dans son enfance et sa jeunesse. Tout cela était juste, vrai, authentique. Notre époque est en train de le mettre à sa vraie place, la première, dans les écoles, les bibliothèques, partout où la Langue Française doit être défendue et honorée.

Précisément, nos professeurs, nos examens « littéraires » nous conduisaient à donner la priorité aux écrivains dont la manière, le style, une certaine façon d'écrire, pouvaient servir de modèles à suivre. Depuis, certains de ceux que nous lisions par devoir ou par goût, ont perdu du terrain, sans être complètement oubliés. André Gide, qui paraissait intouchable[3], Jules Romains, auteur très célèbre des « *Copains* » et de la série des « *Hommes de bonne Volonté* », Roger Martin du Gard, Georges Duhamel, figurent parmi ceux dont la gloire a pâli. On peut y ajouter Henry de Montherlant. Le temps n'a pas été favorable à l'auteur des « *Jeunes Filles* » qui tenait le devant de la scène littéraire avec ostentation. Il se voulait professeur de morale civique, fustigeant précisément la « *morale de midinette* » qui, selon lui, caractérisait la France de ces années-là. « *Les vertus que vous cultiverez par dessus tout, sont le courage, le civisme, la fierté, la droiture, le mépris, le désintéressement, la politesse, la reconnaissance et, d'une façon générale, tout ce qu'on entend par générosité* ». Ainsi commence la « *Lettre d'un Père à son Fils* », dont

3. Le cas de Gide montre que les réputations littéraires sont sujettes à éclipses et soumises aux variations saisonnières, si l'on peut dire. Les étudiants, en 1989, lisent-ils encore André Gide ? Leurs professeurs le commentent-ils encore ? Qu'en sera-t-il de Jean-Paul Sartre et d'Albert Camus... dans cinquante ans ?

le message n'est pas médiocre. Mais, en voulant rester sur des hauteurs hautaines, Montherlant irrita beaucoup et convainquit peu...

Grande, aussi, était la vogue de Jean Giraudoux dont les pièces triomphèrent jusqu'à la guerre, grâce à Louis Jouvet, et qui représentait alors, pour de jeunes intellectuels, la quintessence d'une sophistication distinguée.

Paul Morand n'a pas quitté le premier rang des grands seigneurs de l'écriture. Dans « *1900* », paru en 1927, il écrivait ces lignes qui s'appliquent aux premières années du siècle : « *Le monde commence à vivre sur ses nerfs. Il s'abandonne aux drogues, à la femme ; jamais il n'a été autant question du corps, idolâtrie du sexe, de la peau, des cheveux* ». La femme, le sexe, la drogue, le corps. Déjà en 1900 ?

Paul Valéry peut être considéré comme le dernier des grands auteurs qu'il fallait avoir lus, comme Gide, pour ne pas paraître trop ignare ou trop balourd. Ciseleur de phrases, au tour très personnel, pas toujours facile à suivre, Paul Valéry avait acquis un renom de sérieux et une image de prophète en publiant, après la guerre, « *Regards sur le Monde Actuel* » dans lequel il annonçait quelques uns des malheurs qui devaient s'abattre sur les Européens « *qui avaient voulu jouer aux Armagnacs et aux Bourguignons* ». Il était rejoint dans ses analyses d'anticipation par Jacques Bainville, dont les « *Conséquences Politiques de la Paix* » prévoyaient avec une précision troublante les échéances découlant du Traité de Versailles et la guerre inévitable qui en résulterait.

Jean Giono et ses romans « paysans », salubres et aérés, tout empreints de vérité profonde, fit les délices de notre génération. Il devait, lui aussi, garder son rang après la guerre, avec d'autres œuvres qui révélèrent des aspects inconnus de son talent. Jean Giono, au style magnifique et somptueux, ne devrait être oublié ni par les professeurs, ni par les lecteurs qui préfèrent les valeurs sûres aux gloires éphémères fabriquées par les médias. Plus près de nous par l'âge, deux noms, deux auteurs aux antipodes politiques, tous deux normaliens, Paul Nizan et Robert Brasillach, incarnaient leur génération, c'est-à-dire la nôtre à dix ans près, au même titre que Charles Trénet. Paul Nizan avait écrit « *La Conspiration* ». Brasillach, dans des livres comme « *Le Marchand d'Oiseaux* », « *Comme le Temps passe* », exprimait, en poète, les rêves de la jeunesse qui s'enfuit et vous file dans les doigts à toute vitesse. Paul Nizan fut tué par l'ennemi en 1940, Robert Brasillach fusillé en 1945. L'un et l'autre avaient trente-cinq ans.

Bien d'autres auteurs pourraient être cités, qui ont été balayés par le « vent de l'histoire ». Le propre de la lecture est qu'il en reste toujours quelque chose, au delà des modes et des années.

## *Cinéma et autres plaisirs*

*« Vois se pencher les défuntes années*
*Sur les balcons du ciel en robes surannées»*
*(Charles Baudelaire)*

Le cinéma des années 1936-1939 fut un grand cinéma. On pourrait parler des trois glorieuses de l'écran.La meilleure preuve est que, cinquante ans après, télévision, salles spécialisées, reprennent régulièrement les films de ces années exceptionnelles. Avant Lyon, je n'avais vu que *« Golgotha »* ! C'est dire... Au collège, pas de cinéma ! Mon premier film « lyonnais » fut *« Le Mouchard »* de John Ford. Pour ma première sortie[4], sans hésiter, je courus au cinéma « LA FOURMI » dont je devais devenir un habitué, car il était spécialisé dans les films américains ou étrangers en version originale. Il était situé dans une petite rue coupant la rue de la République, vers l'Hôtel-Dieu. C'était une petite salle dite « d'Art et Essai » où l'on pouvait se retrouver entre soi, vingt ou trente spectateurs. Tous les grands noms, ceux que l'après-guerre a consacrés, apparurent à cette époque sur les écrans, dans l'éclat de leur jeunesse : metteurs en scène, acteurs, actrices, dont c'était souvent les premiers rôles et les premiers succès. Les Américains dominaient alors la grande mise en scène et la comédie légère, c'est-à-dire celle où le comique tire sa force de la finesse et de l'invention. John Ford lançait John Wayne, Victor Mac Laglen. Nous découvrions Gary Cooper, Clark Gable, Cary Grant, James Stewart, James Cagney et, chez les anglais, Lawrence Olivier et Charles Laughton qui crevaient l'un et l'autre l'écran avec des moyens différents. Les Marx Brothers sortirent leurs meilleurs films ces années là... Ils nous firent bien rire, plus sans doute que

4. Une fois par mois, au lycée, nous avions droit à une soirée nocturne. Rentrée obligatoire à minuit !

Laurel et Hardy. Et puis, il y avait les extraordinaires actrices de ces années-là, dont l'énumération a l'allure d'un palmarès, dans lequel on ne sait pas à qui attribuer le premier prix. Greta Garbo, Jean Harlow, Claudette Colbert, Mirna Loy, Katharine Hepburn, Ginger Rogers, Jean Arthur, Joan Crawford, Paulette Godard, Irène Dunne... Sans compter celles que l'on ne cite pas. Toutes étaient, alors, dans l'éclat de leur talent et de leur beauté, au début pour la plupart d'une carrière longue et riche en succès. Marlène Dietrich se révélait à nous avec *« L'ange Bleu »*. Bien sûr, nous n'avons pas manqué Charles Chaplin, Fred Astaire, Walt Disney et ses dessins animés de l'époque et Popeye était parmi nos préférés. Mais il n'y avait pas que les Américains. Les metteurs en scène français, les acteurs et les actrices bien de chez nous suivaient le même parcours que leurs confrères d'Outre-Atlantique. Jacques Feyder, René Clair, Jean Renoir, Julien Duvivier, Marcel Pagnol, Marcel Carné projetaient sur les écrans Pierre Fresnay, Louis Jouvet, Michel Simon, Jean Gabin, Charles Vanel, Jean-Louis Barrault, Pierre Brasseur, Fernandel, Annabella, Françoise Rosay, Arletty... sans oublier des « seconds rôles » comme Carette ou Saturnin Fabre ! Sacha Guitry, souvent malmené par la critique, signait quelques grands films auxquels justice serait rendue par un autre public... cinquante ans après. Certaines séquences nous offraient des slogans, des signes de reconnaissance, des mots de passe entre complices. Nous parlions *« Jouvet »*, nous imitions Fresnay ou Michel Simon, Carette et d'autres. Le cinéma était vraiment notre passe-temps favori, grâce aux réductions accordées aux possesseurs de cartes d'étudiant. On pouvait donc s'offrir plusieurs séances par semaine sans déséquilibrer le budget mensuel. Et puis, il était bon de sauter parfois un repas pour assister à un grand concert, aller à l'Opéra... ou au théâtre. D'autres plaisirs faisaient partie de notre joie de vivre : la course à pied, le cross, comme nous disions (on n'en parle plus, l'époque est au jogging !). Nous courions en pleine nature ; il ne nous serait pas venu à l'idée de courir sur les trottoirs, au nez des voitures, sur une surface dure pour les genoux et autres articulations délicates. Nous nous levions tôt le matin pour aller transpirer du côté de Gerland ou au parc de la Tête d'Or. Nos efforts se trouvaient généralement récompensés par une omelette au lard dans un restaurant dont Lyon et sa banlieue étaient abondamment pourvues. Nous décidâmes aussi, un jour, de

Sur la Mer de Glace, en 1938.

L'auteur avec son fidèle chien Mousse.

SOUVENEZ-VOUS DANS VOS PRIÈRES

de

**Monsieur le Chanoine**
**Laurent CARRET**

Ancien Elève, Professeur,
Supérieur de l'Institution Notre-Dame de la Villette
Membre de la Communauté Sacerdotale
de Châteauneuf-de-Galaure

Rappelé à Dieu le 3 avril 1964 à l'âge de 69 ans

*Pater . . .*

Procession de la Fête Dieu à La Villette

L'auteur au lac de la Girotte...

Randonnée à ski en Beaufortain, avant-guerre.

La fête de l'hypocagne. Lyon 1936.

La fête de l'hypocagne en juin 1936. Henri Guillemin, qui a soutenu brillamment sa thèse sur Lamartine dont il deviendra le spécialiste, est derrière l'accordéoniste, lui-même élève...

*Toutes les photos sont issues de la collection personnelle de l'auteur.*

constituer une équipe de football et de faire des matchs le dimanche[5] contre des équipes d'amateurs mordus comme nous. Le jour de gloire arriva, plus tard, grâce à la ténacité de l'un d'entre nous qui se démena comme un beau diable[6]. Notre équipe fut jugée digne de représenter la Faculté des Lettres de Lyon et de devenir l'ASUL III (Association Sportive de l'Université de Lyon). Nous eûmes droit à un maillot et, je crois bien, à une paire de chaussures. Les transports étaient à nos frais, mais qu'importe ! Nous avions été pris en considération et notre fierté était grande. Nous avons passé des moments de grande camaraderie comme seul le sport d'équipe peut en procurer, et nous nous sommes bien amusés.

Lyon m'apporta d'autres découvertes. Une après-midi à l'hippodrome du Grand Camp me fit entrevoir le milieu étrange des joueurs qui misent tout sur un cheval, hommes, femmes, passionnés, souvent hagards et défaits lorsque leur favori n'a pas répondu à leurs espoirs. J'avais l'impression de ne pas appartenir à la même planète et je les regardais comme les représentants d'un monde inconnu... Un autre jour, j'assistai, toujours entraîné par mon camarade féru de boxe, à des combats d'amateurs précédant un combat de professionnels. Je fus dégoûté pour la vie de ces bagarres de chiffonniers entre débutants désireux de percer : le sang jaillissait, les pommettes éclataient, les nez devenaient tout rouges. Je trouvais le spectacle hideux, comme plus tard la mise à mort du taureau à la corrida. Quoi qu'on en dise, le visage humain n'est pas fait pour qu'on lui cogne dessus. Quant au taureau, je laisse les aficionados à leur passion pour les combats d'arène, où le sang coule aussi, et pas toujours celui de la bête...

---

5. Le samedi était un jour ouvrable et ouvré. Nous suivions des cours et ceux qui avaient des tapirs en donnaient !

6. Hommage soit rendu à Raymond Bringer, Lyonnais, agrégé de Lettres Classiques, animateur de notre équipe. Sans doute est-il l'un des rares universitaires à être monté sur un ring pour disputer les trois rounds d'un championnat scolaire. Il eut bien du mérite à tenir devant un faux étudiant, boxeur amateur, qui n'avait qu'un objectif : envoyer au tapis cet adversaire insolite. « Tu ne peux pas savoir ce que c'est long un round de trois minutes » me dit le valeureux combattant !

CHAPITRE XI

# *1936*

*« Il n'est qu'une vérité en ce bas monde. Tout pays est à qui peut le prendre. »*

*Jean Giraudoux – « Pleins Pouvoirs », 1939*

1936 a marqué la vie des Français et scellé leur sort en engageant l'avenir du pays d'une façon durable, sans possibilité de retour en arrière. Les événements tombèrent sur nos têtes à une telle cadence que l'on peut parler d'accélération de l'Histoire, sans formuler une expression toute faite. Comment mesurer la portée, sur le moment, de tout ce qui nous arriva, au dedans et au dehors, au cours de cette année-symbole ?

Le 7 mars, le Führer donna à ses troupes l'ordre d'occuper la Rhénanie, en violation du traité de Versailles. Le 8 mars, le président du Conseil Albert Sarraut, radical-socialiste de Toulouse, fit une déclaration lourde de sous-entendus, que l'Histoire a enfouie dans la fosse commune des paroles malheureuses dont leur auteur n'arrive plus à se débarrasser et qui le poursuivent jusque dans la tombe. *« Nous ne laisserons pas la cathédrale de Strasbourg sous le feu des canons allemands. »* Les actualités cinématographiques nous montrèrent un chef du gouvernement ferme et résolu, lisant son texte d'un ton solennel conforme au style de l'époque. Il avait un visage rond, sous un crâne chauve, de grosses lunettes d'écaille et la voix quelque peu rocailleuse. Sans posséder le don de prophétie, chacun sentait bien qu'un événement grave venait de se produire. Quelles en seraient les conséquences ? Au lycée, nous commençâmes à nous poser des questions et à interroger nos professeurs. On sait qu'il ne se passa rien, qu'aucune riposte militaire n'eut lieu et que la cathédrale de Strasbourg resta, si l'on peut dire, en l'état. Mais des questions, lorsque je revins à Pâques pour les vacances, on m'en posa. A vrai dire, une seule question, toujours la même, revenait dans les rues de Beaufort, au café, sur le chemin des Prés, partout où je rencontrais des gens que je connaissais : *« Est-ce qu'on aurait la guerre ? »*, *« Est-ce qu'Hitler allait faire la guerre ? »* Comment répondre ? Personne ne voulait croire à la guerre, moi pas plus que les autres, mais allez savoir !

Le printemps arriva, les élections législatives eurent lieu en juin. Le Front Populaire l'emporta largement. Beaufort vota à droite, mais le canton envoya au Palais Bourbon le maire d'Ugine, un néo-socialiste, c'est-à-dire un socialiste dissident du Parti Socialiste (S.F.I.O.) dirigé par Léon Blum. Pierre Cot fut réélu à Montmélian et devint ministre de l'Air. Dans les rues de Lyon, je vis défiler, rue de la République, les foules mobilisées par les partis victorieux, notamment le Parti Communiste, de loin le plus actif, qui imposait ses slogans scandés par les manifestants.

*« Le Fascisme ne passera pas ! », « Le pain, la paix, la liberté ! », « Une France libre, forte et heureuse ! », « De la Rocque au poteau ! », « A bas les deux cents familles ! ».* Les drapeaux rouges éclipsaient les drapeaux tricolores et l'Internationale retentissait, chantée à pleine voix par des ouvriers en casquette, levant le poing. Venue des quartiers populaires, Villeurbanne, les Charpennes, le Tonkin, des communes suburbaines, la foule se répandait dans les rues bourgeoises du centre, pour gagner la place Bellecour et la place de Verdun. *« A bas les métèques ! », « La France aux Français ! »* criaient les représentants des partis nationaux, les *« Patriotes »* comme ils se définissaient eux-mêmes, les *« Factieux »* comme les appelaient leurs adversaires. Le bras droit tendu – le salut *« fasciste »* – répondait au poing levé de ceux d'en face. Mais tous ces tumultes qui agitaient les populations des villes, les bruits de Paris, arrivaient fort assourdis sur les rives du Doron. Les journaux en parlaient – combien les lisaient ? –, la T.S.F., comme on l'appelait, commençait à prendre place dans les foyers du chef-lieu – mais combien y avait-il de postes à la campagne ? Le chant des coucous, des cardinalins[1], des merles et des rossignols couvrait à coup sûr la voix des oiseaux de mauvais augure venue d'ailleurs.

Je crois bien, tout de même, que les premiers *« Congés Payés »* débarquèrent en août dans les hôtels, que les premières tentes firent leur apparition insolite ici ou là dans certains champs, car 1936 lança le camping et le cyclotourisme. Les bicyclettes et les tandems atteignirent les routes de montagne à partir de cette année-là. Les

1. Ainsi appelait-on les chardonnerets.

raffinés pouvaient même faire installer un dérailleur à trois vitesses ! Parallèlement à cette première invasion importante du monde « urbain » dans le monde rural, les chapeaux cessèrent définitivement d'être le couvre-chef qu'on ne quitte pas, les cheveux des femmes prirent l'air, les « permanentes » cessèrent d'être l'apanage des touristes parfumées, les jeunes paysannes trouvèrent le chemin des salons de coiffure qui durent, eux aussi, se mettre à la page et au goût du jour. Ainsi commença à prendre fin la ségrégation qui isolait les femmes de la campagne des élégantes du chef-lieu !...

Par contre, les « quarante heures », les deux semaines de vacances qui, depuis, rythmèrent pendant des années la vie professionnelle des ouvriers et des employés de l'Hexagone, n'eurent aucune influence sur la condition paysanne et le déroulement des travaux des champs. Quelle pouvait être, d'ailleurs, la portée de ces « avancées sociales » pour ceux et celles qui devaient traire leurs vaches deux fois par jour – à la force du poignet –, faucher leur foin, leur seigle et leur avoine – toujours à la force du poignet –, à la merci des caprices du ciel ? Le repos du dimanche pose toujours problème aux responsables de la traite biquotidienne obligatoire. Empêchera-t-on jamais les vaches et les chèvres d'avoir du lait ce jour-là ? Pourra-t-on jamais échapper au cycle des saisons et à leurs sautes d'humeur ? A vrai dire, 1936 ne fit que creuser et faire apparaître au grand jour le fossé qui séparait l'économie montagnarde et ses servitudes du monde des usines et des bureaux auquel on venait d'accorder le droit de pause et le temps de souffler. Il restait aux paysans du Beaufortain – dont j'enregistrais les réactions devant les événements – l'indépendance de ceux qui sont leur propre patron et qui n'ont rien à demander à personne. Les horaires flexibles ont toujours existé à la campagne, même si le nombre d'heures travaillées échappe à la statistique et n'a rien à voir avec les quarante heures. Aussi, quelles que fussent les limites et les inconvénients de l'indépendance, elle était vécue avec la fierté ombrageuse des hommes libres, attachés à une terre qui absorbait tout leur temps. « *Mon verre n'est pas grand, mais je bois dans mon verre* ». Cet alexandrin exprime sans doute dans sa brièveté la philosophie des hommes de la terre, à l'époque, mieux qu'un gros livre ou une longue étude savante sur la psychologie paysanne entre 1920 et 1940.

Dans les premiers jours de juillet, j'entendis – c'était un samedi –, au journal parlé du matin, une nouvelle à laquelle je n'attachais, sur le moment, pas d'importance particulière. L'Espagne, certes, depuis quelques mois faisait parler d'elle, mais elle était bien loin l'Espagne et il y avait encore des Pyrénées ! J'appris, donc, qu'un soulèvement militaire venait d'avoir lieu dans tout le pays, que des troupes venues du Maroc, par avion, débarquaient au sud de la Péninsule Ibérique, sous les ordres d'un certain général Franco et que des combats avaient commencé ici et là entre rebelles et forces loyalistes. Très rapidement, les Français, déjà dressés les uns contre les autres dans leurs luttes internes allaient connaître une nouvelle occasion de se disputer. Pendant trois ans, l'Espagne allait poser des problèmes épineux aux gouvernements successifs de la IIIe République déjà agonisante sans le savoir. « *Des avions, des canons pour l'Espagne !* », « *No passaran !* » clamaient les partisans du soutien aux Républicains. « *Pas un avion, pas un canon pour l'Espagne !* », « *Arriba !* » répondaient les adversaires du « Frente Popolar », partisans du général Franco.

Bien sûr, il y eut aussi, à la même période cette année-là comme les précédentes,le Tour de France cycliste. On entendit beaucoup parler des Belges, des Italiens, de nos champions nationaux Antonin Magne, André Leducq, Georges Speicher. Le regroupement des meilleurs coureurs dans les équipes nationales donnait un tour homérique et cocardier aux chevauchées dans les cols des Alpes et des Pyrénées. Les grands reportages à la radio, sur le vif, datent de cette année-là et marquent une date dans l'information sportive. A l'époque, les coureurs ne savaient pas encore s'exprimer comme d'anciens élèves de l'ENA, et se contentaient de bafouiller devant le micro qu'ils étaient contents d'avoir gagné et qu'ils feraient mieux la prochaine fois. Je les avais vus passer l'année précédente à Chambéry, et la forte odeur d'urine dégagée par le peloton m'avait laissé pensif quant à l'hygiène des « *forçats de la route* »... Bien sûr, les Jeux Olympiques de Berlin contribuèrent, au mois d'août, à créer une fausse diversion. Là aussi, les images, les commentaires, les actualités cinématographiques firent oublier pour un temps les mauvaises nouvelles du début de l'année. Les compétitions sportives sont toujours bonnes à prendre, même si les médailles furent rares pour nos couleurs. Il fallut se contenter de la portion congrue. Les boxeurs et les cyclistes sauvèrent l'honneur national. Les informations qui franchissaient les Pyrénées mettaient en évidence la cruauté des combats, le massacre des populations civiles par les premiers bombardements aériens massifs des aviations allemande et italienne. Ce n'est que plus tard que les analystes et les historiens durent réviser à la hausse le poids des événements de toute nature intervenus depuis le début d'une année qui devait compter double lors des bilans ultérieurs. Pour rester dans l'air du temps, je m'étais retrouvé, au mois d'avril, avec un certain nombre de mes condisciples du lycée du Parc, dans une caserne de la Part-Dieu pour passer le conseil de révision. Nous étions mêlés à d'autres conscrits et je me revois dans une longue file de jeunes hommes dévêtus, les bras ballants, quelque peu embarrassés de nos corps, même si la pratique des sports d'équipe nous avait habitués à nous déshabiller et à nous voir tout nus de la façon la plus naturelle. Mais il y avait le nombre et les anatomies, toute compte fait, fort diverses. Le spectacle n'était pas des meilleurs. Le peloton des intellectuels affichait, si l'on peut dire, des dos ronds, des poitrines creuses, des squelettes amaigris fort éloignés de l'idéal grec qui faisait une large place au gymnase, à la palestre, dans les textes que nous avions à traduire et dont nos professeurs soulignaient l'importance. Ils oubliaient de les mettre en pratique ! Il fallait bien se rendre à l'évidence : trop de sujets d'élite tombèrent sous le coup de la remarque féroce de Jean Giraudoux, ancien joueur de rugby[2] et adepte de la course à pied : *« Les intellectuels sont la tête de la nation. Il n'y a pas de raison que cette tête soit laide... Il y a des épidémies de toutes sortes. Le sport est une épidémie de santé »*. Cinquante ans après, les professeurs d'éducation physique continuent de se plaindre de l'insuffisance des heures consacrées à leur discipline, et le problème du sport à l'école alimente toujours les controverses entre parents et enseignants. En ce temps là, être réformé n'était pas considéré comme un titre de gloire. Etre simplement « ajourné » était même de nature à créer un complexe d'infériorité chez certains ! En définitive, la mention *« Bon pour le service »* était une sorte de label de qualité, quelque chose comme la preuve objective qu'on était un homme, un vrai, reconnu comme tel, certifié en somme. Il y eut quelques ajournés dans le groupe des lycéens. Comme la plupart, je fus déclaré *« bon pour le service »*. L'honneur était sauf, et la page fut tournée.

2. Jean Giraudoux – « Pensées sur le Sport » (1928).

## *1937*

En contrepoint, 1937 prit l'aspect, par rapport à 1936, d'un trompe-l'œil. L'Exposition Universelle gomma les rudesses de l'actualité et fit passer au second plan les périls qui auraient pu confirmer les inquiétudes soulevées l'année précédente. Pourtant, le 12 mars, les troupes allemandes entraient à Vienne et l'Autriche cessait d'exister comme état indépendant. Il y avait, dans ce nouveau coup de force, de quoi se faire du souci. Non seulement les choses ne s'arrangeaient pas, mais elles s'aggravaient. Cependant, la marche du temps continua, inexorable : après les moments forts, une pause. Le monde entier se donna rendez-vous dans les jardins du Trocadéro, les bords de la Seine accueillirent des milliers de visiteurs attirés par l'événement et par le seul nom de Paris. « *Il y a des cas où il faut appeler Paris, Paris, et d'autres, Paris, Capitale de la France* » a écrit Pascal. Cette année-là, on venait voir Paris. Comme beaucoup d'autres, j'avais hâte de découvrir, enfin, la ville dont j'entendais parler depuis mes plus jeunes années, où mon grand-père avait vécu par nécessité, comme tant de Savoyards. Paris allait cesser d'être le mythe inaccessible qui stimulait mon imagination sans cesse en action. Je ne fus pas déçu par ce premier contact d'une semaine. Sous le soleil de juillet, Paris offrait au visiteur le visage rayonnant d'une capitale digne de son titre de Ville Lumière. Les monuments, les avenues et les boulevards, les rues et les places avaient gardé le charme du passé et respiraient le parfum des époques disparues. Sauf dans le périmètre de l'Exposition, les constructions neuves brillaient par leur absence. Je n'ai pas le souvenir d'immeubles neufs en construction. Ni construction, ni rénovation. La modernité de Paris, en 1937, ne passait pas par l'essor du domaine bâti. Peu de voitures, peu de camions, des autobus, des fiacres – il y en avait encore ! Pas de problèmes de circulation : le piéton tenait le haut du pavé et pouvait marcher pendant des heures sur des trottoirs dont les chiens n'avaient pas encore détruit l'agrément par leurs déjections quotidiennes, opérées sous l'œil bienveillant sinon agressif, de leurs propriétaires bien-aimés. Le Savoyard descendu de ses montagnes respirait un air qui, sans avoir la pureté des cimes, n'avait pas encore subi les atteintes du fléau baptisé pollution que nous apportèrent les Trente Glorieuses. Le mot, d'ailleurs, était inusité dans la conversation courante, donc incompréhensible à la plupart. Le métro avec ses couloirs, ses escaliers, ses portillons et ses tunnels à répétition constituait pour le nouveau venu, sans doute, le phénomène le plus insolite de cette ville qui paraissait ne s'arrêter nulle part, comme une immensité sans bornes, dans laquelle on se sentait quelque peu perdu au milieu de la multitude. Pourquoi tous ces gens étaient-ils si pressés ? Pourquoi couraient-ils sans cesse pour attraper des voitures déjà trop pleines lorsqu'on voulait monter dedans ? On avait envie de leur dire : *« Doucement, calmez vous, vous avez bien le temps ». « Qui me presse m'arrête »* disait souvent ma mère citant sa propre mère que je n'avais pas connue.

Lorsque je repris le train à la gare de Lyon pour regagner la Savoie, l'esprit chargé d'images et de visions nouvelles, j'avais rejeté dans le coin des mauvais rêves les sombres perspectives d'un conflit armé qui remettrait tout en question. Pourtant, le face-à-face des Pavillons de l'Allemagne et de l'Union Soviétique, qui constituait l'un des points forts de l'Exposition et ne passait pas, c'est le moins qu'on puisse dire, inaperçu, avait quelque chose de prémonitoire. Mais, sauf pour les pessimistes irrécupérables, il pouvait passer pour une confrontation architecturale fortement affirmée entre deux nations soucieuses d'imposer une forte image de leur puissance et de leur dynamisme, une compétition pacifique, comme les Jeux Olympiques de l'année précédente, en somme. Pourquoi penser à mal ? Dans le train qui me ramenait à mes bases enfantines, je n'avais qu'une idée en tête : revenir le plus tôt possible pour revoir ce que je n'avais fait qu'entrevoir et surtout pour découvrir tout ce que je n'avais pas vu. J'étais entré au musée du Louvre, à Notre-Dame, à la Sainte-Chapelle, j'étais allé à Versailles, mais ces premières visites, qui avaient été autant de révélations, exigeaient d'être suivies par beaucoup d'autres.

## *1938 – Munich*

*« A ceux qui voudraient avoir vécu sous Périclès ou Louis XIV, je dis que 1938 est bon aussi, le diable m'emporte. »*
*(Henri de Montherlant – L'Equinoxe de Septembre – 1938)*

Mais les événements ne s'arrêtaient pas, Hitler en était l'ordonnateur et le metteur en scène. Après son entrée à Vienne et la mainmise sur l'Autriche, restait la Tchécoslovaquie. Jusque là, les Beaufortains ne s'étaient pas sentis concernés. Tout se passait bien loin. Les frontières faisaient écran, les distances éloignaient le danger. Munich éclata comme un coup de tonnerre : à la fin de l'été, il y eut des rappels sous les drapeaux, une mobilisation partielle. Il y eut surtout, le 25 septembre, jour de foire, le recensement des personnes et du bétail. Je dus descendre dans l'après-midi, sur l'injonction de ma sœur, me faire inscrire à la mairie, comme tous les habitants. Pourquoi faisait-on ce recensement ? La nouvelle se répandit vite. Les ordres étaient venus de la préfecture de Chambéry. En cas de guerre, Beaufort serait évacué et déclaré « *zone des armées* ». Où irait-on ? Que ferait-on des bêtes ? Les optimistes parlaient de la plaine de Chambéry, les pessimistes du Centre, de l'Auvergne, de la Lozère. On se rassurait avec la perspective d'une évacuation de proximité, en Savoie. On avait peur et on redoutait une évacuation lointaine, dans des régions inconnues. Il y avait peu d'atomes crochus entre les Auvergnats et les Savoyards ! Pendant l'hiver, les bruits, les rumeurs, les « *on dit* », les « *non dits* » contribuèrent à créer une atmosphère d'angoisse et de soucis. Cette fois, c'était à notre porte et on n'avait rien vu venir. Il y avait de la peur, mais pas d'affolement. Ma mère sauva la face, comme toujours, dans le malheur, mais je la sentais atteinte en profondeur par les perspectives inquiétantes d'un avenir incertain.

La Coupe du Monde de Football qui avait passionné les Français était bien loin[3]. Même si les accords de Munich, entrevue des quatre chefs d'état (le face-à-face des deux civils face aux deux militaires en uniforme était de mauvais augure), furent accueillis avec soulagement par une opinion qui ne voulait pas croire à la fatalité du conflit et n'y était surtout pas préparée par ses gouvernants. On était passé près, mais ce n'était pas encore pour cette fois. Mais quand la fois suivante aurait-elle lieu ?

Munich, depuis lors, évoque la capitulation. L'esprit de Munich, c'est le renoncement, pour ne pas dire la lâcheté. Peut-on dire que les Français, à l'image de Léon Blum, éprouvèrent un « lâche soulagement » ? Sans aucun doute, ils furent soulagés de n'avoir pas la guerre, cette fois-ci. Par lâcheté ? Ce n'est pas si simple. Ils n'étaient pas préparés psychologiquement à un conflit armé. Abasourdis par les événements qui leur tombaient sur la tête, ils avaient

3. L'Italie la gagna... sur son terrain.

besoin de retrouver leurs esprits ou, si l'on préfère, leur second souffle.

## 1939

*– « Que feriez-vous si l'on vous annonçait que vous allez mourir dans un quart d'heure ? »*
*– « Je continuerais à jouer à la balle au chasseur. »*
*(Saint-Louis de Gonzague)*
*« L'honneur et la raison sont à nous. Le reste n'en dépend pas. »*
*(Lettre de Joseph de Maistre à la Marquise Costa de Beauregard, après la mort de son fils).*
*« Hommes 40 – Chevaux en long 8 »*
*(Inscription sur les wagons de marchandises de la S.N.C.F.)*

La période qui sépare le mois de septembre 1938 du mois de septembre 1939 fut vécue sur le mode mineur, comme on dit en musique. Le coup de semonce de Munich avait porté, le climat avait changé. Pourtant, la tristesse n'était pas à l'ordre du jour ! Les chansons de l'époque en portent témoignage. Charles Trénet, Grand Prix du Disque en 1938[4] connaissait ses premiers triomphes à travers ses premiers chefs-d'œuvre. Jeune, il avait l'âge de ses auditeurs les plus enthousiastes. Ses thèmes, toujours les mêmes, faisaient mouche. L'amour, la nature, les bois, les oiseaux, Paris, toute une génération trouvait en lui le porte-parole qu'elle attendait sans le savoir. Rythmes nouveaux, mélodies à base de vraie musique, poésie des textes, ironie, pirouettes, le « fou chantant » brûlait les planches et réussissait comme personne à chauffer une salle[5]. Toutes ses chansons de l'époque ont tenu le coup et continuent à être chantées, comme si elles venaient de sortir... Jeunes, Ray Ventura et ses collégiens l'étaient eux aussi, pas seulement par l'âge mais par l'entrain communicatif de leurs refrains que tout le monde fredonnait plus ou moins. Qui n'a pas chantonné, un jour ou l'autre, *« Tout va très bien, madame la Marquise »*, *« Ça vaux mieux que d'attraper la scarlatine »*, *« Qu'est-ce qu'on attend pour être heureux ? »* Tino

4. « Boum, quand notre cœur fait boum !... »
5. La salle du Pathé-Palace, avenue de la République, accueillait les spectacles de music-hall.

Rossi, jeune lui aussi, touchait un autre public : ses ritournelles faciles à écouter, faciles à retenir, fournissaient le fonds du répertoire des chanteurs de romances les soirs de veillées et des jours de noces. Maurice Chevalier enfin – l'ancêtre – tenait toujours le devant de la scène : c'est lui qui avait créé « *Y'a de la joie* » de Charles Trénet. Il conservait la première place au music-hall où il était inégalable, face à un public fidèle mais exigeant.

Chacun paraissait avoir jeté un voile sur les nuages sombres qui s'accumulaient à l'horizon et adopté silencieusement comme devise « *Encore un instant de bonheur* »... Mireille et Jean Nohain avaient ouvert la voie de la chanson primesautière et ironique,les duettistes Gilles et Jullien, Pills, et Tabet connaissaient leurs plus beaux jours. Les textes comptaient autant que les rythmes et la mélodie. Le bruit n'avait pas encore remplacé la musique. Il y avait comme un refus de l'air du temps. Plus les nouvelles étaient préoccupantes, plus il fallait chercher des dérivatifs. On chantait, on dansait, comme pour conjurer le mauvais sort ou plutôt pour ne plus y penser...

La caractéristique des chanteurs de l'époque, quels que fussent leur répertoire et leur public, était sans doute de prononcer les syllabes, d'articuler les mots d'un texte comportant classiquement un refrain et des couplets. Ce texte pouvait être ironique, amusant, ou simplement banal, pour ne pas dire proche de la nullité. Mais il y avait un texte, sinon du texte. Chanteurs à voix, chanteurs de romances se partageaient le répertoire des chansons nouvelles qui s'enrichissait chaque année de quelques succès qu'on entendait partout. Il y avait même le « *chanteur sans nom* » à Radio-Luxembourg, dont on ne connaissait que la voix ! Les années d'après-guerre devaient faire connaître des chanteurs et des chanteuses sans voix auxquels une sonorisation puissante, à base d'amplificateurs bien répartis, apportera le renfort d'un bruitage permettant de répéter indéfiniment les mêmes mots devant des foules subjuguées. Mais il faudra attendre les années 80 pour voir les hommes politiques embrasser les chanteuses de rock et dialoguer avec les chanteurs, comme avec de grands philosophes porteurs de messages aux populations, en se prenant au sérieux, sans un brin d'humour... Les chanteurs chantaient mais l'engagement public, électoral, ne se pratiquait pas. Par contre, certains chefs de file politiques de la IIIe République accordaient volontiers leur « protection » à des chanteuses, à des danseuses d'opéra célèbres, à des actrices connues du boulevard ou de la Comédie-Française, en tout bien tout honneur. Il n'y a guère qu'aux Etats-Unis que les candidats à la Maison-Blanche risquent des déconvenues si la presse ou la télévision découvrent des écarts extra-conjugaux !

La chanson féminine connaissait, elle aussi, de beaux jours dans les campagnes : les échos des romances franchissaient aisément les distances. Quelques grands noms étaient plus ou moins connus de tous, et certaines rengaines fredonnées un peu partout ou sifflées, car on sifflait volontiers les airs à la mode. Mistinguett et un de ses refrains faciles à retenir « *Dans la vie, faut pas s'en faire, moi je ne m'en fais pas* », Joséphine Baker et ses « *deux amours, mon pays et Paris* », Lucienne Boyer avec « *Parlez-moi d'amour* » et « *Je me fais dans tes bras si petite* », Rina Ketty, enfin, dont les « *Sombreros et mantilles* » eurent un succès hexagonal. Plus tard, la même, avec « *J'attendrai* », devait faire un « tabac » comme on ne disait pas encore[6]. Il y avait d'autres diseuses de chansons d'amour, mais ces quatre là avaient chacune leur accent personnel, un ton et un répertoire propre qui passaient bien la rampe : elles atteignaient des records d'audience et de popularité dans tous les milieux. Plus tard, leurs succès devinrent les témoins et les symboles de ce qu'on devait appeler la chanson rétro.

## *Danses*

Si l'on chantait beaucoup, on dansait aussi beaucoup. Tout le monde dansait, toutes les générations : les danses qu'on pourrait appeler paysannes – la valse, « noble et sentimentale », la polka, la mazurka – et les danses importées et urbaines – le one-step, très proche de la polka, le fox-trot, la java, dont ce fut sans doute la grande époque. Pas de java sans accordéon, le bal musette était roi. Le paso doble avait conquis les pistes, même si peu de danseurs le dansaient selon les règles. Et puis, les danses douces, dansées par les jeunes et apportées dans les communes de montagne par les touristes : le tango, fort prisé, le slow-fox – le slow disait-on –, la

---

6. « J'attendrai, le jour et la nuit,
j'attendrai toujours ton retour...

rumba dont le rythme syncopé exigeait du souffle. Durant l'hiver de 1939, les Anglais nous envoyèrent le Lambeth Walk, sorte de danse du tapis à la britannique : on se dandinait les uns derrière les autres, on se baissait tous ensemble, on se relevait. La guerre renvoya le Lambeth Walk dans la fosse commune des danses mort-nées... Mais dans cette année 1939, les premiers enregistrements de jazz parvenaient à nos jeunes oreilles. Duke Ellington nous était révélé, le Hot Club de France faisait connaître des clarinettistes, des trompettistes qui devaient devenir célèbres. Django Reinhardt et Stéphane Grappelli avaient commencé leur duo inégalé guitare-violon. Tous étaient des musiciens et des interprètes jeunes qui exprimaient leur époque à leur manière. Et le jazz, lui aussi apporté par les touristes sur la colline des Prés, faisait figure de « musique de nègres », de musique pour Parisiens, totalement étrangère aux sensibilités montagnardes que l'éducation, la tradition avaient habituées à des lignes musicales simples, sans fioritures, sans surcharges inutiles et sans discordances de ton. Le jazz rompait toutes ces harmonies et ses cadences déconcertaient...

Dans cette atmosphère un peu artificielle, les douze mois passèrent vite. L'hiver, le printemps eurent pourtant les mêmes caractéristiques que les années précédentes. Pourquoi me parurent-ils de plus courte durée ? En juillet, je revins apporter ma contribution annuelle aux foins et aux travaux divers, sans cesse à recommencer.

La Fête Nationale fut célébrée à Paris par un défilé militaire d'une importance exceptionnelle, avec une forte participation des troupes coloniales qui représentaient l'Empire, alors espoir suprême et suprême pensée. L'infanterie, en tenue kaki et bandes molletières descendit en bel ordre l'avenue des Champs-Elysées, noire de monde. La légion en képis blancs fit forte impression, les spahis tout en couleurs, sur leurs chevaux bien lustrés, étaient comme à la parade, acclamés par la foule enthousiaste des Parisiens. Une déclaration du général Weygand, vice-président du Conseil Supérieur de la Guerre, fut largement diffusée dans tout le pays « *Nous ne voulons pas la guerre, mais si on nous l'impose, nous la ferons et nous la gagnerons* ». Qui aurait pu mettre en doute les propos rassurants dans leur modération de l'ancien chef d'état-major du maréchal Foch, le vainqueur de la Grande Guerre ? N'était-ce pas la

« Force Tranquille » qui s'exprimait : quoi qu'il arrive, nous étions prêts, décidés et nous gagnerions...

Dès les premiers jours d'août, la tension monta. La Pologne était dans la ligne de mire du Führer : il fallait faire cesser le scandale de Dantzig[7], vieille ville prussienne « donnée » par le traité de Versailles à la Pologne, avec statut spécial, et « corridor » à travers la Prusse orientale pour permettre l'accès à la mer. Un article de Marcel Déat dans « *L'Oeuvre* » mit le feu aux poudres. « *Nous ne voulons pas mourir pour Dantzig* », tel fut le titre célèbre qui fit monter les polémiques dans la presse parisienne au plus haut degré et qui n'a pas été oublié cinquante ans après, mais il fut sans influence et ne troubla sûrement pas les esprits des habitants de Beaufort.

Le 25 août, la radio annonça que l'Allemagne et l'Union Soviétique venaient de signer un Pacte d'amitié. Je vis, comme beaucoup, le lendemain et les jours suivants, M. le Ministre Von Ribbentrop, le représentant d'Hitler, serrer la main de Viatcheslav Molotov, son homologue russe, et de Joseph Staline. Ces poignées de mains chaleureuses étaient accompagnées par les sourires ambigus de la satisfaction réciproque. On apprenait en même temps que l'Angleterre et la France, dont les délégations militaires faisaient antichambre au Kremlin, avaient été proprement bernées et que Staline avait choisi son camp. Dès lors, il devint clair que les dés étaient jetés et que l'inévitable allait se produire. Le 2 septembre, les affiches de la mobilisation générale étaient apposées aux portes de la mairie de Beaufort, comme dans les trente-six mille autres communes de France. Les réservistes partaient rejoindre leur centre mobilisateur, conformément au fascicule de leur livret militaire. Un certain nombre de Beaufortains quittèrent le canton, un nombre plus grand fut mobilisé sur place. Le 3 septembre, le président du Conseil Edouard Daladier proclama l'état de guerre avec l'Allemagne.

« *Le 3 septembre à 17 heures – Les Français sont tristes. Quoi qu'on en ait dit par la suite, les Français sont tristes mais résolus. Constatons que pour ce peuple pacifique, la guerre est une première défaite* ». Publiées en 1979, ces lignes du Professeur Jean-Baptiste Duroselle[8] expriment avec justesse l'état d'esprit de la

7. Dantzig, sous le nom polonais de Gdansk, continue, on le sait, à faire parler d'elle.
8. Jean-Baptiste Duroselle – « La Décadence, 1932-1939 ».

nation en ce jour historique. Puisqu'il fallait y aller, on y allait, même si le cœur n'y était pas vraiment, mais, pas question de céder ni au découragement, ni au défaitisme. Beaufort, à l'image des autres communes de France fut projetée dans la guerre du soir au lendemain et bascula en une nuit dans le monde de l'imprévisible et des impondérables. Les réservistes rejoignirent leur corps sans tambours ni trompettes, mais sans hésitation ni murmure. Ni fleurs, ni couronnes, si l'on peut dire. J'assistai à la mise en place de la « drôle de guerre »[9] à Beaufort avec l'arrivée des éléments du 80e B.A.F. (Bataillon Alpin de Forteresse) que tout le monde appela immédiatement le « 80 ». Une partie importante des mobilisés du canton y fut affectée, mais avec des apports extérieurs. Rapidement, le bataillon fit partie du décor, les compagnies furent réparties ici ou là et, après le remue-ménage des premiers jours, la cohabitation des militaires et des habitants, dans les villages et au chef-lieu, ouvrit une nouvelle période tout à fait inédite dans la vie de la commune. La population aimait bien les militaires du 80. D'une certaine façon, ils rassuraient, même si l'on ne pouvait oublier qu'ils étaient là pour protéger les montagnes et défendre leur accès à des voisins dont on ignorait les intentions définitives. Il va sans dire que dans les mois qui suivirent, la « chronique galante » se nourrit des « cancans », du « qu'en dira-t-on » comme on disait à l'époque. Tel capitaine X, tel lieutenant y, se taillèrent une réputation de séducteurs irrésistibles. Des noms circulèrent et la vertu de « certaines » fut mise en doute. Voire ! Il en a toujours été ainsi depuis que les militaires se recrutent dans le civil ! C'était, en quelque sorte, l'écume des jours, de cette période bizarre où l'on n'était ni tout à fait en guerre ni tout à fait en paix. Mais, dans la réalité de l'existence quotidienne, les femmes de la campagne durent, plus que les autres, prendre la place des hommes pour assurer la survie du foyer et de l'exploitation familiale. Certes, les gros travaux de la fenaison et de la moisson étaient terminés, les vaches étaient redescendues des « montagnes » comme tous les ans, mais il fallait les traire, transporter le lait sur le dos et, à la force du poignet, faire tout le reste. Les paysannes restées seules, livrées à leur propre faiblesse ont beaucoup souffert de l'absence des hom-

9. L'expression « drôle de guerre » s'applique particulièrement dans le cas particulier, puisque l'Italie et la France étaient restées en paix !

mes. Il me suffisait de regarder autour de moi pour constater le changement profond que cet état de fait entraînait dans la vie de tous les jours. Mes deux frères étaient, naturellement, partis le 2 septembre rejoindre leur centre mobilisateur, comme tous les autres. Ma mère espérait, sans le dire, que je pourrais rester quelques semaines de plus à la maison. L'incertitude dura peu. Le sursitaire que j'étais reçut une première feuille de route qui m'affectait à Albertville, dans les Chasseurs, naturellement. Deux jours après, Montluçon remplaçait Albertville et le 121e R.I., le 7e B.C.A.. Le 16 septembre, l'échéance arriva. Le car quittait Beaufort à 14 heures. Vers 13 h 30, ma mère, qui avait une fois de plus préparé ma valise, m'accompagna sur le chemin pour me quitter quand nous serions seuls. Je la pris dans mes bras : elle ne cherchait à retenir ni ses larmes ni ses sanglots et je n'essayais pas moi-même de la consoler avec de bonnes paroles. Mais j'étais le dernier fils, le dernier de la famille et cette séparation ne ressemblait à aucune de celles, nombreuses, qui l'avaient précédée. Ce que nous nous sommes dit dans ces minutes si douloureuses m'est toujours resté en mémoire, comme un trésor secret, inviolable et sacré. Je m'arrachai brusquement à notre étreinte. J'étais tellement convaincu que tout cela finirait mal, qu'en descendant à toute vitesse à travers champs, je me disais que je ne reverrais jamais plus le clocher d'Hauteluce dont la flèche brillant au soleil avait accroché mes regards depuis tant d'années...

CHAPITRE XII

# *Beaufort en 1991*

Cinquante ans après, Beaufort est toujours solidement assis sur son Doron qui a parfois ses humeurs et se met en colère. Les survivants de l'époque se souviennent de la « trombe d'eau » provoquée par un orage sur la Gittaz et Roselend, d'une violence si brutale que le torrent en furie emporta, arracha et dévasta en une demi-heure, la vallée de Beaufort à Venthon. La plaine de la Pierre, inondée, était l'image de la désolation. Seule marque d'humour, si l'on ose l'écrire : à Beaufort, les garages et les caves à fromages du quartier de Monal furent enlevées à toute vitesse. On vit des voitures partir sur les flots boueux, et j'entends encore ma marraine me décrire en riant la farandole des gruyères faisant des ronds dans l'eau... Les travaux réalisés pour canaliser le Doron aux réactions imprévisibles datent de cette époque.

Et les Prés ? Et les Curtillets[1] ? La route a maintenant dépassé l'agglomération des Prés et part à l'assaut des pentes conduisant à la montagne d'Outray. Un gîte rural a été ouvert et l'on peut voir des carcasses de voitures à l'entrée du hameau. Le « parking », je veux dire l'emplacement en béton réservé aux véhicules, commence à être juste en été !... La route a tué le chemin, comme tous les chemins devenus inutiles : on a perdu les chemins. on les cherche, on ne les trouve plus... si ce n'est sur les cartes qui ont pris du retard. Les sentiers, les sentes, les voies forestières qui sentaient bon le sapin, la mousse, voire la noisette, cette odeur composite de feuilles mortes et de gazon naissant que l'on respirait en avril ou en mai, a disparu de nos narines. Le vieux chemin de la Rochette, large, empierré, bucolique pour tout dire, qui paraissait solide comme une voie romaine, est devenu impraticable parce que non pratiqué. J'y ai rencontré la nuit, une fois, un blaireau, une autre fois, un renard qui m'a montré des dents agressives. Fini. On ne passe plus...

Les vieux métiers, supports d'une économie d'épargne et de récupération ont, comme les vieux sentiers, disparu de l'univers

1. Courtil = jardin – Curtillet = petit jardin.

beaufortain et du vocabulaire local. Par exemple, le *« magnin »*, autrement dit le rétameur qui réparait les trous des bassines et des casseroles (quand j'avais les mains sales, ma mère me disait : *« Tu as encore fait le magnin ! »), le « pattier »*, le marchand de pattes, peaux de lapin, vieux vêtements, ont rejoint dans la fosse commune des mots qui n'ont plus de sens, les *« berres »* et les *« calettes »* des mères et grand-mères de l'avant-guerre.

Il n'y a plus d'enfants aux Prés, mais le ramassage du lait est quotidien, le chasse-neige opère tous les jours s'il y a lieu et les ordures sont enlevées une fois par semaine. Depuis plusieurs années, l'école des Curtillets a été désaffectée et louée comme appartement : le ramassage scolaire conduit et ramène les élèves au chef-lieu. Sur toute la colline, les granges ou les vieilles maisons ont été vendues et aménagées en résidences secondaires. On a construit quelques nouveaux chalets : les vacances apportent leur flux de résidents étrangers à la commune et la vie renaît sur ce coteau ensoleillé où il fait bon vivre, grâce à la voiture. A sa manière, Beaufort subit le phénomène de la *rurbanisation* montagnarde[2]. Il faut s'en réjouir car les dégâts sont, pour le moment, limités ! Bien au contraire, des initiatives ont été prises pour attirer les touristes, les familles, les jeunes[3]. La piscine refuse du monde en été. Lorsque le maire de l'époque présenta le projet, les critiques furent vives : une piscine dans un pays de neige ? Pour quoi faire ? Et des perfides d'accuser le magistrat communal, célibataire endurci, de desseins peu catholiques. Sans aucun doute, le bonhomme pensait aux naïades qu'il ne manquerait pas d'aller lorgner en douce...

Le même homme fit installer un court de tennis. Nouvelle levée de boucliers. Un tennis à Beaufort ? Pour quoi faire ? Vingt ans après, quatre courts de tennis nouveaux ont été construits en attendant la suite. Un terrain de camping ? Allons donc, personne ne viendra ! Là aussi, il y a du monde, beaucoup de monde. Des régates sur le lac de Roselend ? Encore une idée baroque de cet incorrigible maire. Le ski a définitivement pris pied. La course de la Piera Menta attire les enfants du pays qui y font bonne figure... Beaufort a cessé d'être un cul-de-sac, un canton replié sur lui-même. Le gruyère, le beaufort,

2. Rurbanisation : néologisme utilisé parfois pour désigner les « nouveaux villages » en Ile-de-France.

3. L'Association d'animation du Beaufortain fait preuve de beaucoup de dynamisme.

le « *Prince des fromages* » comme dit la publicité, fait l'objet d'une promotion commerciale... mieux étudiée. Et là encore, il faut dire : tant mieux !

Depuis longtemps, les antennes de télévision dominent le toit des maisons[4], les motofaucheuses, les motoculteurs ont remplacé les faucheurs, les « transporteurs à quatre roues » – « *les transporters* » –, les porteurs de « *voyages* », et les trayeuses électriques, la traite à la main. Les jeunes agriculteurs ont repris le chemin des alpages, les troupeaux sont toujours là[5] sur les collines de la Gittaz et au pied de la Grande Berge. Grâce aux routes, les « montagnes » ne sont plus enclavées et les « montagnards » ne font plus figure de « marginaux » de l'agriculture alpestre. Mais, si les engins mécaniques partent à l'assaut des pentes, on peut encore rencontrer des ânes qui, sur des bâts centenaires, transportent des bidons de lait par des chemins impossibles : ce reste de folklore ajoute au charme de la montagne à vaches. Les vaches bénéficient aussi du progrès : ce sont des camions qui les montent à la montagne et les redescendent. Finies les longues marches... Fini aussi pour les taureaux le départ à coups de trique sur la route d'Albertville. Des camions les emmènent à leur destin... La foire du 3 septembre est une foire sans bétail... D'ailleurs, les taureaux ne remplissent encore leur office, si l'on peut dire, que l'été. L'hiver, l'inséminateur a remplacé le quadrupède beuglant !

Bien sûr, je me garderai d'un tableau idyllique du Beaufortain et d'envolées lyriques sur l'économie pastorale. L'apport urbain ne fait pas de détail et ne fait pas de sélection dans ses scories : on vole, le vandalisme est là, et l'altitude ne fait sans doute pas peur à la drogue... Mais les « écologistes », les amoureux de la nature peuvent se réjouir : les chamois, si rares dans mon enfance, ont établi leurs quartiers d'hiver et d'été à proximité des villages et les jeunes enfants de la vallée peuvent les voir descendre et remonter les pentes flanqués de leurs jeunes faons. Malheureusement, les sangliers, inconnus il y a quarante ans opèrent eux aussi par bandes et viennent sans vergogne saccager les plantations de pommes de terre sous les

---

4. Il n'est pas sûr que malgré les flashes, les scoops, la multiplication des émissions dites d'information, les habitants du Beaufortain en sachent beaucoup plus sur l'essentiel que leurs aînés cinquante ans plus tôt. Mais ceci vaut pour tout le monde. Il reste que Beaufort est maintenant « branché » et que les soirées sont moins longues...

5. Il s'agit souvent de troupeaux de génisses, voire de moutons !

fenêtres des paysans qui n'en peuvent mais. Il n'y a plus de notaire à Beaufort depuis longtemps, mais trois médecins sont présents... signe d'une évolution qui prête à réflexion. Mais, quels que soient les changements, les montagnes, elles, dominent toujours la cuvette, toujours aussi belles et semblables à elles-mêmes, immuables et insensibles à tout ce qui se passe à leurs pieds. Et au sommet, la vue est toujours imprenable... C'est en les gravissant, à pied ou à ski, que l'on retrouvera le Beaufortain éternel évocateur de solitude et de grands espaces, de sapins et de granit et comme tel, solide comme un roc... Gaston Rébuffat, grand parmi les grands de la montagne, a intitulé un de ses livres « *Les Horizons Gagnés* ».

Il y aura toujours des horizons à gagner pour les marcheurs du Beaufortain, à condition qu'ils n'oublient jamais que la montagne – moyenne – doit être traitée comme la haute-montagne : avec respect et considération. On n'aborde pas les Grandes Dames avec des savates ! On court le risque qu'elles ne le prennent de haut et qu'elles ne fassent payer cher le dédain des imprudents... Mais le respect de la montagne doit aussi être exigé des aménageurs et promoteurs en tous genres, des élus, des décideurs comme on les appelle, de tous ceux qui peuvent modifier les paysages. Il doit y avoir, dans le Beaufortain comme ailleurs, des sites inviolables qui doivent donc, rester inviolés, c'est-à-dire sacrés. Laissons ces sites aux marcheurs et non aux automobilistes, autrement dit au bruit, aux gaz de voitures, aux déchets de notre civilisation urbaine. Gardons des zones d'air pur, des zones de silence...

Voici ce qu'écrivait, en 1851, un Savoyard peu connu sauf des spécialistes, Jacques Replat, dans une plaquette intitulée « *Note sur le Passage d'Annibal* »[6]. L'auteur s'efforce de démontrer, à travers de subtiles déductions et une dialectique habile sinon convaincante, qu'Annibal a traversé le Beaufortain avec sa cavalerie légère et ses éléphants, peu doués pour les chemins escarpés. Il aurait, ainsi, atteint Courmayeur en passant par « Roselant », les « Chapiu » ou le Bonhomme, gravi le col de la Seigne et traversé le glacier de la Brenva ! Vaste programme ! Le Carthaginois aurait été attaqué par les Centrons « *dans les défilés qui conduisent de Beaufort à Roselant* »... « *Toute cette contrée est empreinte d'une sévère*

6. Editée par l'Imprimerie Bachet, rue du Château – Chambéry, 1851.

*magnificence ; il est rare, même dans les Alpes, de rencontrer des passages qui réunissent autant de beautés sauvages. Le chemin côtoie d'abord les rives du Doron, entre deux montagnes tellement abruptes que les sapins dont leurs flancs sont chargés paraissent posés les uns sur les autres, comme des étagères colossales clouées sur les murailles de granit qui enserrent ce défilé. Puis, la voie monte insensiblement dans la forêt : bientôt, à travers les branches croisées des grands arbres, à plusieurs centaines de mètres au-dessous du chemin, on voit blanchir l'écume du Doron. Le cri perçant des aigles, le chant du tétras qui vient de se lever d'un bouquet de mirtil, le grondement sourd et majestueux du torrent, troublent seuls le silence de ces vastes solitudes. La vallée s'élargit un peu à Beaubois ; on laisse à gauche la gorge obscure qui monte à la Gîte ; une éclaircie répand des teintes crépusculaires sur le vert sombre des pâturages : on traverse une forêt encore, et l'on arrive aux chalets de Roselant. Après avoir parcouru ce frais et riant vallon où sont épars de nombreux troupeaux, admiré ses bouquets de mélèzes et ses gracieuses cascades où les chamois viennent se désaltérer, on monte par un sentier rapide à la Croix du Biollay, qui couronne un rocher nu et escarpé. Depuis cette Croix au Chapiu, on marche à peu près constamment sur des pâturages en plaine.* »

Faisons un rêve, faisons un vœu : qu'en l'an 2051, deux siècles après, un auteur amoureux des montagnes de Beaufort puisse encore être ému par « *la sévère magnificence de cette contrée* » et rencontrer « *des paysages qui réunissent tant de beautés sauvages* »...

## *Généalogie des Vibert-Guigue*

(variations sur un nom composé)
Le nom de Vibert, d'origine germanique, signifie : fort, sauvage...

1559 Louis Vibert
1568 Jean Vibert-Guigoz
1596 Pierre Vibert-Guigoz
1610 Louis Vibert-Guigoz
1630 Antoine Vibert-Guigoz
1664 André Vibert-Guigoz (habitant à Roselend)
1698 Pierre Antoine Vibert-Guigoz (né à Roselend)
1726 Antoine Guigoz
1756 Maxime Guigoz, « Montagnard »
1782 Joseph Guigoz, le « Militaire jouissant d'une retraite »
1813 Jean-Louis Vibert-Guigue *(reprend le nom de Vibert-Guigue)*
épouse Sylvie Frison *mes arrière-grands-parents*
1843 Calixte Vibert-Guigue, *mon grand-père*
1840 Anne-Marie Vibert-Guigue
1841 Maxime Vibert-Guigue
1846 Marie-Emilie Vibert-Guigue
1849 Jean-Marie Michel Vibert-Guigue
1851 Alexis Vibert-Guigue
Eugénie Vibert-Guigue
Jacques-François Vibert-Guigue
1873 François-Camille Vibert-Guigue (mort en 1926)
épouse Marie-Angélique Viallet, *mes parents*
Victoire, Ida, Marie, Clémence, Joseph, Gaston, *mes frères et sœurs*
1916 Alexis Vibert-Guigue

Chez le même éditeur
Extrait du catalogue et des collections

*Les Savoisiennes*

**Histoire exemplaire du lycée Vaugelas de Chambéry** (Johannès Pallière)
**J'appartiens au silence** – *Maurienne vallée rebelle et vallée martyre* (Rosine Perrier)
**Le bout du monde** – *Six mois dans les neiges de Haute-Maurienne* (Madeleine Triandafil)
**A Noi Savoia** – *Histoire de l'occupation italienne en Savoie* (Christian Villermet)
Chronique de la Haute-Savoie pendant la Guerre (Michel Germain)
– **La nuit sera longue*** – *De la « Drôle de guerre » jusqu'au temps de la « Zone Libre »*
– **Les maquis de l'espoir**** – *Sous l'occupation italienne*
– **Le sang de la barbarie***** – *Sous l'occupation allemande*
– **Le prix de la liberté****** – *Des Glières à la Libération*
**Les Glières – mars 1944** – *Une grande et simple histoire* (Michel Germain)
**Histoire de la Savoie** (Henri Ménabréa)
**Annecy, les poètes, le lac** (Georgette Chevallier)
**Les mémoires d'Adélaïde Victoire de Bellegarde** (André Gilbertas)
**Au temps des alpages** (Roger Frison-Roche, Philippe Mazure)
**Le tour de Savoie par deux enfants** (Marie-Thérèse Hermann)
**La Savoie traditionnelle** (Marie-Thérèse Hermann)
**Les enfants du malheur** (Marie-Thérèse Hermann)
**La cuisine paysanne de Savoie** (Marie-Thérèse Hermann)
**La Savoie mystérieuse et légendaire** (Marie-Thérèse Hermann)
**Maurienne, vallée de l'aluminium** (Daniel Déquier)
**De bouche à oreille** – *Contes et récits tirés de la tradition orale* (Daniel Déquier)
**Costumes de Maurienne** (Daniel Déquier et François Isler)
La reine du soufre – *Histoire de Challes-les-Eaux* (André Dumollard)
Savoie-l'œuvre peint (André-Charles Coppier) :
– **De Tarentaise en Maurienne***
– **Les portraits du Mont-Blanc****
– **Au lac d'Annecy*****
**La mémoire du vieux Village** (Eugénie Goldstern)
**Les gamins du Rhône** – *Une Enfance en Savoie, jadis* (André Béard)

**L'architecture traditionnelle en Savoie** (Henri Raulin)
**Albert Bernard** – *Vie et Mort d'un Savoyard tombé pour l'Afrique* (Jean Comte)
**Bessans – Village d'Art** (Suzanne Bourgeois)
**Souvenirs de guerre** (Roger Racloz)
**Histoire de la compagnie des guides de Chamonix** (Daniel Chaubet)
Les Chemins du Baroque
– **Art religieux des vallées de Savoie***
– **La Maurienne****
– **La Tarentaise*****
**L'inconnu d'Uccello** (André Gilbertas)
**Les mots du Haut-Chablais** (Maurice Richard)
**Les catholiques savoyards** (Christian Sorrel)
**La chronique de Savoie** traduit par Daniel Chaubet (Jean Cabaret)
**Les clochers à bulbes** (Pierre Boulais et François Isler)
**Mont-Blanc, espace de lumière** (André Fournier)
**Aquarelles en Savoie** (Marif Bachasson)
**Le petiou** (Jean-Gaspard Perrier)
**Histoire de Saint-Bon** (Marcel Charvin)
**Le Petit-Saint-Bernard** – Un col et des hommes (Jean-Luc Penna et autres)

*Les Chants de la Terre*

**J'ai plus de souvenirs que si j'avais mille ans** (José Reymond)
**Musette, la fille de la vipère** (Venance Gacon)
**Les cousins** – *Les Savoyards de la Pampa* (Claude Chatelain)
**Les Savoyards de la Pampa** (Claude Chatelain)
**Quand on écoutait le soleil** – *Une enfance en Savoie dans l'entre-deux-guerres* (Alexis Vibert-Guigue)
*Les Mémoires d'André Gallice, poète-paysan savoyard*
– **Le loup n'a jamais mangé l'hiver***
– **Le borboyon du grand roc****
– **Souvenirs d'un paysan de Savoie*****
**Péronne 1800** (Josette Buzaré)
**Graine de paysan** (Lucienne Zinant)
**Amélia ou la misère dorée** (Régine Boisier)
**Maria ou la misère noire** (Régine Boisier)
**Contes de la Lombarde** – *Légendes au Pays du Diable* (Damien Tracqui)

**Le lac de l'aube** (Marc Dannenmuller)
**La lune est à couvert des loups** (Paul Vincent)

*Les Carnets de la Vie*

**Mémoires d'un enfant de la Savoie** – *Carnets d'un colporteur-ramoneur* (Claude Genoux)
**Carnets d'un curé de montagne** (Claude Chatelain)
**Une autre vie** – *Carnets d'un collégien* (Jean-Gaspard Perrier)
**Le soleil en cendres** – *Carnets d'une fillette pendant la guerre* (Marie Ponce)
**Trois plumes au chapeau** – *Carnets d'un Instituteur* (Clément Brun)
**Carnets d'un médecin de montagne** (Hermann Berger)
**Alpages, terres de l'été** – *Carnets d'une alpagiste* (Michèle Chatelain)
**Un gardien de refuge raconte** (Raymond Martinatto)
**Six mois sous les neiges** – *Carnets d'un militaire de montagne* (A. Vincent)

*Hier et Aujourd'hui*

**La Haute-Savoie, une terre, des hommes** (sous la direction de Paul Guichonnet)
**Chambéry-Savoie** (Pierre Préau et autres)
**Savoie : l'esprit des lieux** – *Histoire de la Savoie depuis 1945* (Pierre Préau)

*Les Chroniques de l'Autrefois*

**La Tarentaise d'antan** (Jean-Luc Penna)
**Aix-les-Bains à la Belle Epoque** (Johannès Pallière)
**Chamonix autrefois** (Françoise Loux et Agnès Ducroz)
**Le Chablais d'autrefois** (Marie-Thérèse Hermann)
**La Maurienne d'autrefois** (Daniel Déquier)
**La Drôme des collines autrefois** (Françoise et Charles Gardelle)
**Le Faucigny d'autrefois** (Michel Germain et Gilbert Jond)
**La Drôme du sud autrefois** (Marie-Georges Lamarque)
**La Combe de Savoie autrefois** (Maurice Messiez)
**Orelle autrefois** (Jean-Pierre Deléglise)

*Panoramas*

**Panoramas du Mont-Blanc** (André Fournier)
**Panoramas de la Vanoise et de ses environs** (Pascal Urard)
**Panoramas du lac d'Annecy** (Denis Rigault)

*Champ régional*

**Histoire du Mont-Blanc** – *préface de Paul Guichonnet* (Stéphen d'Arves)
**Les environs de Chambéry** (Gabriel Pérouse)
**Dictionnaire étymologique des noms de lieu de Savoie** (Adolphe Gros)
**Au Royaume du Mont-Blanc** – préface de Paul Guichonnet (Paul Payot)
**Le Beaufortain** – préface de Marie-Hélène Viallet (Joseph Garin)

*Pour Mémoire*

**Chambéry, regards sur la ville** (collectif)

*Savoie Vivante*

**Ensemble dans le Beaufortain** (collectif)
**Petite histoire du Val Gelon et de la Rochette** (Adrien Dieufils)
**L'épopée de Courchevel** (Gildas Leprêtre)

*Hors collection*

En co-édition avec Champ Vallon
La grande trilogie de John Berger : ***Dans leur travail*** (vie des Paysans de Savoie)
– **La Cocadrille***
– **Joue-moi quelque chose****
– **Flamme et Lilas*****
**Médecin des neiges** (Docteur Charles Socquet)
**Le tour du Mont-Blanc en huit jours** (Jean-Pierre Gelly et André Fournier)

Achevé d'imprimer
en mars 1996
par IMPRIMERIE LIENHART
à Aubenas d'Ardèche

Dépôt légal mars 1996
N° d'imprimeur : 8235
*Printed in France*